¡NOSOTROS!

Mario Benedetti
Andaimes

TRADUÇÃO
Mario Damato

*mundaréu

© Editora Madalena, 2017
© Fundacíon Mario Benedetti, 1996 (Editorial Seix Barral, Barcelona)
c/o Schavelzon Graham Agencia Literaria
www.schavelzon.com

TÍTULO ORIGINAL
Andamios

COORDENAÇÃO EDITORIAL – COLEÇÃO ¡NOSOTROS!
Silvia Naschenveng

CONCEPÇÃO DA COLEÇÃO E SUGESTÃO DE TÍTULOS
Tiago Tranjan

CAPA
Tadzio Saraiva

DIAGRAMAÇÃO
Editorando Birô

REVISÃO
Clívia Ramiro e Editorando Birô

Edição conforme o Acordo Ortográfico da Língua Portuguesa (1990).

Dados Internacionais de Catalogação na Publicação (CIP)
(Câmara Brasileira do Livro, SP, Brasil)

Benedetti, Mario, 1920-2009
Andaimes / Mario Benedetti ; tradução Mário
Damato. -- São Paulo : Mundaréu, 2017. --
(Coleção iNosotros!)

Título original: Andamios
ISBN: 978-85-68259-16-0

1. Romance uruguaio I. Título. II. Série.
17-08355   CDD-u863

Índices para catálogo sistemático:

1.Romances : Literatura uruguaia u863

[2017]
Todos os direitos desta edição reservados à
Editora Madalena Ltda. EPP
São Paulo, SP
www.editoramundareu.com.br
vendas@editoramundareu.com.br

APRESENTAÇÃO

Quando o Uruguai sofreu o golpe de Estado de 1973, Mário Benedetti (1920-2009) era diretor do Departamento de Literatura Hispano-Americana na Faculdade de Humanidades e Ciências de Montevidéu, cargo a que logo renunciou, e membro do corpo editorial do semanário *Marcha*, que viria a ser fechado no ano seguinte — além de já conhecido autor de *A trégua* (1960). A partir desse momento, segue em uma jornada forçada: primeiramente para a Argentina, que também cairia vítima de um golpe de Estado; depois para o Peru, onde seria detido e deportado; passa por Cuba e finalmente para a Espanha, onde se estabelece. Só retorna a Montevidéu muitos anos depois, por ocasião da redemocratização do país. A experiência do exílio se faz presente em várias obras da fase madura de Benedetti.

Em *Andaimes*, após mais de dez anos de exílio na Espanha, Javier retorna ao Uruguai para reconstruir sua vida, talvez desde o momento em que partiu. Contudo, "O lugar a que se volta é sempre outro", como nos diz a bela epígrafe do livro, de Fernando Pessoa.

Assistimos a Javier gradualmente se reencontrando com seu país: ao longo de conversas, desencontros, cartas, notícias e reflexões — os andaimes de que fala o título. São elementos narrativos fragmentados que se complementam, observações poéticas não raro eivadas de clarividente melancolia, misturadas a passagens absolutamente prosaicas, detalhes que parecem aleatórios, embora haja pouca margem ao acaso nesta obra. As miudezas passam, reiteradamente, a sensação de fracasso. A saudade surge como último recurso frente à força de uma nova realidade que se impõe inexoravelmente, por toda parte. O que resta de um país, de um sonho, de tantos afetos?

Javier percebe que a situação econômica e política mudou bastante, que os amigos e companheiros de luta transformaram-se em sentidos diversos, por vezes conflitantes. É necessário lidar com mágoas e decepções, buscar recomeços. Parece não haver muita alternativa. Como viver com o passado sem tentar revivê-lo? Sua própria identidade, assim como a de seu país, é revista e questionada, experiência semelhante a de tantos outros latino-americanos que passaram por ditaduras e complexos processos de redemocratização. O *desexílio* simplesmente não repara o exílio, tampouco apaga tudo o que veio antes dele.

*mundaréu
São Paulo, setembro de 2017

Andaimes

*a Roque, Zelmar, Paco, Rodolfo e Haroldo,
exilados para sempre em minha memória.*

O lugar a que se volta é sempre outro
A gare a que se volta é outra,
Já não está a mesma gente, nem a mesma luz,
nem a mesma filosofia.

FERNANDO PESSOA

y encontré el molde de unos pies
y encontré luego el molde de un cuerpo
y encontré luego el molde de unas paredes
y encontré luego el molde de una casa que era
como mi casa

HUMBERTO MEGGET

ANDAIME PRELIMINAR

Até agora meus romances tinham nascido sem introito, mas ocorre que não estou muito seguro de que este livro seja um romance propriamente dito (ou propriamente escrito). Melhor o vejo como um sistema ou coleção de andaimes. O *Diccionario de la Lengua Española* (Real Academia Española, Madri, 1992) inclui entre outras a seguinte definição de *andaime*: "Armação de tablados ou vigas postos horizontalmente e sustentados em pés direitos ou pontes, ou de outra maneira, que serve para se subir nela ao trabalhar na construção ou reparação de edifícios, pintar paredes ou tetos, levantar ou baixar estátuas ou outras coisas etc. U. t. em sent. fig." (Agradou-me sobretudo isso das estátuas).

Como poderá comprovar o leitor, caso se anime a empreender sua leitura, este livro trata dos sucessivos encontros e desencontros de um *desexilado* que, após vários anos de imposta ausência, retorna a sua Montevidéu de origem com um fardo de nostalgias, preconceitos, esperanças e solidões. Apesar de ser eu mesmo um *desexilado*, advirto que não se trata de uma autobiografia, mas sim de um *puzzle* de ficção, ordenado segundo a mutação de realidades várias, quase todas alheias ou inventadas, e uma ou outra própria. Por outro lado, de nenhum modo pretende ser uma interpretação psicológica, sociológica nem muito menos antropológica, de uma repatriação mais ou menos coletiva, mas sim algo mais lúdico e flexível: a restauração imaginária de um regresso individual. O *desexilado* aludido não se enfrenta com um conglomerado social nem um país oficial ou oficioso, mas sim *seu* país pessoal, esse que levava dentro de si e o aguardava fora de si. Daí o inevitável cotejo do país próprio de antes com o país próprio de agora, do presente que foi com o presente que virá, visto e entrevisto desde o presente que é. O *desexilado*, ainda que às vezes recorra a menções tangenciais, não se detém em variações políticas ou meteorológicas, cotações da Bolsa de Valores ou resultados futebolísticos, inflações ou deflações, nem sequer em esperanças ou frustrações de um eleitorado flutuante e ainda inseguro; antes, busca seus pontos e pautas particulares de referência, e aqui e ali vai comprovando a validade ou a invalidade de suas saudades, como uma forma rudimentar de verificar até onde e desde quando seu país pessoal mudou e comprovar que tampouco ele é o mesmo de anos atrás. Como bem intuiu Haro Tecglen: "O estado atual da democracia é a imperfeição. Às vezes — muito poucas — alcança a graça; quando os cidadãos dedicados a ela a aceitam como imperfeita e assumem que é um regime em construção contínua cujo edifício jamais estará terminado: um sistema sem final possível"[1]. De acordo. Todo "regime em construção contínua" precisa de andaimes, e mais ainda se "jamais estará terminado".

Nesse contexto, cada capítulo deste livro pode ou quer ser um andaime, ou seja, um elemento restaurador, às vezes distante dos outros andaimes. Alguns deles sustêm-se (*Academia dixit*) "em pés direitos [por que não esquerdos?]

---

1 Eduardo Haro Tecglen (1924-2005) foi um jornalista, escritor e ensaísta espanhol. (N.T.)

e pontes" do passado, enquanto outros inauguram novas escoras. Todo ele anotado com a irregularidade e o matraquear de temas e criaturas que convocam a explicável curiosidade ou a tímida emoção do regressado.

Não pense o leitor que aqui lhe empurro de contrabando uma resenha (auto)crítica, nem muito menos uma lenga-lenga de autopromoção. Bem ao contrário. Trata-se de lhe avisar, francamente e desde o *vamos*, que aqui não vai encontrar uma novela *comm'il faut*, mas sim, no máximo, uma novela em 75 andaimes. (Como por desgraça soe ocorrer nos suportes de madeira e ferro, desses outros, mais ou menos metafóricos, pode acontecer que algum personagem se precipite em um vazio espiritual.) Pois bem, se os andaimes, reais ou metafóricos, não lhe interessam, aconselho ao leitor que feche este livro e saia em busca de uma novela de verdade, vale dizer, de capa dura.

M.B.

Montevidéu — Buenos Aires
Madri — Puerto Pollensa,
1994-1996

1

Fermín moveu lentamente o copo de grapa com limão e em seguida o colocou à altura de seus olhos, para olhar, através dessa transparência, o rosto distorcido de Javier.

— Parece mentira. Quase uma hora de estrada, nem sempre impecável, com o correspondente e abusivo gasto de gasolina, apenas para ter a honra de conversar um momento com o ermitão que voltou do frio.

— Do calor, melhor dito.

— Vejo que não perdeu o velho costume de corrigir os meus lugares-comuns, que, por outro lado, sempre foram o meu forte. Na verdade, Javier, não compreendo por que, desde que voltou, vive recluso nesta praia de merda.

— Não tão recluso. Duas vezes por semana vou a Montevidéu.

— Sim, em horas incômodas, quando estamos todos trabalhando. Ou dormindo a sesta, que é um dos direitos humanos fundamentais.

— Já sei que vocês não entendem, mas preciso de distância, quero refletir, tratar de assimilar um país que não é o mesmo, e sobretudo compreender por que eu tampouco sou o mesmo.

— Quem te viu e quem te vê. De insubmisso a anacoreta.

— Nunca fui demasiadamente insubmisso. Ao menos, não o suficiente.

— Vai continuar sozinho? Não pensa em trazer a Raquel?

— Isso terminou. Ainda que pareça mentira, o exílio nos uniu e agora o *desexílio* nos separa. Fazia tempo que a coisa andava mal, mas quando a alternativa entre voltar ou ficar se fez obrigatória, a relação de casal apodreceu definitivamente. Talvez "apodreceu" não seja o termo apropriado. Tratamos de ser civilizados e nos separarmos amigavelmente. E além do mais tem a Camila.

— Por que Raquel quer ficar? O que lhe deu a Espanha? Por que permanecer lá é mais importante para ela do que continuar com você?

— Aqui ela se deu mal.

— E você não?

— Eu também. Mas reconheça que há uma diferença entre se dar mal pelo que você fez e se dar mal pelo que outro fez. E para ela esse outro sou eu.

— Vamos, Javier. Não se engane nem tente me enganar[1]. Não mesmo. Justamente a mim, que sei de memória o seu currículo. Vamos lá, confesse a este sacerdote. O que você fez de tão grave?

— Só bobagens. Em cana, propriamente em cana, estive apenas quinze dias, e não passei tão mal. Mas no livro dos milicos figuro sete vezes. Conversações telefônicas, algum artiguinho, assinaturas aqui e ali. Bobagens, não lhe disse?

— E Raquel?

— Raquel nada. Interrogaram-na três vezes. Perguntavam-lhe sobre mim, mas a essa altura eu já estava fora do país, a princípio em Porto Alegre, e em seguida na Espanha.

---

1 No original, "*No me vendas ni te vendas tranvías. Ni carretas de bueyes*". (N.E.)

Morta de medo, a pobre. E não obstante os convenceu de que ignorava tudo. A verdade é que efetivamente ignorava. Talvez por isso os tenha convencido. Por outro lado, nunca a pude persuadir (a ela, não a polícia) de que eu não era um peixe gordo, mas sim um simples bagrinho. Pior ainda, sempre supôs que eu não lhe confessava minhas notáveis missões secretas simplesmente porque não confiava nela. Enfim, essa crise passou; foi difícil, mas passou. Bem depressa nos sentimos felizes por estarmos a salvo. E pouco depois mais felizes ainda, porque ficou grávida, e ainda mais quando, precisamente no dia em que nasceu a menina, consegui por fim um trabalho quase decente. Não obstante, aquela velha suspeita havia ficado sem se resolver. Mais de uma vez estive a ponto de mentir para ela, de inventar qualquer história heroica que lhe soasse verossímil, mas não pude. Pensei que algum dia descobriria e seria muito pior. E além do mais me pareceu uma falta de respeito com aqueles que, sim, haviam se arriscado muito. Ademais, em Raquel há outro elemento que também conta: não tem confiança na invulnerabilidade desta democracia, crê que a qualquer momento tudo pode se desmoronar e não se sente com ânimo para começar, de novo e do zero, outro percurso de angústias. "Se antes foi difícil", me dizia, "imagina agora que somos doze anos mais velhos".

Fermín se inclinou para deixar o copo sobre a toalhinha de juta e em seguida se aproximou do janelão. Por entre os pinheiros filtrava-se um sol poente e também um pedaço da praia, totalmente deserta.

De sua área de sombras, Javier perguntou:

— Realmente lhe parece uma praia de merda?

— No inverno todas as praias me parecem de merda. A você não?

— A mim me agradam no inverno quase mais do que no verão.

— Confirmado: anacoreta.

— Aqui você pode pensar. E é bárbaro. Quase havia perdido esse costume e recuperá-lo me parece um milagre.

— Não me diga que em Madri não pensava.

— Só o imprescindível. Pensamentos curtinhos, como telegramas. Miniaturas de reflexão. Apenas para me desvencilhar e dar um *regate* no stress.

— *Regate*?

— Laço, drible, finta. Isso que, segundo dizem, fazia Júlio Perez, ali pelos cinquenta.

— Ah. Na próxima vez trarei um tradutor.

— Olha, Madri é uma cidade lindíssima, mas seria realmente maravilhosa se a transportassem para a costa. É muito deprimente não ver nunca o mar.

— Aqui é rio. Não se esqueça.

— Essa é uma discussão histórica. Ridícula, além do mais. Para mim é mar e acabou. Você, nascido e criado em Malvín, por acaso dizia ou pensou alguma vez que vivia frente ao rio? Sempre o ouvi dizer que suas janelas davam para o mar.

— Isso é semântica e não geografia.

— Pois me agrada o mar semântico.

A risada de Fermín culminou em um espirro ruidoso.

— Está vendo? Tenho alergia às praias invernais.

— Quer que lhe empreste um paletó de lã?

— Não. Também sou alérgico à lã. E aos gatos. E ao mofo. E ao vento do norte. E ao catecismo. Ou não se lembra mais?

— Me lembro sim. Mas você listou seis, e antes eram sete alergias, não? Tantas como os pecados capitais. Não terá omitido por acaso a alergia ao imperialismo?

— Ah, os velhos tempos. Que memória, *che*. Essa alergia já saiu de moda.

— Salvo quando é incurável.

— Irmão, você tem que se atualizar. Democracia é amnésia, não sabia?

Acercou-se a Javier e o abraçou.

— Falar contigo me faz bem. Anacoreta, ou melhor, *Anarcoreta*, me alegro que tenha voltado. Devo ter os olhos marejados, não é? Não sei se será pelo espirro ou por seu regresso. Digamos que por ambas as provocações.

Javier, para dissimular a sua própria vulnerabilidade, dedicou-se a servir outras duas grapas.

— Estas vão em estado de pureza. Os limões acabaram.
— E lá, o que você tomava?
— Fino. Ou seja, xerez. O mais parecido com a grapa é o *orujo*. São quase iguais. A verdadeira diferença é o que está entre "grapa em Montevidéu" e "*orujo* em Madri". O contexto, como dizem. Preferi habituar-me ao xerez, que não permite falsas comparações e além do mais não arrebenta o fígado.

— Agora, diga-me com franqueza: quando começou esta sua nostalgia, ou ao menos uma nostalgia tão compulsiva para que rompesse com Raquel?

— Ruptura não é a palavra. Implica violência e o nosso foi mais suave. Doloroso sim, mas suave. São muitos anos de nos querermos, e nos querermos bem. Digamos separação.

— Digamos separação, então. *Replay*: quando começou essa nostalgia?

— Foram várias etapas. Uma primeira, em que você se nega a desfazer as malas (bem, as valises) porque tem a ilusão de que o regresso será amanhã. Tudo lhe parece estranho, indiferente, alheio. Quando escuta os noticiários só presta atenção às notícias internacionais, esperando (inutilmente, claro) que digam alguma coisa, uma coisinha, de seu país e de sua gente. A segunda etapa é quando você começa a se interessar pelo que acontece ao seu redor, pelo que prometem os políticos, pelo que não cumprem (a esta altura você já se sente em casa), pelo que vociferam os muros, pelo que cantam as pessoas. E já que ninguém lhe informa como vai indo Peñarol, ou Nacional, ou Wanderers, ou Rampla Juniors, você vai se convertendo paulatinamente em entusiasta (torcedor, digamos) de Zaragoza, ou Albacete, ou Tenerife, ou de qualquer equipe em que jogue um uruguaio, ou pelo menos algum argentino, ou mexicano, ou chileno, ou brasileiro. Não obstante, apesar da adaptação paulatina, apesar de que vá aprendendo as acepções locais, e já não diga "vivo a três quadras da *plaza* de Cuzco", nem peça na tabacaria (mais ou menos um quiosque) uma caixa de fósforos mas sim de velinhas, nem pergunte ao seu chefe como segue o *botija*², mas sim o *chaval*³, e quando o locutor diz que o *porteiro* (ou seja o goleiro) "encaixou um gol", você sabe que isso não quer dizer que ele o fez, mas sim que fizeram nele; quando já se meteu a cotoveladas na selva semântica, continuam te angustiando do mesmo jeito, na quebrada mais brega da alminha, o gozo e a dor do que você deixou, incluídos o doce de leite, o *fainá*⁴, a fumaceira dos cafés e até a bruma da Via Láctea, tão pontilhada em nosso firmamento e, por óbvias razões cosmogônicas ou cosmográficas, tão ausente no céu europeu. Não obstante, *as time goes by* (é Bogart quem lhe diz) finalmente se apagam os vetos políticos que lhe impediam o regresso. Só então se abre a terceira e definitiva etapa, e aí sim começa a comichão luxuriosa e quase absurda, o medo de perder a bendita identidade, a coação no *cuore* e a campainhazinha no cérebro. E, ainda que esteja consciente de que a operação não será uma façanha nem um jubileu, a volta para casa vai se tornando imprescindível.

— Olha o que são as coisas. Enquanto você se enfrentava lá com suas nostalgias completas, eu e uns quantos mais estávamos por aqui loucos para ir embora.

— Sempre andamos na contramão.

— Nada é fácil.

— Nada. Em meu caso particular, reconheço que, apesar de toda a minha obsessão por voltar, não teria podido fazê-lo sem esse golpe de sorte que me desenredou o futuro.

— De que tio-avô você herdou?

— Como? Não sabe que ganhei um montão de *pasta* (ou seja, *guita*⁵) com a pintura?

2 Uruguai: rapaz. (N.T.)
3 Espanha: rapaz. (N.T.)
4 Torta de farinha de grão-de-bico, muito popular no Uruguai. (N.T.)
5 Forma coloquial para dinheiro; prata, grana. (N.E.)

— Pintor você? De quadros ou de paredes?
— Quadros. Pintados por outros, claro. Vou lhe contar. Durante um tempo estive trabalhando em uma empresa de importação/exportação. E como me defendo em vários idiomas (inglês, francês, italiano), me mandavam com certa frequência a outros países europeus. Uma tarde, em Lyon, topei-me com um *mendocino* (não o conhecia de antes, mas acontecia de ser amigo de outro amigo que, esse sim, eu conhecia) e fomos jantar em um restaurante chinês. Fazia cerca de oito anos que ele vivia na França, não em Lyon, mas sim em Marselha. Sabe como ganhava a vida? Pois vendendo na França quadros de pintores que conseguia por aí, em outros países europeus; pintores franceses pouco menos do que desconhecidos no exterior, mas valorizados nas galerias de Paris ou Marselha. Comprava-os por uma ninharia e depois os vendia a um preço muito bom na França. E foi generoso, me emprestou a ideia: "Por que não se dedica a algo assim, mas com pintores espanhóis? Deixe os franceses para mim, hein?". Creio que não foi uma operação consciente, mas é óbvio que o plano do *mendocino* ficou arquivado no disco duro do meu bestunto. Em pouco tempo a empresa me enviou à Itália e foi minha primeira viagem exploratória. Nos momentos livres comecei a escavar, não nas elegantes galerias da *via* Condotti ou da *via del* Babuino, mas sim nas feiras e em pseudoantiquários de baixa extração, cujos proprietários nem se dão conta de uma ou outra maravilha, perdida no meio de seu caos. Claro, era como buscar uma agulha em um palheiro, mas desta vez o acaso me levou pela mão até um óleo que estava afastado e coberto de pó. Aproximei-me porque me pareceu um Blanes Viale. Mas me enganei. Era uma paisagem litorânea e no ângulo inferior esquerdo a assinatura era legível: H. Anglada Camarasa. Desde a primeira vez que havia visto em Puerto Pollensa um quadro deste pintor (nascido em Barcelona, 1871, mas residente por trinta e três anos em Maiorca), me converti em um fiel aficionado de

sua pintura, de modo que conhecia bem seu estilo e suas modalidades, bastante próximas, por certo, a Blanes Viale. Para não despertar as suspeitas do desinteirado proprietário, adquiri aquele Anglada junto com duas porcarias, que abandonei três quadras adiante em um coletor de lixo. O preço da paisagem era irrisório. Uma vez no hotel, tirei a moldura, com bastante dificuldade pude enrolar a tela e finalmente a meti em um tubo. Não voei diretamente a Madri, mas sim a Palma de Maiorca, que é onde mais dão valor às obras de Anglada. Lá tenho vários amigos (incluindo um compatriota) que estão bem relacionados com o mundo da arte. A todos surpreendeu o achado. Parecia ser um quadro do qual se havia perdido o rastro. Em 24 horas conseguiram um comprador e, fora o pagamento da comissão ao intermediário, pude embolsar o equivalente a quase vinte mil dólares. Esse foi o começo. Aos poucos fui me convertendo em um especialista em Anglada Camarasa (em Palma há um museu estupendo com boa parte de sua obra), e tão bom resultado me deu esse filão, que pouco tempo depois, e ainda que Raquel repetisse até cansar que era uma loucura, deixei meu emprego e me dediquei com afinco à pesquisa de suas obras. Meu campo de operações seguiu sendo Roma. Embora logo o tenha ampliado a Nápoles, Salerno e até Palermo. Sempre com Anglada. Fui vendendo os quadros não apenas em Maiorca, mas também em Barcelona e Madri. Em Florença achei também (e isso sim foi uma surpresa) um Blanes Viale, mas esse não vendi em Maiorca, mas sim o trouxe comigo a Montevidéu e aqui encontrei um barraqueiro interessado. Por desgraça nunca encontrei um Klimt coberto de pó e ignorado, mas reconheço que a minha queda por Anglada me proporcionou um bom capital. Pude fazer algumas seguras e rentáveis aplicações. Em seguida organizei a decolagem. Raquel e eu tivemos um árduo e interminável confronto. Não quis voltar. Por nada do mundo. Quem sabe tenha encontrado, por fim, o pretexto válido para terminar com uma situação que estava apodrecendo nossa convivência. Dividimos a grana, de modo que nesse aspecto fiquei tranquilo. Pude comprar um apartamento e não passarão apuros, nem ela nem Camila. Além do mais, animada por meu êxito, Raquel abriu uma galeria de arte e vai bem. Daqui mesmo a ajudarei, sempre que puder. E nas férias me mandará a Camila. Por outro lado, ficou estabelecido que nos escreveríamos regularmente e com toda franqueza.

— E qual é o seu projeto?

— Perdi a casa de Montevidéu, por razões óbvias, mas me resta esta. Como vê, não se deteriorou muito, graças a ter sido ocupada todos esses anos por um casal amigo, que justamente agora se radicou em Florianópolis. Assim, morada tenho garantida. Você já sabe que instalei um videoclube em Punta Carretas, mais para ajudar ao filho de um amigo (o magro Ruedas, lembra?) do que para tirar algum proveito. E isso anda bastante bem. Você deve ter visto que todos os videoclubes trabalham quase exclusivamente com dois ramos: violência pornográfica ou pornografia violenta. Não são sinônimos, têm matizes que os diferenciam. Pois bem, pensei que uma cidade como Montevidéu, que teve há trinta ou quarenta anos uma boa e exigente cultura cinematográfica, não poderia tê-la perdido por completo. E então abri um videoclube de nada mais que bom cinema. Não fizemos publicidade (o negócio não dá para tanto), mas foi correndo de boca em boca e estamos trabalhando cada dia melhor. Vou duas vezes por semana, normalmente nas sextas e nos sábados, porque nesses dias o *botija* Ruedas e sua namoradinha não dão conta. Agora trabalham com mais comodidade e eficácia porque lhes instalei um computador. É estimulante ver como as pessoas chegam perguntando por Fellini, Visconti, Bergman, Buñuel, Welles etc., e (agora que finalmente somos latino-americanos) também por Gutiérrez Alea, Glauber Rocha, Leduc, Aristarain ou Subiela. Tem de ver a reação (para mim, inesperada) de alguns garotos, que nunca haviam visto *La strada*, *Cidadão Kane*, *O verdugo* ou *Umberto D*. Me alegra que isso os agrade e até os assombre. Mais ainda: alguns deles encaram o preto e branco quase com a mesma curiosidade que tiveram nossos velhos quando enfrentaram o tecnicolor de Natalie Kalmus.

— Ou seja, você é um *boom*.

— Algo muito mais modesto: um nostálgico do bom cinema.

— E com essa nostalgia dá para viver?

— Com isso, mais alguma coisa dos juros do que ficou depois da divisão. Também consegui ser correspondente para o Rio da Prata de uma agência de segunda categoria, estabelecida em Madri. Não pagam bem, mas tampouco exigem muito. E serve para eu não perder a mão do jornalismo. Além do mais, leve em conta de que morando aqui não pago aluguel. Nem tenho carro. Viajo de ônibus, que me deixa a uma quadra daqui.

— Serei curioso. Esta faixa da costa não se chamava antes El Arrayán?

— Sim, mas à companhia que repassava as casas pareceu um rótulo pouco vendedor. Algum gerente deve ter pensado que aqui ninguém sabe o que é um *arrayán*[6] e o pervertido mudou para Nueva Beach. Parece que inicialmente estiveram embaralhando outros nomes como South Beach e New Beach, mas um derradeiro escrúpulo os fez não perder de todo a raiz hispânica e puseram Nueva Beach.

— Que soa como o cu.

— E nem sequer somos originais. Na Espanha irrompeu no mercado uma nova cerveja que leva como insígnia: New Botella.

— Você se relaciona com seus vizinhos?

— Não muito. Isto não é um prédio de apartamentos. E menos ainda no inverno. Tem gente que mora aqui o ano todo, mas outros vêm apenas nos fins de semana, e se o tempo está ruim, nem sequer isso. Além do mais, faz só dois meses que me instalei. Contudo, às vezes converso um momento com um casal de aposentados que mora ao lado, nessa casinha coberta

---

6   Murta. (N.T.)

com telhas. Parecem boa gente. Entre outras coisas, vão me arranjar um cachorro. Aqui é indispensável. Tenho esse muro, que costuma desanimar os gatunos adolescentes, mas não os verdadeiramente competentes. Claro que isto não é Carrasco, aquilo os atrai mais. Por sorte.

Fermín bocejou com rara força. Como se o bocejo fizesse parte de uma ginástica.

— Não é que tenha sono nem que me aborreça. É a porra da hora do *angelus*[7].

— Baixou a tristeza?

— Vamos, *che*. Nem que fosse o diabo.

Fermín se levantou e se pôs a olhar o único quadro que decorava a parede do fundo.

— Este também faz parte de sua colheita italiana?

— Sim, é um Anglada. Consegui em Milão. Pertence à série *Rayo de sol, Bahía de Pollensa*. Depois que tantos passaram por minhas mãos, me dei este presente. Por sorte é um óleo sobre tela e não sobre madeira, e por isso ficou mais fácil de transportar. O escolhi por dois motivos: um, porque me encanta como pintura, e dois, porque reproduz a baía de Pollensa, em Maiorca, um dos lugares da Espanha que sempre preferi.

Pela primeira vez produziu-se um silêncio prolongado. Da costa chegou, amortecido pela distância, o grasnado de alguma gaivota atrasada.

— Semana passada — disse de pronto Fermín — tivemos uma reuniãozinha no velho Leandro. Adianto que vários dos que lá estiveram, incluindo o velho, expressaram a intenção de visitá-lo. Não sei se o farão em grupo ou um a um, mas virão: Sonia, Gaspar, Lorenzo, Rocío.

— Conspirando outra vez?

— Não, velho. Isso se acabou. Mas ficou algo, algo que nos une. Às vezes lembramos. Coisas. Coisinhas. Espinhosas coi-

---

7 Oração à Virgem Maria, em latim, que se reza ao amanhecer, ao meio-dia e ao anoitecer. (N.E.)

sinhas. Nos animamos, rimos um pouco. De repente nos vem a tristeza. Como nesta fodida hora do *angelus*. Mas o problema é que a tristeza nos vem a qualquer hora. Temos *angelus* do café da manhã, *angelus* do meio-dia e *angelus* do *angelus*. Não nego que é bom saber que estamos vivos e a salvo. A salvo? Por assim dizer, comentaria o ceticismo da sua Raquel. Sempre há um carro queimado, uma suástica em algum muro, simples lembretes de que estão aí, provavelmente lendo os horóscopos para ver se voltam os tempos propícios.

— Tenho muita vontade de ver todo o grupo. Mas não sabia como localizá-los. Tentei algumas ligações para os velhos números. Mas atendem vozes estranhas. Nem sequer sabia se haviam ido, se haviam ficado ou se haviam voltado.

— Sonia esteve dois anos em Mendoza. Gaspar conseguiu um trabalho em São Paulo. Mas já faz um tempo que voltaram. Leandro, Rocío e Lorenzo não se foram. Eu também fiquei. Estivemos justamente falando desses anos fuleiros. Um repasse na história mais ou menos pátria. Se havíamos feito bem ou mal em ficarmos. Ou em irmos. A esta altura, creio que nós que ficamos fizemos mal. Ao menos teríamos nos livrado da cana e de tudo que ela trouxe consigo. Mas nem todos pensam assim. Nós não, mas há os que até recebem mal os que regressam. Quem sabe seja, no fundo, uma forma oblíqua de reconhecer que eles também deveriam ter ido.

— Como está Rocío? Se recompôs?

— Bastante. É uma figura cheia de vitalidade. Mas dez anos de cana são muitos anos. Nunca fala dessa temporada realmente horrível. Nem nós lhe perguntamos. Fizeram todo o possível para arrebentá-la, para enlouquecê-la. E ela aguentou. Mas nada disso acontece em vão.

— E você?

— Eu? A mim também não agrada rememorar.

— Tem razão. Me desculpe.

— Não importa. Com você não importa. Fisicamente saí mal, com um diagnóstico de câncer, sabe? Muitos saímos de lá com essa etiqueta. Os médicos dizem que, na maioria dos casos, é uma consequência das surras, que foram muitas e muito perfeccionistas. Desde então tenho estado em tratamento e parece que o processo se deteve. Na realidade, me sinto bem. Voltei a dar aulas no secundário. O trabalho sempre ajuda. Ver diariamente os rostos dos rapazes, mais inocentes do que eles creem, isso me estimula. Sempre se pode fazer algo, inculcar alguma dúvida saudável, plantar uma sementinha, isso sim, tudo com muito cuidado. Como você sabe, dou literatura, e afortunadamente os clássicos sempre foram bastante subversivos. O Século de Ouro[8], especialmente, é uma festa. Me encantam esses tipos, as esquivas que fazem com a censura e outras inquisições. O dia em que voltei a dar aulas, comecei, em homenagem a Frei Luis[9]: "Dizíamos ontem".

— E Rosario?

— Agora estamos bem. Mas lhe confesso que também nesse aspecto a reinserção não foi fácil. Dez anos são dez anos. Deixaram marcas. Nela e em mim. Ainda que lhe pareça mentira, acho que tivemos de nos apaixonar de novo, começando aí também do zero. Ou de menos cinco. Porque Rosario é outra e eu sou outro. Por sorte, de ambas as alteridades, voltamos a nos gostar. Com os meninos foi mais difícil. Olha que quando me levaram, Dieguito tinha 5 anos e quando saí tinha 15, um homem feito. Muitos beijos, muitos abraços, muitas lágrimas, mas você se dá conta de que, no fundo, sentem que você os abandonou. Ainda que entendam o motivo e até o compartilhem. Mas você os abandonou. Dez anos de abandono. É demais. No verão passado decidi pegar o touro pelos chifres. Era uma noite cálida, serena, cheia de

---

8 Referência ao chamado Século de Ouro espanhol, entre o Renascimento do século XVI e o Barroco do século XVII, considerado o apogeu da cultura hispânica. (N.E.)
9 Luis de León (1527-1591) foi um religioso agostiniano, poeta, humanista e professor da Universidade de Salamanca. Depois de anos nos cárceres da Inquisição, retomou as aulas da forma habitual: "Dizíamos ontem [...]". (N.T.)

estrelas, com apenas os gatos miando de amor. Levei a *botija* para o terraço e ali, iluminados por uma lua veterana, tudo foi mais fácil. Eu admiti minha responsabilidade, minha parcela de culpa, e ele assumiu sua incompreensão, sua lasca de egoísmo. Foi lindo. Desde então tudo vai melhor. Ainda assim, noite a noite me deixa aturdido com o seu rock insuportável. Mas aí eu não me meto. Cada um é dono de sua própria catarse e de seus próprios tímpanos. O ruim é que aporrinha os tímpanos alheios, incluídos os deste servo, e minha catarse foge apavorada.

— Não sei se é bom que não falemos entre nós do passado, porque, do contrário, com quem vamos falar? Tenho a impressão de que para os garotos de agora somos gliptodontes, seres antediluvianos. Na Espanha, por exemplo, já quase não se fala do franquismo. Nem a favor (salvo um ou outro taxista) nem contra. A direita não fala a favor, porque aprendeu apuradamente um dialeto mais ou menos democrático e, em um momento no qual tem a obsessão de ser centro e de privatizar tudo, até Jesus Cristo não quer que lhe recordem o seu querido apocalipse. E quanto à esquerda, certa parte não fala contra para que não a tachem de rancorosa ou vingativa, mas outra porção se cala porque também se deslumbrou com o centro. Há tantos marxistas que renegam Marx quantos cristãos que abominam Cristo. John Updike conta em sua autobiografia que a família tirava um sarro de seu avô, um erudito, dizendo que ele "sabia ficar calado em doze idiomas". Pois bem, agora tem proliferado outro tipo de silenciosos, que sabem ficar calados em três ou quatro ideologias.

— Eu lhe retruco com Borges, que embora tenha dito muitas lúcidas gaiatices ao longo de sua cegueira, as compensava com visões geniais como esta: "Uma coisa não existe, e é o esquecimento"[10].

---

10 "*Sólo una cosa no hay. Es el olvido*", início do poema *Everness*, de Jorge Luis Borges (Buenos Aires, 1899 -1986, Genebra). (N.E.)

— É certo, mas você já se perguntou para que serve não esquecer? No fim das contas, para Borges era mais fácil porque, como bom cego, vivia e sobrevivia graças a sua memória, que é precisamente o não esquecimento.

— Confesso-lhe que a mim me serve não esquecer. É uma zona triste, lúgubre, mas imprescindível. O pior que poderia me acontecer seria uma amnésia.

— Às vezes você fala como um personagem de Henry James que tivesse lido o primeiro Onetti.

— Algo cronologicamente impossível.

— E por isso mais saboroso.

— *Ego te absolvo*.

2

Não recordava haver visto um horizonte delineado com tanta nitidez. Como traçado com um tira-linhas. Assim, deserta, a praia tinha certa dignidade. Entre a costa vazia e a distância, um pouco antes do horizonte, a procissão de atuns girava sobre si mesma. Javier aspirou com prazer aquele ar salitroso. E, quase sem se dar conta, começou a descer. A descer pela memória suspensa.

Em outra praia, mais ao leste, talvez com uma faixa mais larga de areia e com um horizonte não tão finamente traçado, com trinta anos a menos, claro, havia conhecido Raquel. Bem instalada na adolescência, com uma aura de virgindade ainda em voga em meados dos anos sessenta, discretamente custodiada por irmãos e irmãs, primos e primas, e não muito consciente de sua contagiante simpatia e de seu corpo recém-formado, nervosa quando prendia o cabelo negro e tranquila quando se sabia olhada e admirada pelos cobiçosos fortões de fim de semana. Raquel tinha um modo quase melancólico de *coquetear*. Quando se deslocava entre as dunas, o fazia muito retinha, sem bambolear o traseiro como suas primas açucaradas nem se acariciando lentamente as coxas a pretexto de tirar a areia. Olhava e convivia com os rapazes quase como outro rapaz, mas estava consciente de que eles sabiam estabelecer a diferença. A instituição do *topless* era ainda algo inconcebível, mas imaginar o medianamente oculto era um estimulante exercício e uma constante revelação, de modo que cada um dos atléticos olheiros criava sua visão pessoal daqueles peitinhos cândidos, apenas cobertos por um maiô verde que fazia par com seus olhos esmeralda e esboçava, com dois leves promontórios, os biquinhos prematuramente eretos.

Frente a essa demonstração de sedução e inocência, Javier havia começado a se apaixonar. Não obstante, resistia o máximo que podia, já que estava convencido de que Raquel não lhe dava a menor importância, e que, em todo caso, era Marcial (um musculoso que anos depois iria se sagrar vice-campeão nacional nos 400 metros rasos) quem recebia mostras de atenção. Javier acabou arquivando suas pretensões secretas em uma luminosa manhã em que assistiu por acaso a um encontro entre o musculoso e a bela. A água molhava os pés grandes e toscos de Marcial e os pequenos e perfeitos dela, e quando o futuro vice-campeão perguntou, insinuante: "O que você tem que está tão linda hoje?", ela enrubesceu tão visivelmente que Javier sentiu que o ânimo lhe baixava até os meniscos, e, simulando indiferença, se pôs a caminhar com vagareza, como se tentasse pisar as ondinhas que morriam entre as pedrinhas. De vez em quando apanhava algo e atirava ao mar com toda força, como quem se desprende das ilusões, dos sentimentos, de algo assim.

Duas gaivotas, que defloraram a sua solidão e quebraram a mansidão do crepúsculo, atiraram de novo Javier ao seu presente de recém-regressado. Pensou em outra (ou na mesma) Raquel, a que havia ficado em Madri. Sentiu frio nos ombros, no estômago, nos joelhos. As mulheres, as poucas mulheres de sua vida, lhe haviam dado calor, e agora sentia falta desses braços, desses ventres, desses lábios, dessas pernas.

3

— Javier! Javier!

A Javier pareceu que o chamado procedia de um grupinho que estava junto ao quiosque, na esquina da Dieciocho com a Convención, mas custou a identificar o gritão. Só quando um tipo de jaqueta e boina levantou e agitou os braços, é que pôde reconhecer a corpulência de Gaspar, mas este já se aproximava correndo.

— Cretino! Ainda bem que lhe encontrei na rua, porque parece que você não frequenta os amigos de antes. Fermín já me contou que você está vivendo numa praia insossa, mais solitário que uma ostra viúva.

Apenas quando pôde desprender-se do abraço constritor do amigo reencontrado e sobretudo quando comprovou que não tinha quebrado nenhum osso, Javier ficou em condições de festejar aquilo da ostra viúva.

— Na Espanha dizem *más solo que la una*[11].

Gaspar o olhou detidamente, como verificando as marcas que dez anos de exílio haviam deixado no velho parceiro.

— Você está muito bem conservado, *Malambo*. Sete ou oito cabelos brancos e nada mais. Vê-se que o duro caviar do exílio lhe caiu divinamente.

— Não sacaneie.

— Então não sabe o que toda essa gente olhava? Nesta esquina sempre se instalam dois tipos com o jogo da tampinha. Hoje a candidata foi uma pobre velha. Afanaram-lhe quinhentos. Dos novos. "Esta semana não comerei", disse a veterana, mas não chorou. Na verdade assumiu o seu puto destino, ou seja, a sua inocência e/ou bobeira, com a mesma integridade de uma heroína de Sófocles ou do faroeste. Quase choro eu por ela.

---

11 Literalmente: "mais só que a uma". A origem provável da expressão é um episódio da política do País Basco, quando o candidato Iñaki Launaguerregaray teve contra si a união de todos os demais. Quem está sozinho fica portanto "mais só que Laúna". (N.T.)

— Você também se mantém na linha. Dá pra ver que o macio churrasquinho doméstico lhe caiu bem.

— Doeu essa do caviar, hein? Não faça caso. Também ouvi dessas. Estive um par de anos no Brasil. Não foi ruim. Os fotógrafos sempre somos necessários. Alguém tem que retratar os políticos com a boca aberta, isso sempre os incomoda. E eu me tornei um especialista. Dá pra ver até a goela.

Como desculpas e para acabar com qualquer rancor, um novo abraço. Desta vez Javier pensou, sim, que o bom amigo lhe havia quebrado uma costela, mas foi um alarme falso.

Ambos tinham tempo disponível e, portanto, decidiram meter-se no Manhattan. Tinham de se atualizar. Gaspar pediu um pingado e um sanduíche quente. Javier, uma cerveja e duas porções de *fainá*. Da beirada, por favor.

— O *fainá* sempre foi uma das minhas nostalgias e não havia caviar que compensasse a sua ausência. Em Madri não se consegue farinha de grão-de-bico. Uma vez estive a ponto de obtê-la, mas não passou disso. Soubemos que um primo da Raquel viajaria para a Espanha. Pedimos que nos trouxesse um quilo. E ele trouxe. Pobre desgraçado. Em Barajas um funcionário enchedor de saco, desses que sabem de cor a Lei dos Estrangeiros, revistou a bagagem dele e pensou que aquilo era cocaína. Imagina: um quilo da branca, em estado de pureza, toda uma fortuna. Para piorar o viajante era jovem, algo imperdoável. Ainda bem que chamaram alguém da polícia técnica e este abençoado tinha ouvido falar do *fainá* e, portanto, da farinha de grão-de-bico. Inclusive fez alarde de sua cultura culinária: é algo como o que no sul da Itália chamam de torta de *cece*, não é verdade? E por fim o primo pôde passar. É claro que nunca mais pedimos que nos trouxessem essa má imitação da coca. O cúmulo foi que, quando a Raquel se pôs a fazer o *fainá*, algo deu errado e ele queimou no forno. Fiz então uma piada ruim, que não foi bem recebida pelo primo: "*Che*, era realmente farinha de grão-de-bico? Tem certeza de que não era coca?".

— A propósito, Fermín me disse que você e Raquel...

— Sim.
— Que pena, não?
— Sim.

Javier não estava com ânimo para explicar a todos os seus amigos, um a um, qual era a sua situação conjugal.

Por seu lado, Gaspar sentiu que não era o momento de se aprofundar no tema. O próprio Javier o tirou do poço.

— E você? O que faz agora? Pela barulheira que fez há pouco, dá para entender que já não está na clandestinidade.

A poderosa gargalhada do outro fez com que o rapaz do caixa olhasse, assustado.

— Lembra daquela época delirante? Quando íamos no Neme?

— Dizíamos Neme como se fosse um *nom de guerre*. E se chamava Nemésio. Quem se chama Nemésio hoje em dia?

— Sim, quem se chama Nemésio depois da queda do muro?

— E depois da guerra do Golfo.
— E do cerco a Sarajevo.
— E dos massacres em Ruanda.
— E da IV Cúpula de Cartagena.
— E da V de Bariloche.
— E do ocaso do *ch* e do *ll*.
— E da defesa patriótica do *eñe*.
— E das transferências do século: Maradona para o Boca e Hugo Batalla[12] para o Partido Colorado.
— E do supermercado da camisinha.
— Cheeeeega!
— Tá bom, chega. Mas quando nos encontrávamos lá no Neme, ali no Prado, tínhamos que tomar um táxi, depois um ônibus, depois outro táxi, seis quarteirões a pé e por último um trólebus, tudo para despistar a cana. E veja só, a cana estava em outra coisa.

---

12 Hugo Félix Batalla Parentini (1926-1998), político da Frente Ampla que aderiu ao Partido Colorado e tornou-se vice-presidente do Uruguai. (N.T.)

— Em que outra coisa?

— Ah não, velho. Não direi uma palavra sem a presença do meu advogado que, diga-se de passagem, foi à Itália e não voltou. Me sopraram que integra a equipe de assessores do Berlusconi. Outros, mais discretos, o situam como especialista na árdua tarefa de aliciar meninas orientais com destino ao meretrício em Milão.

— Meretrício. Deve haver uns vinte anos que não ouvia um termo tão velho.

— Sem brincadeira, lhe asseguro que nunca dou crédito a calúnias tão verossímeis.

— O que terá acontecido com o Neme? Sabe de alguma coisa?

— Oito anos em cana. Em Libertad[13], nada menos. Participação em associação para delinquir. E não precisamente pelo caso do Prado. Saiu bem de ânimo, mas fisicamente destruído. Com seis meses lhe falhou o *relógio*.

— Puta que pariu. Todos os dias me inteiro de algo.

— Sim, puta que pariu. E vai continuar se inteirando.

— Neme, Nemésio, Nêmesis.

— Isso dissemos aquela tarde, lá no do Norte.

— Nêmesis: vingança. De quem e contra quem?

— A vingança sempre vem de cima. Quando nós de baixo queremos nos vingar, nos arrebentam. Inexoravelmente.

— Será que é por isso que me canso dos meus rancores?

— Pode ser. Eu ao contrário os rego todas as tardes. E é a única herança que deixarei ao meu filho: que os siga regando.

4

Naquele modesto colégio de Villa Muñoz lecionavam dez ou doze professoras. E só um professor. Quarentão, de estatura mediana, grisalho que havia sido loiro, mãos grandes

---

13 Temido presídio uruguaio, símbolo da repressão durante a ditadura. (N.T.)

com dedos afilados como dizem que têm os pianistas, com sardas mas não em excesso, com calças largas e jaqueta apertada mas de marca, talvez herdada de algum parente próspero, fumante empedernido mas nunca na classe, com sapatos ultrapassados mas sempre lustrosos, e uma voz agradável, mais para o grave, ante a qual era impossível se distrair.

Por nome, Ángelo Casas. Atenção: Ángelo, não Ángel. Igual a seu avô de Udine. Os rapazes lhe chamavam "dom Ángelo" ou simplesmente "professor". Todos lhe queriam bem, mas Javier ainda mais. Talvez porque fosse órfão e, em sua *andaimada* pessoal, dom Ángelo vinha a ocupar o lugar do pai. O certo é que Javier prestava o máximo de atenção na aula, até naquelas manhãs em que o professor se dedicava a ler as *rondas*[14] de Gabriela Mistral, algo que sempre lhe aborrecia. "*Dame la mano y danzaremos; dame la mano y me amarás.*" Anos depois aprendeu a desfrutar da "outra" Gabriela, a de *Desolación*, mas naquele tempo apenas desculpava essa insistência pouco menos do que obrigatória, sabendo que uma vez por mês não havia remédio: deviam cantar em coro com as outras classes, em uma melosa exibição coletiva. Podiam ter escolhido, por exemplo, Juan Cunha. Desde que havia encontrado um exemplar de *Triple tentativa* na biblioteca do Tio Eusébio ("*Un gato por la azotea. / La noche, parda también. / Un gato por el pretil: / Con su sombra, ya eran dos; / Y, contándole la cola, / Podía pasar por três.*"), Javier havia se convertido em um devoto de Cunha, ainda que este não tivesse escrito *rondas* infantis. A poesia especialmente escrita para crianças lhe produzia alergia, ou melhor, um tédio insuportável. "Estes autores devem crer que as crianças são idiotas", murmurava, "que só entendem os diminutivos". E dá-lhe com o cachorrinho, o ga-

---

14 Com uma única linha de melodia e muito fácil de cantar, a *ronda* é quase um sinônimo de canção infantil. (N.T.)

tinho, o lourinho, a menininha, o papaizinho. Juan Cunha não, escrevia sério e sem diminutivos.

Não obstante, e apesar das rondas, *Javier* gostava de dom Ángelo. O professor não falava nunca de sua vida pessoal. Mas pouco a pouco eles foram averiguando alguns pormenores. Morava a sete ou oito quarteirões do colégio. Ainda não sabiam se era solteiro, viúvo ou divorciado. Na casa (jardinzinho, quintal com galinhas, pátio descoberto e um caramanchão) só moravam ele e sua mãe. Não haviam averiguado quem era o hóspede e quem era o anfitrião. A mãe era alta e magra, muito ativa. Algumas tardes se sentava a ler no jardinzinho e outras vezes se entretinha aporrinhando um velho piano que tinham na salinha, junto ao balcão. Seu repertório se compunha de *milongas criollas*, algum *chamamé*[15] (seu preferido era *El rancho de la cambicha*) e sobretudo cançonetas napolitanas (*O sole mio*, *Catarí*), mas não cantava, simplesmente dedilhava a melodia, cortesia que a vizinhança (sem dizê-lo, é claro) lhe agradecia.

Poucos meses depois de conhecer o professor, e sobretudo depois de inteirar-se de que tinha mãe mas não mulher, uma inspiração ocorreu a Javier. Sua mãe, claro! Como não lhe havia ocorrido antes? Sua mãe estava viúva havia vários anos, era ainda jovem e ao menos a Javier parecia linda. E simpática. E alegre. Uma pessoa que sabia rir. Um riso que contagiava. Quando o pai de Javier morreu, Nieves havia passado dois anos sem rir. Toda a casa se calara, primeiro de raiva e depois de tristeza. Sem a alegria de Nieves, aquilo não era um lar. Nem família. Gervasio e Fernanda, os dois irmãos mais velhos de Javier, não paravam em casa. "Isto é um velório", diziam. E foi precisamente graças a Javier que a mãe recuperou o seu riso.

---

15 Oriundo da fusão entre a cultura guarani e a europeia, o *chamamé* é um estilo musical que se difundiu pela Argentina, Paraguai e até regiões do Brasil, como o Rio Grande do Sul e o Mato Grosso do Sul. É identificado com sentimentos nacionalistas. (N.T.)

História atraía Javier e, ainda que nada disso figurasse nos programas do primário, sempre conseguia que alguém lhe emprestasse livros sobre o Egito, Grécia, Roma etc., e amiúde escrevia breves resumos sobre figuras como Alexandre Magno ou Júlio Cesar e até desenhava esmeradamente mapas que em seguida mostrava a dom Ángelo, que sempre o estimulava, mas não deixava de corrigir seus erros. Em certa ocasião, passou dez dias traçando um complicado mapa sobre as guerras púnicas e no ângulo superior esquerdo deixou livre um quadro para desenhar o título. Quando concluiu o trabalho e antes de levá-lo ao professor, mostrou-o a Nieves e foi aí que ela recuperou o seu riso, porque o título do vistoso quadro dizia *gerras* púnicas. "Onde você deixou o U?", perguntou a mãe lá pela metade da sua risada, mas em seguida se arrependeu porque a expressão de Javier era de quase choro. Quis emendar e foi pior: "Mas, Javier, o mapa está lindíssimo e além disso, o título você pode corrigir. Desenhe outro quadro e cole em cima e assim pode levar ao professor". "Não", murmurou Javier, "ficaria muito descuidado". E no meio de seu terceiro soluço pôde esboçar um sorriso. "Ao menos serviu para que voltasse a rir, Nieves". Sempre a chamava pelo nome. Parecia-lhe ridículo dizer "mamãe" ou "mami". Nieves então o abraçou, porque era verdade, tinha recuperado seu riso e se sentia melhor, muito melhor, como se houvesse recuperado também a sua identidade. "Também o seu pai se divertia quando eu ria. Mas em todo esse tempo não podia, não é que não quisesse, simplesmente não podia. Olha que meu luto não foi vestir-me de preto, mas sim ficar sem rir. E agora por sorte voltei a rir. Graças a você, Javier." Mas ele não levou ao professor as suas *gerras* púnicas nem tampouco refez o quadro com o título mutilado. Enrolou cuidadosamente o mapa, prendeu com um elástico, pôs no guarda-roupa e ali ele ficou.

No entanto, esse episódio terminou de convencê-lo de que seu projeto era viável. Era essencial que dom Ángelo e Nieves se casassem. É claro que, como primeira medida, teriam de se conhecer, e isso não era tão fácil. Segundo a peculiar e interessada ótica de Javier, faziam um par muito bom. E além do mais cumpriam com os requisitos que sempre havia escutado como imprescindíveis. Ele era um pouco mais alto do que ela, digamos uns dez centímetros. Três anos mais velho. E ambos eram magros, ou seja, não teriam que fazer tratamento para emagrecer.

Teve de esperar três meses, exatamente até a festinha do fim das aulas. Nieves não queria ir, estava muito ocupada com as arrumações da casa. Tampouco os irmãos de Javier prometeram comparecer.

— Você nunca insistiu para que fôssemos a essa porcaria de festa. Que bicho te mordeu este ano?

Javier aceitou que seus irmãos lhe negassem apoio, mas seu assédio à mãe se tornou quase insuportável.

— Vão comparecer todas as mães, só você vai faltar, dom Ángelo vai se ofender.

— Mas, Javier, se o professor é tão bom como você sempre me conta, não vai se incomodar com a ausência de uma das mães, sobretudo se você lhe explicar que tenho muito trabalho em casa.

— Não, Nieves, não vai entender, porque durante o ano me tratou muito bem, me ajudou muitíssimo, me inculcou [disse assim, inculcou] o gosto pela leitura, se reparar tenho melhores notas do que nos anos anteriores, quando só tive professoras.

E se pôs solene para acrescentar um argumento irrefutável:

— E isso, tudo isso, uma mãe tem de agradecer.

Paradoxalmente, foi esta última cafonice que convenceu Nieves; decidiu ir à festinha.

Nieves e dom Ángelo por fim se conheceram! Javier os avistava de longe (não podia estar com eles, porque participava do *ato artístico*, recitando três sonetos, que não seriam senão de Juan Cunha), via que conversavam animadamente e foi concebendo tantas esperanças que no final confundiu dois tercetos do seu poeta dileto, ainda que por sorte ninguém se tenha dado conta.

Quando já tinham voltado para casa, Javier, radiante, encarou Nieves: "E que tal? O que lhe pareceu o professor?". Nieves fez um estranho movimento (que para o filho ficou indecifrável) com as mãos e disse que parecia boa gente, que era amável, que indubitavelmente tinha prazer em ensinar, mas quando se cumprimentaram se deu conta de que tinha as mãos úmidas, meio suadas apesar do ar fresco, e ela sempre tinha sentido uma inevitável repulsa por pessoas com mãos suadas.

— Mas, Javier, não se preocupe, isso é só uma mania pessoal e estou segura de que dom Ángelo é um professor excelente.

Javier abaixou os olhos, olhou as pontas de seus sapatos de domingo, que ainda conservavam um pouco da terra vermelha do pátio do colégio. E assim, com um suspiro profundo e desolado, pôs um ponto final em um dos mais ambiciosos projetos de sua vida.

5

Javier: aqui estamos, Camila e eu, nos acostumando aos poucos a que você não esteja conosco. Para lhe querer, para lhe odiar, para lhe fazer a *tortilla* espanhola de seus amores, para assistir o *Informe Semanal* da TVI ou para nos indignarmos com o abusivo hipnotismo de *Rafaella Carrá*[16] e, sobretudo, para lhe suplantar na responsabilidade de levar o Garufa até o parquinho e aguardar que ele reencontre sua árvore preferida e lhe lance suas águas menores e maiores e também para que o pobre paquere as cachorras do bairro e afine suas preferências para quando elas estejam enfim

---

16 Cantora, atriz e apresentadora de televisão, muito popular na Itália, Espanha e Argentina. (N.T.)

no cio. Hoje estive refletindo sobre se essa disponibilidade limitada das fêmeas caninas é uma vantagem ou uma desvantagem em comparação com o salvo-conduto mais amplo das fêmeas humanas. E não cheguei a nenhuma conclusão. Tudo tem os seus prós e contras. Agora por exemplo não estou no cio, mas nunca se sabe.

Camila está contente com o resultado de seus exames e cada vez se sente mais satisfeita por ter escolhido jornalismo. Os professores não a agradam muito, mas por outro lado a carreira a encanta. Está parecendo que seus genes são mais poderosos que os meus. Seguramente lhe escreverá. Tenho minhas dúvidas: quando por fim obtiver a licenciatura, esta lhe servirá de algo para conseguir trabalho? É claro que isso ocorre em todas as carreiras, aqui ou em qualquer lugar. Há uns meses, para preencher cinquenta vagas de médicos, apresentaram-se nada menos do que três mil profissionais. Mas, voltando a Camila, você sabe que é cada dia mais difícil entrar nos jornais. Continuam aferrados a seus postos vários jornalistas da velha guarda, alguns deles sobreviventes do franquismo, quase lhe diria que são estrelas, embora, isso sim, muito democráticos. Não preciso lhe contar (você o sofreu, não sei se na carne, mas sim no próprio computador) que já não existem franquistas puros neste lindo país. Só restam os impuros e às vezes são best-sellers. E sempre constitucionalistas, ora essa. Trocaram José Antonio por Azaña[17]. E os outros não podem protestar porque eles trocaram Pablo Iglesias[18] por Helmut Kohl. Provavelmente você fez bem em voltar. E eu fiz melhor em ficar. Sabe o que acontece? Em alguns lugares tenho mais medo e em outros menos medo. Mas faz mais de vinte anos que o medo se meteu no meu sangue

---

17 José Antonio Primo de Rivera (1903-1936), fundador da Falange Espanhola, foi condenado à morte e executado no começo da Guerra Civil. Manuel Azaña Díaz (1880-1940), último presidente da Segunda República, morreu exilado na França. (N.T.)
18 Pablo Iglesias Posse (1850-1925), fundador do Partido Socialista Obrero Español (PSOE). (N.T.)

e quando vejo (sempre de longe, esconjuro!) um milico, seja suíço ou norueguês, me dá taquicardia. É certo que aqui tenho a vida mais bem resolvida (não apenas o medo, também o consumismo se meteu no meu sangue) e isso, para uma dona de casa com uma filha em estado de graça (Camila está cada dia mais linda), não é pouca coisa. A galeria toma o meu tempo, mas é um trabalho que me agrada. Cada vez mais vou me especializando em artistas latino-americanos e, dentro do possível, compatriotas. Agora tenho um Gamarra, um Frasconi e um Barcala. Agradam-me tanto que todo dia lhes subo os preços para assustar os possíveis compradores e poder seguir tendo-os na minha frente. Se tivesse um Botero ou um Lam os venderia com muito gosto, mas infelizmente não os tenho. Agradam-me, é claro, mas para outras paredes, não as minhas. Gamarra, Frasconi e Barcala são minha família; Botero e Lam, uma prestigiosa família alheia. Ontem à noite Camila foi com seus amiguinhos a um recital de José Agustin Goytisolo e Paco Ibañez. Disse que quando escutou *Palavras para Julia* se pôs a chorar. E que a voz rouca do Paco mexeu com algo em suas tripas. Isso nunca ocorre nos concertos de rock, a que também assiste, mas regressa incólume, com os olhos secos. A esta altura deste século decrépito não sei se é saudável chorar ou meter o coração nas brasas até que amanheça seco e sem futuro. E você, como vai indo? Poderia escrever mais com mais frequência. Especialmente por Camila. Ainda que lhe escreva pouco, também se incomoda com os seus longos silêncios. Também gostaria de saber de sua nova (ou renovada) vida. Creio que tínhamos combinado que, apesar de tudo, íamos seguir nos falando com sinceridade e, por que não, com afeto? Não se pode deixar algo bom se extinguir. Não vejo inconveniente em que o mau se extinga. Ademais, quero notícias. Algumas tão pedestres como saber se, ainda com Arana[19], os caminhos seguem tão estropiados e tão causadores de tropeços e fraturas. O que dizem os velhos

---

19 Mariano Arana (1933), prefeito de Montevidéu de 1995 a 2005. (N.T.)

amigos? Já não se diz companheiro, não é? Seguem fiéis a si mesmos ou agora militam na infidelidade pós-modernista? Na Europa temos, você bem sabe, alguns exemplos paradigmáticos que se mudaram bem contentes, com todas os seus aparatos, sua biblioteca e sua epistemologia, da "direita da extrema esquerda" à "esquerda da extrema direita". Quero notícias, mas daquelas que se forjam no subsolo da calma, essas que não aparecem na *Búsqueda*[20] e nem sequer na *Brecha*[21], que seguem sendo as minhas ligações com "a pátria, esse lugar em que não estou", como bem escreveu um dos mais clarividentes heterônimos de Pessoa. Eu mesma me sinto como um heterônimo de Pessoa. Não gostaria de ter um filho que se chamasse Heterônimo? Para abreviar, como se costuma fazer aqui na Espanha, teríamos ficado com Eter. Por acaso não dizem Inma para Inmaculada? Como vê, não mudei, sigo delirando como há duas décadas. Na outra noite sonhei com você. Olha que não era um sonho erótico. Pelo menos este. Simplesmente você se aproximava, sacudia suavemente o meu ombro e me dizia ao ouvido: "Acorda, Raquel". A verdade é que nem sempre me agrada despertar. A você sim? Bem, nada mais. Beijos de Camila e R.

6

Sentado junto à janela, em um dos tantos bares, todos cortados pela mesma tesoura, com mesinhas de plástico e porta-guardanapos quadrados, sem o acolhedor lambri que tinham os de antes, Javier relembra a avenida sem árvores, essa descafeinada *calle* Mayor em que vem parar a 18 de Julio, a esta hora ainda pululante e agitada, ladeada pelos vendedores ambulantes que tanto brigaram com o muni-

---

20 Revista semanal uruguaia focada em política, economia e cultura. (N.T.)
21 Revista política uruguaia, sucessora do *Marcha*, fechada em 1974 pela ditadura militar e onde o autor iniciou a sua carreira jornalística. (N.T.)

cípio e com os zelosos guardiães da paz cidadã; percorrida por senhores de gravata e pasta, senhoras de salto baixo e sacolas de compras, moços/as unissex, e também meninos descalços e em farrapos que vigiam as gorjetas das mesas próximas da porta para arrebatá-las de um golpe, sair correndo em zigue-zague e atravessar a pista com o semáforo no vermelho, esquivando-se de caminhões, como arriscada medida para que ninguém lhes dê caça.

Já não há velho nem novo Tupí, pensa Javier, e o Sorocabana da *plaza* Cagancha foi segregado em um galpão sombrio. Já não há Cine Ariel nem Grand Splendid nem Rex Theatre (onde viu *O Grande Ditador*, de Chaplin, na época em que vinham bem fornidas excursões de portenhos porque em Buenos Aires estava proibido), nem Iguazú (onde faz um século passaram a deliciosa *Ter e não ter*, de Howard Hawks). Já não há Estadio Auditorio nem Teatro Artigas. Tampouco há arrastões para a prisão de estudantes, apenas existem as de vendedores ambulantes não autorizados ou de torcedores que regressam, exultantes ou raivosos, do estádio. Agora a luta armada é entre torcedores.

Quando amigos espanhóis viajavam ao Uruguai, no regresso a Madri falavam maravilhas de como somos, pensa Javier e em seguida repensa, mas eu me lembro de como éramos. Então, como éramos? Mais amáveis, menos ásperos? Mais sinceros, menos hipócritas? Quem sabe fôssemos menos desagradáveis, OK, provavelmente ainda hoje somos menos soberbos do que os portenhos. Diz Quino que um uruguaio é um argentino sem complexo de superioridade. Nem tanto, nem tanto. Também pode ser que um argentino seja um uruguaio sem complexo de inferioridade. Como somos? Menos corruptos talvez, mas Fermín diz que somos menos corruptos porque aqui há menos para embolsar. Uma das virtudes mais apreciadas pelos madrilenhos é que em Montevidéu não há engarrafamentos (aqui dizemos: nós) no tráfego/trânsito (qual é a denominação correta? tenho que olhar no Larousse). Não obstante, Fermín, que como já devem ter notado, é meu assessor sociológico-jurídico-esportivo-político-cultural, opina que à medida que diminui o salário médio vai aumentando (para dizê-lo como Mairena[22]) o número de automóveis habituais circulantes na rua. E além do quê, zero quilômetro. Pode ser, pode ser. Há mais carros, isso é evidente, mas não estou em condições de inspecionar os hodômetros deles. Também vou conhecendo alguns que tinham um humilde e utilitário Volkswagen e agora dispõem de um exultante Rover. E não são ministros, nem sequer senadores, ao que me consta. Na realidade, trata-se de fofocas que exercito (sem acento no segundo e, hein?) comigo mesmo. E depois, as autofofocas não fazem mal a ninguém. Conclui Javier e pede outro pingado.

7

Um alemão da Schwarzwald disse uma vez a um *vallisoletano*[23] amigo de Javier que ele não entendia o uso do superlativo no castelhano. "Olha só: bom, estupendo, colhudo." E o *vallisoletano*, divertido e com esse humor brusco que caracteriza os ibéricos (exceto Gila[24], que por sorte pratica a sutileza), o atropelou: "Ah sim, não será porque em alemão não existem colhões?". E claro, o teutão, que era filho putativo da Wehrmacht, não lhe falou mais, mas entendeu a diferença.

Javier recordou-se desse terno dialogozinho porque ficou um bom tempo tratando de definir o ofício de jornalista e por fim achou que o qualificativo adequado era esse: colhudo. Traduzido ao rio-platense seria *piola* ou *macanudo*[25]. Colhudo esse idioma de Cervantes e Peloduro[26]. Mas, ao fim e ao

---

22 Miguel Brau Gou/Carmen de Mairena (1933) é um travesti espanhol, cançonetista e apresentador de televisão. (N.T.)
23 Natural ou habitante de Valladolid. (N.T.)
24 Miguel Gila Cuesta (1919-2001) foi um humorista espanhol. (N.T.)
25 Legal, excelente. (N.T.)
26 Julio Esteban Suárez Sedrasqui "Peloduro" (1909-1965) foi um jornalista e caricaturista uruguaio. (N.T.)

cabo, admitida a *colhudice* ou o *piolismo* do sacro ofício, qual teria sido, em sua trajetória pessoal de imprensa, o capítulo mais comovedor ou ridículo ou assustador? Por exemplo, tinha assistido, por pura casualidade, àquele episódio da *calle* Piedras, quando com sol a pino dois pilantras se pegaram (ao que parece por causa de uma muamba) durante uma boa meia hora, punhalada vai, punhalada vem, sem que ninguém interviesse, menos ainda a polícia, e ali ficaram quietinhos, no meio de um charco de sangue compartilhado. Então foi correndo até a redação e descreveu a refrega com tanto realismo que o chefe o repreendeu: "Aceito porque estamos na hora de fechar, mas olha que nas *policiais* não quero ficção científica". Outra boa foi a daquele acidente na Comercio (que ainda não se chamava Avenida Marechal Francisco Solano López) com a Dalmiro Costa, quando um motoqueiro entrou com máquina e tudo, ninguém soube como, em um caminhão baú ou algo parecido, que estava imóvel, cândido e alheio, pronto para cruzar o portão de uma fábrica. O moço reapareceu (por certo, já sem o capacete protetor) cinco minutos depois, com as calças rasgadas, suas partes pudendas ao ar vespertino, um sapato em uma mão e parte do guidão na outra, perguntando com angústia aos presentes: "Onde estou? Não sejam maus, me digam onde estou".

Outro fato fora de série, sobre o qual não escreveu porque se tratava de um colega meio apalermado, ocorreu no Centenário, numa tarde de clássico. O colega, que era fotógrafo, alinhou as duas equipes para a imagem de praxe, mas quando percebeu que no visor de sua Rolleiflex apareciam desfocados, em lugar de ajustar o foco, fez os 22 jogadores recuarem até que o conjunto apareceu impecável e sem fantasmas em seu exigente visor. Há que se esclarecer que no dia seguinte a foto apareceu muito bem focada.

No entanto, a cobertura jornalística que Javier nunca pôde esquecer ocorreu apenas um mês antes de abandonar o diário. Avisaram à redação que em uma casa abandonada no bairro La Comercial havia aparecido uma menina que aparentemente estava morta.

Lá foi Javier e chegou junto com a ambulância e a polícia. Exibiu sua identificação e pôde entrar com os enfermeiros. A menina teria 11 ou 12 anos. Um dos enfermeiros confirmou que estava morta. A polícia tomou nota. Depositaram-na em uma maca. Javier caminhava ao seu lado. Não podia deixar de olhar a cabeça da menina, que tinha ficado inclinada em direção a ele. De repente viu que aqueles lábios sem cor esboçavam um sorriso, que os olhos se abriam e lhe davam uma piscada quase cúmplice. Em seguida se fecharam. Javier pegou fortemente pelo braço um dos enfermeiros, que era um velho conhecido. "Está viva e abriu os olhos", quase lhe gritou nos ouvidos. O outro fez uma terrível cara de incrédulo, mas mesmo assim se inclinou sobre o corpinho, moveu-lhe suavemente o rosto (que não estava rígido, observou Javier), tentou tomar-lhe o pulso e se voltou para Javier: "Vamos, *che*, tão cedo e já bêbado". Mais tarde, na redação, antes de entregar a nota ("seu rosto parecia ter vida, seus lábios pareciam esboçar um impossível sorriso") ligou para o Maciel, perguntou por um funcionário amigo, este foi averiguar e regressou para dizer-lhe que quando a ambulância havia chegado ao hospital a menina estava morta. Ou, como dizem na Espanha: ingressou cadáver. (Cada vez que Javier encontrava essa expressão em um diário madrilenho, parecia-lhe que o cadáver tinha chegado ao hospital fazendo *jogging*.) Nunca contou esses detalhes a ninguém, nem ao chefe, nem a outros colegas, nem sequer a Raquel. Talvez temesse parecer ridículo, mas ninguém teria podido convencê-lo de que aquele rosto de cera não lhe havia sorrido e até dedicado uma piscada de cumplicidade. Que lhe havia querido transmitir? Que preferia morrer? Que este mundo era uma merda? Às vezes ainda sonhava com aquela piscada, com aquele sorriso. Mas no sonho a menina o olha fixamente com seus olhos castanhos e lhe diz: "Não se preocupe, Javier, todos vamos para o mesmo, assim, o quanto antes, melhor".

8

A primeira vez que se reuniram para festejar a volta do "Anarcoreta" (o novo apelido, autoria de Fermín, havia sido rapidamente adotado pelo clã e, salvo Gaspar, ninguém mais se lembrava da velha alcunha de "Malambo") não falaram quase nada de política, que precisamente havia sido o mister, ou artesanato ou labor que antes os havia unido. Começaram a rememorar películas de antigamente ou do presente para ver quem se recordava do elenco completo. Sempre Leandro ganhava, que até o golpe militar tinha possuído "o arquivo cinematográfico mais completo desta margem do Prata" (assim havia sido qualificado por um crítico profissional que anos depois morreu de enfarte). A partir do golpe, não mais. Aí acabou em Leandro essa mania ou estranho substituto da filatelia, porque quando os milicos invadiram o luminoso estúdio que alugava em frente ao Parque Rodó, chegaram à conclusão de que nomes como Humphrey Bogart, Merle Oberon, Jean Gabin, Vittorio de Sica, Anna Magnani ou Emil Jannings não correspondiam a atores e atrizes famosos, mas eram meros pseudônimos de subversivos locais e forâneos. E que títulos como *Ladrões de bicicleta*, *Sangue e areia*, *O assalto ao expresso do Oriente*, *Rififí*, *Os eternos desconhecidos*, *Vinhas da ira*, *Doze homens e uma sentença* ou *Pacto de sangue*, não pertenciam a películas, como qualquer ingênuo poderia crer, e sim serviam de cobertura a operações armadas, já realizadas ou a realizar. *Ergo*: levaram todo o arquivo e se vi não me lembro. Leandro não conseguiu recuperá-lo nem sequer com o vigiado advento da democracia.

    Estiveram cerca de duas horas em um reservado da cervejaria do *Chueco*, até que alguém mencionou *Os amantes* e outro *O último tango em Paris* e então Fermín (aproveitando que nem Rosario nem Sonia nem Rocío estavam presentes) lançou à roda uma pergunta perturbadora: "Todos vocês se lembram de como e quando foi a primeira vez?" Como os outros vacilaram entre o laconismo e a jactância, o autor da questão quis dar o exemplo e disse que ele sim se lembrava: que fora a um bordel do Cerro, e que havia sido um tio materno, de ascendência siciliana, quem o havia levado praticamente aos empurrões.

— Na época eu era mais pusilânime que uma violeta tímida — confessou o demagogo. — Nunca esquecerei o cu cosmogônico de minha voluntariosa iniciadora. Cada nádega era um hemisfério, e entre hemisfério e hemisfério havia um buraco na camada de ozônio que me inspirou muito mais pânico do que desejo. Não ria, Gaspar, e leve em conta que eu tinha catorze e essa mina uns quarenta e sete, embora parecesse sessenta e dois. Porém, aquela experimentada operária da sacanagem compreendeu *ipso facto* o meu desconcerto. "Não se assuste, *botija*, as meninas de agora o tem mais pequenino, mas convém que você comece com um grande". O certo é que me tratou como uma mãe e no final até pude corresponder a sua cosmogonia com uma ereção deslumbrante e bem desinfetada. Por sorte ainda não havia Aids. Agora, ao contrário, há que se prevenir até da sogra.

— Minha estreia foi com uma priminha de Durazno, às margens do Yi — disse Lorenzo. — Eu tinha 15. Ela tinha dois anos mais, mas também era novinha. Como éramos muito inexperientes, nos pusemos de acordo e conseguimos um exemplar de *O matrimônio perfeito*, de Van de Velde, que era o Zend Avesta erótico da época. O estudamos durante uma semana e, uma tarde, na hora da sesta, quando seus tios e meus velhos roncavam na casa solarenga a lenta digestão de uma *raviolada alla bolognesa*, nós dois, que apenas havíamos provado aquele manjar porque a ansiedade nos havia deixado inapetentes, fomos à costa do Yi, que é um rio monossilábico mas simpaticíssimo, e em uma área de arvoredo bastante espesso, abrimos o livro com a santa intenção de repassar os capítulos de praxe, mas quando estávamos apenas nos prolegômenos, jogamos o manual de lado e começamos a nos tirar mutuamente as roupas, que não eram muitas porque fazia calor, estendemos logo as vestes sobre a erva e, sem mais, sobre elas, depois de assombrar-nos durante dois minutos ao nos vermos em pelo pela vez primeira, demos começo a nosso primeiro corpo a corpo, sem nos atermos a nenhum dos requisitos estipulados pelo especialista internacional, mas gozando como loucos com nossa inexperiência. Depois dessa vez voltamos a fazê-lo em algo como dez ou doze sestas (inclusive uma vez, que foi a melhor, debaixo de chuva), ou seja, até que acabou o verão e eu tive de voltar a Montevidéu e ela ficou com seus tios à margem venturosa do Yi. Não nos vimos durante quinze anos, mas uma vez nos encontramos, não foi nem em Montevidéu nem em Durazno, mas em Buenos Aires (na Corrientes com a San Martin), casado eu, casada ela, e decidimos tomar um cafezinho no La Fragata (já não existe) porque ela havia marcado lá, porém uma hora mais tarde, com seu marido, e ficamos um longo tempo rindo daquele velho e mútuo batismo e também da bibliografia consultada. E ao final minha prima, já trinton, mas ainda muito apetecível, confessou: "Creio que naquele primeiro curso intensivo aprendemos tudo e para sempre, posso lhe assegurar que nunca o esqueci". Estive a ponto de lhe pegar a mão, mas foi uma sorte que tivesse vacilado, porque a hora já tinha passado sem que percebêssemos e nesse instante apareceu o marido e ela pôde apresentar-me muito triunfante: "Olha, querido, este é meu primo Lorenzo, com quem tanto brincávamos e nos divertíamos quando éramos crianças". "Muito prazer", disse ele, e me apertou a mão com tanto vigor que quase me fratura o metacarpo.

— Não tenho uma memória tão boa como a de vocês — disse a seu turno o Velho. — Considerem que já passei dos setenta e que venho do campo. Meu velho era domador, sabiam? Não recordo se a primeira vez foi com uma novilhinha, preciosa ela, ou com a filha de uns peões, que também não era nada mal. Mas juro a vocês por esta cruz, eu que sou um ateu confesso, que nunca enganei a minha senhora, que em paz descanse, com uma novilhinha, por formosa que fosse. E, ademais, em Montevidéu não são fáceis de se conseguir.

Os outros festejaram a autossemelhança da ficção, conscientes de que o Velho cumpria assim com o seu firme propósito de sempre: não fazer confidências. Nem políticas nem pessoais. Era o tipo mais reservado do mundo e seus arredores. Também o mais honesto e o mais leal. Mas se fosse o caso de, por boas razões, ocultar algo, podia ser o mais mentiroso do mundo ocidental e cristão, depois do Papa, claro.

Quando havia chegado a vez de Javier, assomou no reservado a cabeça pouco agradável do "Tucán" Velazco, e tiveram de suspender a mesa redonda, porque sempre se disse que o Tucán havia sido um espontâneo confidente da polícia, algo que nunca se pôde demonstrar, mas que foi profusamente difundido graças a uma cadeia de coincidências que adornaram o seu currículo com um tapete de suspeitas.

— E aí, rapazes? Outra vez conspirando? Então voltou, Javier? Alguém me soprou, mas não o havia visto. Você vai ficar? Já sei que teve um exílio esplêndido. Você merecia, caralho. De que falavam? De política?

— Não — disse o Velho. — O tema de hoje é mais escabroso. Vamos ver, Tucán, quando foi a sua primeira vez?

A pergunta ficou ressoando. Todos se fizeram de distraídos, mas o rosto de Tucán se pôs primeiro verde-escuro e depois verde-pálido. Olhou para os quatro com uma intensa carga de rancor, e em seguida disse, realçando cada palavra:

— Está se vendo que vocês nunca aprenderão. Passaram-se os anos e seguem sendo os mesmos filhos da puta.

E se foi, raivoso, sem se despedir de ninguém. Ninguém sabia o que dizer, mas Javier teve a impressão de que Tucán quem sabe tivesse interpretado que a pergunta do velho Leandro se referia a outra primeira vez.

9

— Há algo que devo agradecer aos milicos — disse Egisto Dossi (era inevitável que no Liceu Miranda todos os chamassem de "Egito") na manhã de sábado em que apareceu no videoclube de Javier em busca de dois filmes que queria apreciar pela quarta vez: *Casablanca* e *Viridiana*. — Me empurraram para o exílio com apenas 120 dólares e um passaporte que só tinha mais seis meses de validade. E nesses seis meses, transcorridos em Buenos Aires, a Rainha do Prata, tive de aprender a fazer bicos jornalísticos, mas também a atuar como carregador na Estação Retiro, a varrer folhas secas na *plaza* San Martin, a revender entradas do La Bombonera, a lustrar sapatos na Recoleta, a comprar e vender dólares na Corrientes com a Reconquista, a vender velhas partituras de tango e discos de 78 rpm na feira de San Telmo, mas sobretudo tive tempo de me lembrar de meu avozinho genovês por parte de pai (meu outro avozinho, o pai da minha velha, era napolitano, nestes países machistas os ancestrais pela linha materna não servem para um caralho) e assim pude conseguir um impecável *passaporto napolitano* que, portanto, era e é da Comunidade Europeia e me outorga o privilégio de ter um guichê especial nos aeroportos europeus, enquanto os terceiro-mundistas vulgares e selvagens fazem tremendas filas e suportam conscienciosos e mal humorados interrogatórios. No fim das contas, depois de tantos arranjos, serviços e trabalhos subalternos e mal remunerados, fui me firmando aos poucos no setor jornalístico (de algo me serviu uma meteórica passagem, lá no nebuloso passado pré-golpe, pelo *El Bien Público* e pelo *La Idea*), e ainda que nunca tenha passado de *freelancer*, mandei notas a diferentes meios de todos os pontos que, voluntária ou involuntariamente, fui conhecendo e, o mais estranho de tudo, é que as foram publicando e até pagando, quem diria. Assim conheci, por exemplo, Quito, que depois de *Monte* e *Baires*, me parece a cidade mais maravilhosa deste puto continente mestiço, e também Guanajuato, que vem a ser um prodigioso museu pré e pós-colonial que funciona até aos domingos, e México City, injustamente qualificada de capital corrupta, quando ocorre é que a *mordida* é o equivalente asteca da gorjeta em todo o resto do globo. Minha teoria é que a *mordida* mexicana é uma gorjeta *a priori*, mas por acaso a gorjeta propriamente dita não é uma corrupção *a posteriori*? E conheci Havana Velha, com edifícios que estão caindo, mas com crianças saudáveis e extrovertidas, que leram José Martí em vez de Constancio Vigil[27], e só isso já vale uma revolução. E me deitei com gringas malcheirosas e indiazinhas limpinhas, apenas para deixar mal os estatísticos, e me enamorei quase de verdade *solamente una vez*, como no bolero, e foi de uma mulata chinesa de Camaguey, mas a ingrata me deixou três semanas mais tarde por um loiro de Copenhague, que por sua vez a trocou um mês depois por uma preciosa negrinha de Camarões. Mas não me queixo. Há três anos me casei com uma ex-puta hamburguesa que, ainda por cima, se chama McDonald (seu pai adotivo era de Iowa), e que em toda a sua breve vida havia sonhado ser fiel a alguém e realizou comigo um ideal tão digno de elogios, além de aportar ao folclore conjugal uma erudição erótica que a cada noite me surpreende um pouco mais. Uma tarde dessas vou trazê-la aqui para que a conheça e lhe alugue qualquer vídeo que inclua a canção *Lili Marleen,* sua favorita. Entre nós tudo está claro. Ela já sabe que se alguma vez me põe cornos, apesar do tanto que lhe quero não terei outro remédio que estrangulá-la, de modo que graças a esse acordo tácito vivemos felizes e mutuamente satisfeitos. Na Europa viajei pouco. Ainda assim, durante a Copa do Mundo de 90 mandei copiosas notas esportivo-humorísticas ao *El Mercurio* do Chile e ao *New Herald* de Miami, diários progressistas, se é que existem, mas quando Rubén Sosa errou aquele fatídico pênalti frente à Espanha,

---

27   1876-1954, escritor uruguaio de literatura infantil. (N.T.)

disse que estava doente e afoguei meu desconsolo celeste em doze cálices de grapa. Contudo, minha especialidade jornalística não é o esporte, mas sim a corrupção generalizada, que já adquiriu uma importância olímpica e mundial. Essa é a grande transnacional. Agora está na moda a globalização da economia, mas me parece mais excitante a globalização da corrupção. Javierzinho, agora não se arranja aquele que não pode, e o que não pode trata de fazê-lo. Tudo está *abodrecido*, dizia premonitoriamente o turco Mustafá. Você pensa o que (sinceramente, hein) deste momento histórico? A mim não entusiasma. Gostava muito mais quando todos éramos pobres, mas honrados. Juro pela tia da minha velha (pela velha jamais, isso é sagrado) que eu queria ser ético, moral a toda prova, mas aonde vou com esse anacronismo? Já fui suficientemente trouxa no meu sarampo (melhor dizendo, escarlatina) progressista. Perdi emprego, moradia, economias, título profissional, vida familiar, céu com Via Láctea, processo de aposentadoria, sobrinhozinhos canalhas, vestíbulos com namoradas. E além do mais enriqueci o meu currículo com seis meses de cana, reconheço que levinha. Algo aprendi. Aí, Anarcoreta, de nossos velhos tempos o melhor que recordo é a emoção. A emoção de saber qual era o tira que me vigiava, a emoção do telefone grampeado e como nos divertíamos falando para o gravador. A emoção ante o miliquinho recém-saído da puberdade que examinava a cara e o verso do documento frio e ao final dizia sorrindo: "Está bem, senhor, pode seguir", e o senhor seguia, seguia, pelo menos até o próximo café para adentrar com urgência no *Cavalheiros* a fim de evacuar a então endêmica diarreia do pânico heroico e construtivo. Ah, as emoções. Não quero mais emoções, estou avisando. Já cumpri a minha cota. Na última vez em que estive nos Estados Unidos comprei em uma liquidação duas mordaças para a voz da consciência. Lá eles as fazem de plástico, de aço inoxidável, de tela *wash&wear*, pode escolher a que mais gostar. Mas não vá pensar que leiloei todos os meus escrúpulos. (Você sabia que no tempo dos romanos havia uma moeda chamada "denário" que pesava quatro "escrúpulos" e depois foi baixada para três?) Guardo todos eles em uma vitrininha de cristal da Boêmia. Para mostrá-los a meus netos, caso os tenha. Ainda me falta muito para proclamar-me um PhD das maracutaias clássicas, simplesmente me julgo um humilde artesão da embromação. Em todo caso, me considero um tipo leal, ainda que, isso sim, mais aos meios do que aos fins. Nunca ferrei ninguém. Às vezes me comovo ao repassar as minhas virtudes completas. Por outro lado, e para que você avalie até onde chegou a minha mudança, lhe direi que agora sou católico, apostólico e romano. O Papa Wojtyla é o meu líder. Seráfico, intolerante e um pouquinho bandido, mas ele beija o chão e eu beijo as minas, a diferença é notória e está a meu favor. Você sacerdote, eu sacrílego, disse o chefe pele-vermelha antes de receber a comunhão. E Buffalo Bill não pôde segurar o riso. Eu tampouco.

10

Por que Anarcoreta? Se ele nem sequer havia lido Bakunin ou Kropotkin. Talvez o chamassem assim porque nunca havia se encaixado em nenhum grupo ou partido ou movimento de esquerda. Era tão anarcoreta que nem sequer havia trocado figurinhas com os anarcos. Alguma vez os havia ajudado, mas também havia ajudado os tupas e, ainda que menos frequentemente, os bolches. Se a sua independência estivesse a salvo, não lhe importava ajudar. Com cada grupo tinha algo afim (mais no que rechaçavam do que no que apoiavam), mas suas diferenças despontavam logo que a rigidez da crosta ideológica se fazia presente. Marx lhe era mais simpático que Engels; e Lênin, certamente, mais que Stálin, mas nunca havia podido com *O capital* e tinha a impressão de que apenas 0,07% dos marxistas convictos e confessos o conheciam em profundidade. Em certa ocasião, pouco antes do golpe, havia "guardado" na casa do balneário um dirigente sindical, e uma noite em que ficaram discutindo e tomando uns tragos até tarde, aquele durão lhe havia confessado, com certa vergonha, que Stálin lhe parecia "um assassino progressista", ainda que de imediato tenha reconhecido que essa categoria, inventada ali mesmo por ele entre velhos tintos e tintos velhos, passava por dialética. Em outras ocasiões tinha servido de correio aos tupas e o havia feito sem problemas, mas também sem comprometer em nada o seu futuro. Quando os ácratas[28] de pelo no peito sequestraram a bandeira dos Trinta e Três[29], esteve a ponto de oferecer-se para escondê-la em uma arca cheia de recortes que tinha no sótão de sua casa no Pantanoso (que perdeu anos depois), mas achou que não tinha méritos suficientes para que os anarcos confiassem nele a este ponto, de modo que não concretizou a proposta, e fez bem, porque quando os milicos invadiram a sua casa, a primeira coisa que revistaram, e de pronto descartaram, foi precisamente a arca do sótão. Sempre havia sido anti-ianque, isso talvez dom Ángelo lhe tenha inculcado, claro que muito indiretamente, porque falar desse tema aos meninos *botijas* teria desencadeado uma insuportável avalanche de pais e mães democratas. Mas às vezes o professor usava pretextos mínimos para introduzir temas morais, pressupostos éticos, e brandia o Regulamento Provisório[30] do velho Artigas como se fosse uma bandeira do século XX. E, claro, contra Artigas não havia democrata de segunda que se arriscasse ir fundo. Só muitos anos depois da época escolar veio a se inteirar que dom Ángelo tinha

---

28 Anarquistas. (N.T.)
29 Em 1825, sob o comando de Lavalleja e Oribe, os Trinta e Três Orientais desembarcaram na praia de La Agraciada para expulsar o Exército Imperial Brasileiro, dando início à Guerra Cisplatina. Sua bandeira, de três faixas horizontais, azul, branca e vermelha, tinha a consigna "Libertad o muerte" e é uma das três bandeiras oficiais do Uruguai. (N.T.)
30 Disposições gerais adotadas pelo vice-reinado do Rio da Prata para uma melhor ocupação do território, favorecendo os habitantes de pior condição social. (N.T.)

caído em uma batida, simplesmente porque havia comprado um mimeógrafo e nele reproduzia, para a costumeira distribuição, não o Manifesto Comunista nem a carta a Quijano de Che Guevara, mas sim poemas de Vallejo, Neruda, Gonzalez Tuñón e algumas prosas de Roberto Arlt e José Pedro Varela. Não esteve muito tempo dentro e, quando o soltaram, Javier foi vê-lo em Las Piedras, onde havia se autoconfinado depois de se aposentar.

No começo o professor não o reconheceu, mas ficou olhando-o fixamente.

— Ainda não sei quem você é — murmurou entre dentes (postiços, claro), mas ao menos tem os olhos de um antigo aluno meu, que creio me lembrar de que se chamava Javier Montes.

E aí sem mais, sem esperar confirmação nem desmentido, lhe proporcionou por via das dúvidas um tremendo abraço e só depois dessa efusão inquiriu:

— Você é Javier Montes, não é?

— Sim.

Dom Ángelo se mantinha bem, até tinha um semblante mais animado do que quando atuava como professor na escolinha de Villa Muñoz, e esse reencontro com o ex-aluno o rejuvenescia ainda mais. Ficaram horas e horas repassando as suas vidas. Javier lhe perguntou se, depois da experiência carcerária, por breve que tivesse sido, não havia pensado em emigrar.

— Não — disse o professor —, entre outras coisas porque ficaram com meu passaporte e minha cédula de identidade. Poderia tentar, invocando a nacionalidade do meu velho, que os italianos me dessem outro documento, mas a verdade é que não quero ir-me. Mamãe morreu faz dois anos, já muito velhinha. Até o final esteve aporrinhando o piano com suas milongas, *chamamés* e cançonetas. Estava justamente tocando quando teve o enfarte agudo e a cabeça lhe caiu entre as teclas, que já estavam amarelas de tão vetustas. De modo que já não me restam nem a *mamma* nem o piano estropiado nem o jardinzinho nem as minhas aulas. Se fosse à Itália, tampouco lá teria alguém. Aqui ao menos me restam, não sei se amizades mas sim afinidades. Trabalho um pouco em política e sindicalismo, mas bem menos do que imaginavam na San José com a Yi[31]. Confesso-lhe que o do mimeógrafo foi o meu ato mais subversivo. Passei de Lênin a Gestetner[32], que lhe parece? E sua mãe?

— Está aí, sozinha também, porque meu irmão e minha irmã foram embora do país, mas não por problemas políticos. Não tinham motivos para se exilar. Agora vivem nos Estados Unidos. Meu irmão começou como cônsul em uma capital centro-americana, não recordo se Panamá ou Tegucigalpa, mas agora é gerente não sei se em um banco ou um supermercado. Minha irmã, que ao final se graduou, usufruiu uma modesta bolsa na Califórnia, e creio que agora ensina espanhol em uma universidade de terceira. A velha vê com apreensão o momento em que eu também decida partir (ou que outros decidam por mim), ainda que por razões opostas às de meus irmãos.

— E você irá?

— Não me agrada nada essa perspectiva, mas muito menos me agrada a tortura e perder cinco ou seis anos no xilindró por associação a não sei o quê. Creio que no final será a única solução. Acho horrível deixar Nieves sozinha, mas estou seguro de que seria pior se ela tivesse de ir periodicamente me visitar na prisão de Libertad.

— Você se casou? Ou, como dizem agora, se amigou com uma das primorosas meninas que abundavam em nosso bairro?

— Sim, professor, por ora me amiguei, mas creio que vou casar, e se partir, ela virá comigo.

— Como se chama?

---

31 Nesta esquina está até hoje instalada a Chefatura da Polícia de Montevidéu. (N.T.)
32 David Gestetner (1854-1939), inventor do mimeógrafo. (N.T.)

— Raquel. O senhor não a conhece.
— Não se chamava assim aquela menininha muito graciosa que todos os dias você acompanhava até a sua casa?
— Não, essa era Maria Luísa. Tem razão, era graciosa, mas um dia foi embora com seus pais para Recife.

Dom Ángelo o fitou com olhos tristes. Então, para exilar-se daquela lembrança tão distante, Javier lhe contou pela primeira vez sua catástrofe das *gerras* púnicas, e dom Ángelo recuperou por fim as antigas rugas do seu sorriso.

11

Havia acontecido em um 28 de dezembro, já não lembrava de que ano. Dia dos Inocentes. Já o haviam feito cair em umas dez inocentadas. Sempre lhe ocorria isso. Ao contrário, ele nunca se propunha a fazer os outros caírem. Parecia-lhe um jogo infantil, mas além de infantil, estúpido. Quando entrou no elevador da Prefeitura, junto com uma multidão de eventuais contribuintes, que, à medida que o aparelho fazia escala nos diferentes andares, ia-se desapinhando, acreditou distinguir que o rosto de uma mulher jovem, no ângulo oposto ao seu, era o de Raquel. Quando iam pelo oitavo e só restavam cinco pessoas, ela o olhou sorrindo e moveu os lábios, pronunciando em silêncio o seu nome. Desde aquela temporadazinha na praia, só se haviam visto de longe: uma vez na Avenida Brasil, ele estava em uma esquina e ela passou em um táxi, e outra vez na plateia do Teatro Solis, mas não haviam se falado. Quando chegaram ao décimo, ambos saíram do elevador. Beijaram-se no rosto e ele perguntou a qual repartição ia. Raquel riu e disse que ia a uma no segundo andar, mas que quando o viu havia decidido não descer. Ele, por sua vez, ia ao terceiro, mas idem. Ante a dupla inocentada, ali mesmo decidiram que nenhum dos seus compromissos era suficientemente urgente para lhes impedir de descerem de novo à rua e se meterem em um café em frente ao Museo del Gaucho. Javier a achou lindíssima e o disse.

— Você tampouco está mal.

E aí se deram conta de que ambos haviam se ruborizado.

— Faz tempo que você me atrai — disse Javier —, mas na praia você tinha outras preferências.

— Eu tratando de lhe fazer ciúme com o chato do Marcial e você nem notava.

— Temos que recuperar o tempo perdido — disse Javier.

— Temos que recuperá-lo — disse ela, com determinação.

A recuperação começou nesse mesmo Dia dos Inocentes. Como ela morava com sua irmã, foram ao apartamentinho de Javier. (Ele não tinha a casa do Pantanoso.) Estava um pouco bagunçado, mas ele não perdeu o tempo com desculpas.

— Feche as persianas — pediu ela.

E ele as fechou. Nesses misteres lhe agradavam as trevas. E foi nas trevas que surgiu a nudez de Raquel, a princípio abraçada a si mesma, como se quisesse segurar aquele pedaço de tempo, ou como se prometesse a seu corpo um gozo merecido, ou como se estivesse convidando Javier a um abraço duplo e verdadeiro. Mas ele estava tão maravilhado que havia ficado imóvel frente a essa *Vênus ao espelho* que o bom Velásquez lhe presenteava para o seu gozo particular, tal como se ela tivesse resolvido abandonar, aborrecida, o Museu de Londres cheio de ingleses. Ela entendeu aquela imobilidade como a homenagem que efetivamente era, e aproveitou por sua vez para olhar e admirar um Javier ao natural, estupefato e iminentemente seu. Mas chegou um instante em que a treva começou a vibrar e ela se abraçou com mais força que antes e Javier despertou por fim do seu estupor e se acercou, separou-lhe suavemente os braços, a rodeou por fim com os seus, em seguida a foi percorrendo poro a poro, beijou-a em vários itinerários, cada qual mais audaz e comovedor, e terminou levando-a à cama desfeita para desfazê-la um pouco mais.

Ela e ele com os olhos abertos, para não deixar escapar nada do instante, para não perder nem um só centímetro do outro corpo, e em seguida ela e ele com os olhos fechados para não deixa escapar nada do que estavam sentindo pela primeira vez em suas vidas, para não perder um só vaivém daquele terremoto que ocorria fora e dentro de cada um. Depois, muito depois, quando Javier abriu as persianas, Raquel estava debaixo dos lençóis.

Ela o contemplou com terno entusiasmo, levantou um braço e disse "hurra!". Javier a olhou por sua vez, e em um sussurro, como se temesse que o aleivoso acaso o estivesse escutando, repetiu também as duas mágicas sílabas.

12

— Me prometeram o cachorro, um lindo *boxer*, para a próxima segunda-feira — disse o vizinho aposentado. — Vai gostar. Além do mais, um cachorro é sempre uma boa companhia, e no inverno, nestes páramos, uma segurança. Eu sei que você às vezes passa dois ou três dias sem vir, mas não se preocupe, cuidarei dele como cuido do meu. Também gosto de cachorros. Minha mulher, ao contrário, prefere os gatos, ainda bem que meu cachorro e o gato dela se dão bem, às vezes até brincam juntos. Meu cachorro já está um pouco velho, tem uns 10 anos, o que para um cachorro é bastante. Meu genro me deu quando era um cachorrinho de três meses. Ou seja, para ele somos (minha mulher, o gato e eu) sua única família. Aqui, como você já deve ter visto, abundam os cachorros, mas cada um fica em sua casa e bem amarrado. Eu lhe dou mais liberdade, mas ele está tão acostumado com isso que não se interessa por fazer visitas. Nos domingos pela manhã o levo à praia e ele se mete na água, nada um pouco, tumultua bastante e corre pela areia com todo o ímpeto que lhe permite a sua idade provecta. O gato não. O gato fica ronronando ao redor da minha mulher, enquanto ela vê a novela brasileira. Digo que para alguém como eu, que trabalhou toda a sua vida, não é simples habituar-se à rotina de aposentado. No batente a gente faz amigos e crê que serão para toda a vida, mas acontece que quando nos aposentamos nunca mais nos vemos, nem sequer nos telefonamos. Trinta anos de escritório não transcorrem em vão. Trinta anos na Caixa atendendo a aposentados, e agora outros, que nem sequer conheço, me atendem. Sempre ouvi dizer que os burocratas são uns folgadões, que não trabalham, que chegam na primeira hora para assinar o ponto e em seguida desaparecem ou em todo o caso regressam na última hora para assinar a saída. E isso está certo. Mas só parcialmente certo. Porque você terá observado que, apesar dessas carências, dessas falhas, apesar da enervante lentidão da burocracia, o Estado segue funcionando, cada repartição cumpre com seus procedimentos. E sabe por quê? Porque em cada departamento tem sempre um ou dois tipos responsáveis que fazem o trabalho e que, embora conscientes de que os outros vagabundeiam, de todo modo cumprem com suas obrigações, e não precisamente para ter méritos, já que quando chega o momento das promoções, quase sempre sobe, porque está bem amparado, esse que assina e se vai, enquanto o que rala todo santo dia fica de novo para trás. Olhe, vizinho, eu lhe confesso que, durante meus trinta anos de funcionário público, fui um desses idiotas responsáveis que fazem funcionar as repartições, um desses que são muito elogiados pelo chefe e procurados pelo público, porque as pessoas sabem quem trabalha e quem não. Fui desses idiotas mas não me arrependo. Porque, bem ou mal, sempre me refugiei no trabalho, na responsabilidade que se assume quando se recebe o salário, por magro que seja. Como meu pai, fui *battlista*[33]

---

33 Adepto do pensamento político de José Batlle y Ordoñez, por duas vezes presidente do Uruguai no começo do Século XX e que advogava o controle dos principais setores da economia pelo Estado. (N.T.)

desde bem cedo. E Battle nos inculcou a importância do Estado. Battle nos ensinou a proteger o Estado protetor. Agora sobreveio a esses pós-modernos o sarampo das privatizações. Por que será? Será porque realmente querem defender a famosa eficácia? Ou será porque têm a intenção de introduzir-se na economia privada e por isso começam a enfraquecer o Estado para pô-lo a serviço desse propósito? Olhe, dom Javier, fala-se muito da corrupção na Itália, na Argentina, no Brasil, na Espanha, e se destaca que aqui não é tão grave. Ou ao menos que a corrupção é mais modesta. O senhor acredita nesse conto de fadas? O que ocorre é que aqui a corrupção segue outro manual de instruções. Aqui os hierarcas não se forram com os fundos do erário público; aqui, defendem de dentro do Estado as privatizações, e assim que as conseguem, em um instante se passam, com armas e bagagens, para a economia privada. O sistema é simples. Por exemplo, acabemos com os fundos da Universidade da República, e quando esta começar a se afogar, e os estudantes, os funcionários e os docentes forem para a rua, sinalizemos então o quão ineficaz se tornou o ensino público, até o superior, e destaquemos uma vez mais que a solução é a universidade privada, onde não se fazem greves e há até certa facilidade para se formar, e ademais, o que é muito importante, como na privada, os estudantes devem pagar, isto também serve para eliminar com um discreto golpe aos que vêm de baixo. Veja você, começamos com o cachorro e olhe que canseira estou lhe dando. Ah, mas não é por acaso. Eu sei (não me pergunte como sei) que você é boa gente, que teve muitas razões plausíveis para se exilar, que suas opiniões políticas não estão muito distantes das minhas. Ou seja, que posso confiar em você. E não se preocupe com o cachorro. Na segunda-feira sem falta o terá. Então prepare o alojamento dele. Junto ao supermercado vendem umas casinhas bacanas. E também vá pensando no nome. O nome é muito importante.

13

Ainda que pareça estranho, sempre que os do velho clã se reuniam, falavam de qualquer coisa menos de seu passado em comum. Falavam, por exemplo, da epidemia de cólera que afortunadamente não alcançou este país; da aliança dos partidos tradicionais para aniquilar a esquerda emergente; dos *etarras*[34], cuja extradição reclamou e conseguiu o governo espanhol, e os consequentes incidentes (com um morto) do Filtro[35]; das vantagens e desvantagens do Mercosul; da rede de prostituição uruguaio-milanesa; de Punta del Este como máscara ou reflexo do país; do *telelixo*; do fechamento sucessivo de cinemas e teatros; das refregas internas da Frente Ampla; da Lei de Legendas; da invasão coreana na Cidade Velha e em alguma zona do Centro e as consequentes disputas de rematados caratecas pela posse momentânea de uma puta doméstica. Os argumentos se cruzavam com os tragos, as intolerâncias, com as euforias, as depressões, com o estresse, todos eles protótipos ineludíveis da indústria nacional de estados de ânimo.

Ao contrário, quando Javier os encontrava individualmente, a coisa mudava. Tinha por norma não lhes perguntar sobre a época sombria. Sentia que, como recém-chegado, não tinha o direito de escavar pretéritos íntimos, lesões tristes, reservadas, às vezes dramáticas. Mas em algumas ocasiões, ainda que ele não perguntasse, o velho cupincha refletia em voz alta. Por exemplo, Alejo, que passou seis anos, não só entre grades mas entre inolvidáveis odores podres.

— O horror do calabouço não é só o que lhe tira, mas também o que lhe impõe. No fim você vai se resignando a

---

34 Militantes do ETA (*Euskadi Ta Askatasuna*, Pátria Basca e Liberdade em basco). (N.E.)
35 Nas imediações do Hospital Filtro, em Montevidéu, uma manifestação de militantes esquerdistas tentou impedir a extradição de *etarras* para a Espanha. A polícia reprimiu com violência, com o saldo de um morto e mais de cem feridos. (N.T.)

sentir falta do que lhe despojaram (o ar livre, sua mulher, seus filhos, suas leituras, seus debates ideológicos), mas nunca se acomodará a suportar o que lhe forçam a aceitar. E aqui já não me refiro à tortura, cuja asquerosidade é óbvia, mas sim à urina, à merda, aos vômitos, seus e do seu companheiro de cela, repugnâncias com as quais você está obrigado a conviver. Durante aproximadamente um ano você aproveita a solidão para pensar, para fazer o mais rigoroso balanço de sua maldita vida, porque quando você está livre, em plena atividade, entre as horas de trabalho para ganhar o sustento e as urgências da militância, não lhe resta nem um pedacinho de tempo para pensar. Ao contrário, na cela, tempo é o que lhe sobra. Não obstante, transcorrido esse período de introspecção, de autoanálise, de cordão sanitário ao redor dos seus erros, um dia qualquer a solidão começa a pesar, e se você tem um sócio de calabouço, começa a lhe pesar inclusive a solidão do outro, porque nessa curiosa relação há uma etapa de intercâmbio de recordações, de nostalgia, de remorsos, mas chega um momento em que cada um já sabe tudo desse próximo tão próximo; sabe qual colégio frequentou, por qual professora foi apaixonado, em que vestíbulo acariciou os peitinhos da primeira namorada, quando e por que os seus pais se separaram, qual foi o acontecimento-chave de sua vida, quando pegou rubéola ou a coqueluche que lhe destroçou a garganta, em quem votou pela vez primeira, como viveu em sua fase de caminhoneiro ou de contador público ou de zagueiro esquerdo ou de oficial torneiro ou de agente de loterias, como se dá ou se dava com seu sogro socialista da boca pra fora ou seu cunhado pachequista[36]. Mas o dia em que você mesmo ou o seu "contíguo" começa a elogiar a bombachinha preta que a sua mulher punha para as noites de aniversário, ou a pinta que ela ou a outra têm na beirada do umbigo, isso quer dizer que a história verdadeira se esgotou, e que a partir daí começarão

---

36 Conservador, partidário de Jorge Pacheco Areco. (N.T.)

a mentir, a inventar façanhas ou covardias, a adornar-se com luzes e sombras que não são as suas. E então sobrevirá o silêncio, primeiro de um, em seguida do outro, e por último de ambos, e esse silêncio compacto, esse mutismo a duas vozes, essa trégua não combinada, bem, essa é a verdadeira solidão, porque tudo fica dentro e se enquista, e a memória faz e desfaz novelo após novelo, e na caverna de si mesmo não há cautela nem circunspecção nem reticência, as reprovações se superpõem com a melancolia, e em cada caminho que toma o raciocínio, em qualquer rota que se ensaie a encenação, sempre há um muro de contenção que é a falta de liberdade, essa fronteira imunda e purulenta, que proíbe a continuação da vida. E então acode o catálogo introspectivo de perguntas, negações e dúvidas, e para que joguei com isto, para que me arrisquei por aquilo, o que vim a conseguir com o presente que imolei, com o futuro a que renunciei, com as expiações inúteis e as culpas imaginárias, com as leituras maravilhosas que me proibi e as outras tediosas a que me obriguei. E de tanto sofismar e sofismar, chega por fim a dor de cabeça que pode durar uma semana, e a dor de consciência que pode durar uma vida, tudo isso agravado por uma alimentação deficiente, escassa em proteínas e vitaminas, que colabora com sua debilitação e vai enfraquecendo seus ossos. Assim até que chega o dia, o dia inevitável em que você se pergunta para que vivo, minha condenação é de vinte anos e sairei daqui, se sair, feito um ancião prematuro, com as juntas enferrujadas, quase esquecido da linguagem, e não me refiro a conjugações, sujeitos e predicados e toda essa conversa fiada gramatical, mas sim esquecido das palavras, de como se formam e deformam, e até de que letras compõe seu nome, porque você já não tem nome e é um número, uma coisa. E haja paradoxo, isso lhe anima um pouco, o leva a construir possibilidades, porque na cana não é tão fácil se suicidar. Eles não querem que você se mate e lhes roube assim um pedacinho, digamos dez ou quinze anos, do escarmento; querem que você purgue até o final a sua ousadia, seu empenho (prematuro quem sabe, equivocado talvez) em ajudar que eclodisse um país melhor, uma sociedade mais equitativa, uma justiça mais cabal. Já estou falando com linguagem de manifesto, que vou fazer. Eles tomam todas as medidas para que você não se elimine, porque se logra fazê-lo, além de diminuir qualquer condenação, pode conseguir um escândalo póstumo (pergunta óbvia: terá se suicidado ou o terão liquidado na tortura?) e no melhor dos casos uma visita carcerária da Cruz Vermelha ou da Anistia Internacional, ou a negação a uma ou outra porque o governo julga que atentam contra a soberania nacional, mas essa negativa os faz pagar de todo modo um preço político. Como você já pôde comprovar, não pude me matar, mas lhe confesso que nos últimos anos de cana elaborei vários projetos que nem sequer tentei levar a cabo, talvez porque não queria lhes servir o manjar de um fracasso, algo que sempre os entusiasma. Um cara que havia sido meu companheiro de cela, sim, conseguiu. Foi muito complicado, vou poupar-lhe os detalhes, mas conseguiu. A eles custou cerca de um mês para se recuperarem dessa derrota. A nós custou muito mais, porque era um tipo de primeira. É curioso que quando você está ali, confinado e sem esperança, há sentidos que se atrofiam e outros que se desenvolvem. Ali você trata de não cheirar, porque os odores lhe causam asco. Deixa de propósito de saborear, porque a comida é uma lavagem, mas em vez disso você trata de ver onde há tão pouco para ver, e apalpa, ainda que já saiba de cor, cada ruga de cada sebosa parede. Mas sobretudo você escuta, porque a audição é quase o único sentido que te põe em contato com o exterior, com o mundo. A audição é o sentido da liberdade. Por ela lhe chega o canto do galo remotíssimo, você se inteira de que as incuráveis, repetidoras andorinhas trouxeram outra vez a primavera, e escuta os cantos provenientes dos caminhões com operários que acodem à fábrica e sempre trata de reconhecer alguma mensagem explícita ou implícita, como uma manhã em que nos chegaram as estrofes de uma velha canção da guerra espanhola, claro que autocensuradas para a ocasião: "com o quinto, quinto, quinto, com o quinto sentimento"[37], e isso, para aqueles miliquinhos apenas resgatados da adolescência e recém-chegados de Rivera ou Tacuarembó, não dizia nada. Mas só o cantaram uma manhã, pelo sim pelo não. Outras vezes (dependia de onde soprava o vento) nos chegava a música do cassino dos oficiais. Um ou outro tango, nunca de Gardel, esse subversivo. Mas o numerinho mais frequente era o *Leitmotiv* da *Ponte sobre o Rio Kwai*.

14

Rocío foi a última que encontrou. Tinha estado trabalhando vários meses em Paysandú, e lhe telefonou de lá nem bem soube que Javier havia regressado para ficar. Foi uma saudação de alegres boas-vindas, com a promessa de um próximo reencontro. Já estava terminando sua tarefa (uma pesquisa sobre as condições de trabalho da mulher *sanducera*[38]) e assim dentro de poucos dias desceria a Montevidéu.

Apareceu no balneário um domingo, às dez da manhã. O primeiro a perceber a sua presença foi Bribón, o *boxer* que o vizinho lhe havia conseguido. Mas quando Javier abriu a porta, o cachorro já estava às boas com Rocío, lhe fazia festa e até lambia seus tênis.

Javier custou a acostumar-se com o aspecto atual de Rocío, a velha amiga. Sua última imagem era a de uma mulher vivaz, nervosa, empreendedora, sempre ocupada em organizar algo e organizando-o bem. Nunca havia sido bonita. Seus pômulos salientes, seus lábios grossos, seu nariz um pouco maior do que o normal, seu abundante cabelo preto limitado por uma

37 *Con el quinto, quinto, quinto, con el quinto regimiento.* Trecho do hino do 5º Regimento das Milícias Populares, fundado pelo Partido Comunista e composto por voluntários da Guerra Civil Espanhola. (N.T.)
38 Natural ou habitante do Departamento de Paysandú. (N.T.)

rigorosa franja, tudo isso, unido a seu metro e setenta de estatura, lhe outorgavam um aspecto nada frágil que fazia com que os companheiros a considerassem uma excelente e eficacíssima militante, confiável em tudo, mas que não havia atraído sentimentalmente a nenhum deles.

Agora Javier a achava mais madura, porém mais vulnerável, como se a dureza dos seus traços se houvesse suavizado e até seus lindos olhos (que sempre foram o seu maior atrativo) olhassem como buscando proteção. Permaneceram um momento abraçados, ante o olhar compreensivo de Bribón, e só quando este decidiu emitir um latidinho de desconcerto, se separaram, se contemplaram para cumprir uma inspeção sumária, e de imediato começaram a fazer perguntas sem esperar réplica alguma, como se cada interrogação já levasse incluída a resposta. Só depois dessas primeiras rajadas é que se sentaram no piso de lajotas e começaram a contar suas modestas epopeias. Ela sabia que Javier havia se separado de Raquel, mas não fez comentários. Ele, ao contrário, sabia muito pouco da mais recente trajetória de Rocío.

— Tive um companheiro — assim iniciou ela sua síntese informativa. — Mas não deu em nada. Ambos saímos do cárcere muito doídos. Eu tinha a impressão de que nos olhávamos entre barras, sem que lográssemos nos desprender desse passado comum mas não partilhado. Asseguro a você que nunca quis permanecer escrava daquela temporada alucinante, cavernosa. Desde que saí tentei reinserir-me na vida comum, nesse espaço que reputava próprio, sem ressentimentos e até sem rancor. Mas é difícil. Cada coisa no mundo exterior me vinculava, me vincula ainda (umas vezes porque senti falta, outras porque as subestimei) com algo ou alguém daquele outro mundo de confinamento e ansiedade. Os anos de clausura partem a vida em três pedaços: antes, durante e depois. Entre o antes e o durante as pontes são sólidas e são feitas de sentimentos e convicções, mas entre o durante e o depois não há pontes, mas sim passarelas estreitas e escorregadias. Dez anos, se dá conta? Saí com a impressão de haver perdido meia vida. De haver sacrificado tudo para conseguir algo, talvez modesto, e não ter conseguido nada. Dez anos. É impossível você imaginar o que significam dez anos de solidão, não imaginários como os cem de García Márquez, mas asquerosamente reais.

A praia estava mais concorrida que de costume, porque era domingo e porque era um dia frio, mas esplêndido. Mas eles, bem vestidos, preferiram ficar em uma faixa de sol, entre os pinheiros.

— Me agrada esse trabalho de pesquisas — disse Rocío —, os *surveys*, como dizem agora. Não me limito a uma empresa em particular. Como sabem que lhes rendo, sempre há alguma que me chama. Fui me especializando na área social. Sempre trato de evitar pesquisas sobre temas políticos. Nesse campo as pessoas poucas vezes são sinceras. Até os que logo aparecem na linha "não sabe/não responde", até esses sabem, mas não respondem. Olhe quantos anos se passaram desde que a democracia voltou e não obstante sempre há quem tenha medo. No *referendum*, por exemplo, uma boa porcentagem dos votos pelo *sim* não provinha de pessoas que apoiavam a anistia, mas sim das que temiam que os milicos não aceitassem o triunfo do *não* e dessem um novo golpe e tudo recomeçasse. No entanto, no outro plebiscito, o mais recente, votaram maciçamente contra o governo privatizador, e isso porque ali não operava o medo mas sim o apego ao Estado protetor, mediador, empregador, e desta vez não houve temor de que os milicos não aceitassem o resultado, porque, depois de tudo, eles também vivem à custa do Estado empregador. Ao contrário, o outro tipo de pesquisas, digamos as sociais, põe a gente em contato com a porção mais sincera das pessoas. Se uma mulher recebe quase diariamente uma enorme surra do seu homem, nunca o dirá a um policial, que logicamente vai lhe pedir nome, documento e outras referências, enquanto que, sim, pode confessá-lo a uma pesquisadora, primeiro porque também é mulher (não faltará a que pense: quem sabe se a esta, tão arrumadinha, também não a casque o marido) e depois porque não lhe pede nome, documento etc. Nos bairros marginais, por exemplo, as respostas das mulheres permitem um diagnóstico muito mais ajustado à realidade nua e crua do que o que se baseia nas respostas masculinas.

— E na política — perguntou ele —, você, você mesma, está fazendo algo?

— Não muito. Os companheiros que em outro tempo trabalharam junto a mim (você, por exemplo) tiveram de ir, e muitos não voltaram. Também houve uns quantos que, como eu, tomaram vários anos de cana, e desde que saíram andam um pouco dispersos. Os que têm alguns anos a mais do que nós viraram incuravelmente céticos, e os mais jovens nos olham como bichos raros. Nos sentem tão distantes como a batalha de Las Piedras[39]. Alguma batida policial; a negativa generalizada quando saem a buscar trabalho; as crônicas orais de pais, tios e avós; o caráter ainda rebelde de alguns sobreviventes do cancioneiro popular dos anos sessenta e setenta, tudo isso lhes entra por um ouvido e sai por outro, enquanto o rock lhes entra também por um ouvido, lhes deteriora um pouco o tímpano pertinente e fica ali, no cérebro, fazendo parte de seu ritmo de vida. Algum dia esse ritmo sairá pelo outro ouvido, não duvide, mas talvez seja tarde.

Javier assinalou que ele não era tão pessimista.

— Claro, porque você foi. Olhe que não lhe reprovo. Eu também teria ido, se pudesse. Mas não me deram tempo, você já sabe que caí em uma batida absurda. Quando pude, já não era o momento. O certo é que a sua experiência é distinta da minha.

Enquanto falava, sem rancor e quase sem amargura, tranquila mas triste, Javier olhava suas mãos grandes que,

---

39 Travada em 1811, a batalha de Las Piedras foi a primeira vitória importante do exército de Artigas contra as tropas do vice-rei do Rio da Prata. (N.T.)

sem muita atenção, jogavam *payana*[40] com as cinco pedrinhas de rigor. Quando fez a ponte e concluiu a série, olhou para Javier.

— Viu, ainda me lembro. Você não tem ideia da felicidade que teria sido para qualquer de nós possuir estas cinco pedrinhas na cela. Mas ali não havia nem isso.

Javier cozinhava às vezes, mas hoje não tinha vontade. Por outro lado, seu repertório culinário não ia além do churrasco, ovos fritos e talvez uma salada. Assim, foram caminhando até a única cafeteria da redondeza. Rocío percorreu com olhar profissional o numeroso público.

— Esta sim que é classe média pura e dura.

Javier sorriu.

— Somos isso, não?

— E com muita honra, caramba.

À tarde, depois de um café que Javier mesmo preparou e uma reparadora sestinha nas espreguiçadeiras, seguiram misturando temas e problemas.

— Estou terrivelmente faladeira — admitiu, um pouco envergonhada. — Mas você não sabe quanto tempo faz que não tinha com quem falar assim, como falo com você. Ainda que discutamos, ainda que nem sempre estejamos de acordo, você e eu sabemos que supostos e pressupostos lidamos, você e eu compartilhamos uma linguagem, uma etapa da vida, uma ansiedade e também uma esperança, ainda que esteja desfeita.

Então Rocío lhe pediu que falasse de sua vida na Espanha, de por que havia voltado, de sua mulher, de sua filha. Javier começou pelo final.

— Camila é do que mais me ressinto, o que mais sinto falta. Me sinto exilado de minha filha. Em uma de suas car-

---

40 Jogo infantil com muitas variantes. Cinco pedrinhas são alternadamente jogadas para o ar e aparadas enquanto outra ou outras são jogadas. Faz-se a "ponte" passando as pedrinhas sob o arco formado pelo indicador e o polegar apoiados no solo. O jogador que erra a série passa a vez a outro. (N.T.)

tas, faz já umas semanas, Raquel citava Pessoa: "A pátria, esse lugar em que não estou". E quando li essa frase, que eu desconhecia, ainda que tenha bem lido o meu Pessoa, a senti como minha. Sim, em Madri a pátria era o Uruguai em que não estava. Mas agora, aqui, a pátria é o lugar em que estou? Não sei, e me amargura bastante não o saber. Às vezes creio que a recuperei, mas outras vezes me sinto também aqui um exilado. E mais, penso que a minha pátria é Camila, que Camila é o lugar em que não estou. Sei que a verei, porque assim que der, virá me ver, passar um tempo comigo, mas em seguida voltará a Raquel, a Madri. E eu passarei grandes períodos sem minha filha, e a cada vez comprovarei quanto e como mudou desde a última visita, mas terei perdido a transformação cotidiana.

Javier ia seguir respondendo a outras perguntas de Rocío, mas de repente o sol se foi, Rocío olhou o relógio e se assustou com o tempo transcorrido.

— Por que não fica? — disse Javier.

— Não, amanhã começo a trabalhar às oito e meia.

— Olhe que aqui há ônibus intermunicipais desde muito cedo. Você pode dormir em minha cama e eu me arranjo com um colchão na cozinha.

Ela abaixou a cabeça e pensou durante uns minutos.

— Está bem, fico. Você tem despertador? Pela manhã sempre me custa despertar.

Javier trouxe mantas e lençóis limpos.

— Vim lhe dar trabalho — disse ela.

Ele ficou lendo cerca de uma hora em seu colchão. Em seguida apagou a luz e viu também que o dormitório estava às escuras. Dormiu aproximadamente outra hora e de repente despertou e sentiu a necessidade imperiosa de se levantar. Então caminhou para o *living*. E ali a viu. Alta e nua, iluminada pela lua que atravessava a janelona. Foram se aproximando, passo a passo, frio a frio. Como dois fantasmas, mas quando se abraçaram já eram outra vez dois corpos em busca de calor.

15

As gaivotas. Na praia deserta são as donas. Seus grasnidos agudos, persistentes, soam com mais nitidez do que as buzinadas dos ônibus na estrada. Javier pôde permanecer ali durante horas, bem protegido da intempérie ainda invernal pela sua velha jaqueta de couro, seu cachecol de lã cinza e seu gorro azul, que havia sido a sua primeira compra, em uma loja especializada da *plaza* Mayor, quando chegou a Madri em um gelado fevereiro de vinte anos atrás.

Nem todos os frios têm o mesmo sabor. O de Madri, sobretudo quando neva, é mais adocicado e este, ao contrário, é um frio salgado. De vez em quando passa a língua pelos lábios ressecados e enche a boca de sal marinho.

As gaivotas desfrutam de uma invejável liberdade. Não precisam de gorro nem cachecol para sentir-se no frio como no seu lar. De vez em quando se afundam na água, ondulada e monótona, e regressam com alguma presa que, do seu mirante de pinheiros, Javier não consegue identificar. Depois caminham orgulhosas, soberbas, dominadoras, pelas areias úmidas, já um pouco endurecidas porque a água em retirada as vai deixando aos cuidados de um sol fraco, brandalhão, que aparece de quando em quando, como por compromisso, entre farrapos de nuvens sem préstimo.

O frio, as proximidades do mar agradam a Javier, mas ele nunca se deixa invadir pela tremedeira, prelúdio de resfriados e bronquites de triste recordação. Sorri sozinho ao recordar que em certas regiões da Espanha chamam de tremedeira o simples tiritar universal. Aos poucos foi se convencendo de que não apenas a sua linguagem tende a ser bilíngue; também o são os seus pensamentos. "A necessidade carece de regras", repetia Nieves nos primeiros anos da sua viuvez. No entanto, quando ele entrava em um táxi madrilenho e ordenava: "Para *la plaza Cayao*" (nunca se lembrava de dizer Callao), o chofer o olhava com a ajuda do espelhinho alcaguete e lhe perguntava com mofa e segurança: "Argentino, não é?". E ele devia recitar seu édito explicativo número duzentos e trinta e quatro, adornado ademais com o necessário estrambote de que Uruguai não é Paraguai.

Pinheiros, pinheiros, e um ou outro eucalipto. Acima, entre as ramas, pedacinhos de céu, e abaixo, um olor ou fragrância ou aroma que pareciam contrabandeados de um passado remoto.

Tanto tempo passou sentindo falta de sua solidão, que agora, quando por fim a recuperou, ela lhe parece um pouco inóspita e embaraçosa, mas de toda maneira preferível ao fragor compacto e incessante das grandes cidades abarrotadas.

As gaivotas suspendem de imediato os seus mergulhos e seus desfiles e o olham com curiosidade, seguramente admiradas dessa presença que vem romper a unanimidade do frio. Ante tal interesse, Javier levanta um braço, e as gaivotas, assustadas ou talvez apenas ofendidas, dão uns passinhos marcando suas pegadas na areia semidura e transladam a sua expectativa às ondinhas. Não dão as costas a Javier, mas sim a cauda. Em seguida, em um arranque simultâneo, empreendem voo.

16

Ainda não se atreve a definir para si mesmo o tom exato dos seus sentimentos, ou melhor, de sua atitude frente a Rocío. Já se passaram várias noites desde aquela em que se uniram sob a mirada lúbrica da velha lua. Ambos estavam um pouco ansiosos, isso era certo, mas até esse instante não o haviam notado. Só no comunicativo roçado de pele contra pele é que foram se inteirando de uma comoção interior, de um bocado de afeto que se misturou com suas línguas anelantes, exploratórias.

Antes de qualquer culminação, Rocío abriu um choro livre, sem convulsões nem histeria, que umedeceu o ombro de Javier. Ele pegou seu rosto com as duas mãos e ela sorriu em meio às lágrimas. "Fazia anos que não chorava", disse. "Nem sequer o conseguiram com o aguilhão. Gritava como uma condenada (o que era, afinal), mas não chorava e isso os deixava frenéticos. Que uma mulher aguentasse tanto consideravam uma ofensa pessoal. Era, apesar de tudo, minha modesta e custosa vingança, o último recurso para conservar minha pobre identidade. Mas agora, com você, senti que poderia soltar toda essa dor, todo esse desconsolo."

Javier a havia apaziguado lentamente, morosamente. Rodeou os seus peitos com uma carícia leve, envolvente, que não repetia seu traçado, mas inaugurava outro caminho a cada vez. Assim foi até que os escuros botões responderam alçando-se, o pranto cessou como por encanto e ela foi baixando lentamente suas mãos, em busca do tempo perdido.

O corpo de Rocío lhe havia agradado. Ainda em meio àquele vaivém compartilhado, teve suficiente lucidez para reconhecer que, nua, ela era muito mais atraente e desejável do que parecia anunciar quando estava metida em seus jeans gastos e no casacão de lã.

Foi uma noite terna, recorrente, que fez bem a ambos. A dúvida veio depois e agora Javier tentava esclarecê-la. Até esta noite, cada um por seu lado, nem ele e talvez tampouco ela haviam mantido nos últimos tempos uma relação sexual plena. E disso o corpo costuma sentir falta. No começo do seu *desexílio*, Javier havia aproveitado algumas ocasiões, sem animar-se a uma continuidade. Ainda não havia se adaptado, estava receoso e inseguro. Agora, em seu encontro quase fortuito com Rocío, o que havia prevalecido? O desfrute sexual? A recordação da antiga militância compartilhada? A antecipação de algo mais duradouro? Uma piedade profunda antes os sinais, para sempre inapagáveis, naquele corpo que havia sido torturado, despojado de sua intimidade, violado talvez?

E, por outro lado, o que havia prevalecido nela? O desejo inevitável depois da abstinência? O insubstituível refúgio em um corpo-e-alma amigo, capaz de compreender tanta tristeza? O intenso passado em comum? A afortunada e indispensável liberdade para que em seus olhos ressecados brotasse por fim o pranto? O sentir-se desejada, necessitada, penetrada, completada?

Javier decide não se preocupar demais. O tempo dirá. Ainda em meio à comunhão mais estreita, ninguém disse "lhe quero", apenas balbuciaram seus nomes. Rocío, Javier. Como chamados de socorro. Apenas isso, que é bastante. Talvez ela esteja agora mesmo fazendo as suas próprias contas, desfolhando suas próprias dúvidas, perguntando a si mesma tantas coisas, desfazendo preconceitos ou quem sabe, que perigo, criando ilusões. Quem sabe. Provavelmente está em sua cama de solteira, sem questionar-se, deixando simplesmente que suas mãos percorram seu próprio e castigado corpo, a fim de que a memória da pele possa reconstruir o itinerário de outras mãos, as de um homem chamado Javier.

Aí ele se detém em seu sóbrio delírio. *Pecado de vaidade,* pensa. *De soberba, de machismo*, pensa. Veremos o que traz o futuro. O mediato e, sobretudo, o imediato. Ou seja, depois de amanhã, quando irá ao apartamento que Rocío aluga no Cordón.

17

Já estava há vários meses em Montevidéu e ainda não havia mandado nenhuma nota à agência. Claro, tinha fax e computador, mas aí estavam, pouco menos que virgens, esperando sua missão. Tinha total intenção de estrear como correspondente, mas, o que poderia interessar à imprensa e ao público espanhóis sobre um país como este? A verdade é que não o tinha claro. Da América Latina só importavam os terremotos (como na Colômbia), os assassinatos políticos (como no México), a crise dos balseiros[41] (como em Cuba), os militares confessionais (como na Argentina), a guerrilha maoísta (como no Peru) os cartéis do narcotráfico (também como na Colômbia), os prognósticos de golpe (como na Venezuela), as insolências de Pinochet (como no Chile). Mas no Uruguai não há terremotos nem assassinatos políticos nem balseiros (aonde iriam?) nem guerrilha ativa, comparativamente há pouca droga e é o único país latino-americano que se liberou do cólera, por sorte não há perspectiva de golpe e as módicas insolências militares ocorrem intramuros. A paz, simples e clara, exterior ao primeiro mundo, não é notícia em sua *mass media*. É claro que em guerras absurdas não podemos competir com a ex-Iugoslávia, em corrupção com a Itália e arredores, em terremotos com o Japão, em racismo com Le Pen, em espionagem telefônica com o Cesid[42]. E para maior escárnio[43] (como dizem na Península), nos confundem com o Paraguai, que nem sequer foi campeão de futebol, nem olímpico nem mundial. Agora temos centenas de jogadores que ganham a vida no estrangeiro, mas essa imigração não dá prestígio. Apenas algum gol que Zalazar converte do meio do campo, ou os cinco que Fonseca marcou no Valência.

Sobre o que escrever então? Uma possibilidade seria levar a cabo uma ampla pesquisa sobre galegos, asturianos, bascos e maiorquinos que ainda andam por aqui, à frente de padarias, bares, entidades bancárias ou hotéis de curta permanência. Talvez tente, mas antes, para não trabalhar à toa, teria que consultar a central. Não obstante, tem de existir algum tema local que funcione na Espanha. Javier propõe-se a sair o quanto antes dessa preguiça imaginativa. Não hoje,

---

41 Em 1994 o governo cubano anunciou que não controlaria mais as saídas de pessoas pelo mar, provocando a imediata reação dos Estados Unidos, que não queriam receber milhares de cubanos de uma só vez. (N.T.)
42 O Centro Superior de Información de la Defensa (Cesid) teve um papel de destaque na luta contra a guerrilha basca na Espanha. Foi substituído em 2002 pelo Centro Nacional de Inteligencia. (N.T.)
43 No original, *para mayor inri*. (N.T.)

claro. Quem sabe amanhã. Canto popular? Mas não temos carnavaizinhos nem *chamamés*, que é o que normalmente se escuta na *calle* Preciados de Madri ou nas ruas de pedestres de Palma e até no Boulevard Haussmann de Paris. Além do mais, não agrada a Javier que o canto popular peça esmola. Na realidade, lhe repugna que a América Latina aceite um papel de mendiga. Rock montevideano? Seus pobres tímpanos do quase caduco século XX não suportam os tormentosos decibéis do iminente século XXI. Não é um juízo de valor, mas lhe provocam enjoos e até náuseas, *sorry*. Onetti era um bom tema, decerto, mas lamentavelmente já não está vivo. Poderia investigar raízes vitais, primeiros espantos, manias de infância e coisas assim. Mas os biógrafos não deixaram nenhum rincãozinho à sombra. E além do mais, por que escavar indecorosamente nos recônditos, pecados e milagres de um ser comum, cuja vida excepcional está em seus livros?

Não temos montanhas: o cerro Catedral é apenas um chiste. O mar é um rio. É possível que o nosso traço insubstituível (ainda que não tenhamos sua propriedade absoluta) seja a Via Láctea. Por alguma razão os europeus invejam-na pontualmente. Mas fica tão alta, tão distante, tão inalcançável. Para o exilado Javier foi provavelmente a sua maior nostalgia, ao menos no plano do transcendente. Em Madri, por exemplo, faltava-lhe aquele teto de estrelas. Não temos cataratas nem petróleo nem coca nem índios. Temos estrelas, constelações. Poucos negros, que por sorte aportam algo ao futebol e dão vida e utilidade ao carnaval. Somos branquinhos como os europeus, mas não somos europeus. Branquinha a pele e o coração mulato. Há larápios e punguistas, mas nesse ofício não podemos competir com o Rio. Nem sequer com Madri. Aí está. Por fim. Escreverá sobre Montevidéu como reflexão social. Até pode dar para várias notas. Pré-história, história e prognósticos. Talvez não tenha cor, mas sim uma corzinha. Essa é, depois de tudo, a sua originalidade: uma cidade provinciana (de estilo provinciano), sem uma capital mais velha a que se referir.

18

*Ya somos todo aquello
contra lo que luchamos a los veinte años.*

JOSÉ EMILIO PACHECO

Segundo Eduardo Vargas, o esquerdismo já não é, como opinavam os clássicos, a doença infantil do comunismo, mas sim a enfermidade, ponto. "Não estou mais para esses trotes", disse a Javier, "nem muito menos para esses galopes, faz anos que prefiro ir a passo". Havia aparecido em uma manhã de sábado chuvoso no videoclube e haviam se abraçado discretamente, sem grandes efusividades. Graças, sobretudo, a uma antiga corrente de mútua simpatia, talvez um pouco mais que isso.

— Então é deputado Vargas — disse com amistosa zombaria Javier.

— E para piorar do Partido Colorado — concluiu o novel representante do povo, parodiando o tom zombeteiro do regressado. — Sabe o que me aconteceu? Faz uns cinco anos, quem sabe seis, não me recordo bem, fui por toda uma semana outonal a Las Flores, ou seja, ao confortável rancho de um amigo, neoliberal mas bacana, que percebeu sagazmente que meu desconcerto necessitava com urgência de uma cura de repouso e reflexão. E ali, sozinho como Robinson, mas sem Sexta-Feira, desprovido de mulher, filhos, sogra, sobrinhos, credores etc., fumando um refinado cachimbo holandês em frente à lareira de lenha crepitante, pude por fim refletir. E o quê? Repassei conscienciosamente minha adolescência caipira, minha primeira juventude na FEUU[44], minhas assembleias até a madrugada, minha militância marginalmente subversiva, minhas onerosas clandestinidades, minhas fanfarronadas de um James

---

44 Federação de Estudantes Universitários do Uruguai. (N.T.)

Bond, mas 003, meu pânico viral e contagioso ante a visão de um milico qualquer, meu analfabetismo ideológico, minha coleção de desacertos; bem, e além do mais, a recontagem das prodigiosas moças que havia perdido com tanta ginástica política, a carreira truncada, a hepatite conseguida graças aos rangos e beberagens apressados. E ainda devo felicitar-me por não ter ido em cana (duas vezes me salvei na anca de um piolho) como sucedeu a meus quatro confrades mais íntimos que pegaram duas, três, seis e oito temporadas respectivamente, e em vez de hepatite e graças "ao rigor e a exigência nos interrogatórios", conseguiram dois cânceres, uma fratura de pelve e uma diálise pelo resto da vida. Diga-me brevemente: o que conseguimos? Que virada revolucionária? Que derrota da injustiça? Até Che Guevara morreu de pena. Nada, velho, nada. De modo que, ao concluir o quinto dia de meditação e autocrítica, decidi me aproximar do velho Partido Colorado dos meus ancestrais, com claros sinais de contrição e explícitas intenções (nunca por escrito, epa) de compensar minhas culpas atribuíveis à inexperiência de minha desamparada juventude, e pagá-las em cômodas cotas de programada transição, que desembocaram (e assim foi) em um virtual repúdio do fidelismo e uma discreta, embora ainda envergonhada, adesão àquilo que em tempos distantes chamávamos imperialismo. Durante um conflitante semestre hesitei entre incorporar-me à direita da esquerda ou à esquerda da direita, mas depois de ler cuidadosamente o italiano Bobbio e não entender um caralho, me decidi pela segunda das opções. Tempos depois, quando me ofereceram um discreto postinho numa lista de deputados, com alguma longínqua possibilidade de ocupar uma cadeira, levei quinze dias para elaborar a minha resposta. Só para dissimular, sabe? Com o objetivo de que vissem que eu não era tão fácil de moldar. O argumento deles é que meu passado ajudava a dar uma imagem de pluralidade. E para surpresa de todos, e reconheço que graças a dois enfartes e um Alzheimer dos que me precediam na lista, saí eleito, o que me diz? Aqui me tem, queimando etapas, de apalermado ao *curulato*[45]. Ademais, como na Câmara nunca me incluem em comissões de ardorosa e responsável faina (intuo que ainda não confiam plenamente na minha conversão), tenho bastante tempo livre, que no fim posso empregar em minhas paixões mais queridas e tanto tempo postergadas: a música clássica e os clássicos do cinema. Você se dá conta de que eu mesmo me converti em um clássico? Sem que sejam demasiado suculentos, meus ganhos de representante nacional são suficientes para ir formando uma boa *compactoteca* com todos os Bach, Vivaldi, Mozart, Beethoven, Brahms, Mahler, que no pentagrama foram os tais. Wagner não, porque dizem que agrada aos milicos portenhos, é a única coisa em que sigo fiel à minha velha rebeldia. Além do mais, e por razões semelhantes, me tem de devoto subscritor do seu videoclube. Já levei praticamente todos os seus Eisenstein, Bergman, Orson Welles e Kurosawa. É claro que complemento a minha cultura cinematográfica com um concorrente seu que se especializa em erotismo pragmático, já que, apesar de tudo, de carne somos. Opa, eu falando como um papagaio e você mudo como uma girafa. Sabia que as girafas são mudas? Eu não. A ver, a ver, Malambo, conte-me o que está fazendo. Imagino que este inocente videoclube seja uma fachada. Contra quem você está conspirando?

19

Quando o trem ainda não havia começado a se mover, Javier se surpreendeu que o vagão estivesse vazio. A única presença estranha era uma mala dura, tipo Samsonite, que dormitava

---

45 No original, *de turulato a curulato*. Jogo de palavras: *turulato* = *apalermado*; *curulato* = a cadeira curul (no Império Romano, exclusiva das altas autoridades) dos dignitários. (N.T.)

entre dois assentos estofados, como sempre são os de primeira classe. As plataformas da *Stazione* Termini estavam, ao contrário, repletas de viajantes, turistas ou locais, com impecáveis trajes de burocratas ou o desalinho de *globetrotters*, com estampa de *cosa nostra* ou batinas do Vaticano.

Havia casais que se apalpavam minuciosamente durante o beijo de despedida, mães que choravam o seu desconsolo ante o adeus do filho recruta assomado à janelinha da segunda classe, carregadores que suavam copiosamente, anciãs que pediam ajuda para embarcar no trem os seus discretos baús.

Javier olhava atônito do vagão vazio. Ele e a dura mala talvez abandonada olhavam-se solidariamente. Quando o trem por fim arrancou, tapou os olhos. Só voltou a olhar quando as plataformas e corredores da repleta estação haviam dado lugar à zona industrial, com chaminés que saíam ao encontro do comboio e em seguida se afastavam em direção a Roma. Quando por fim apareceu a campina, com vacas que bocejavam o seu tédio existencial e cordeiros que corriam exultantes, como se não lhes preocupasse seu futuro de açougue, e até, coisa estranha, um hipopótamo quase azul metido em um charco barroso.

Durante três horas, ou duas, ou quatro (no trem o tempo avança como sobre patins), Javier esteve imóvel, a valise também. Quando por fim entraram em outra estação de categoria, Javier reconheceu que se tratava de Cornavin, que já se chamava assim na única vez em que esteve em Genebra. Aqui as plataformas albergavam muita gente, mas o estilo suíço contagiava os turistas, e todos, até um lote de *hooligans* que cantavam à capela, pareciam circunspectos e um pouco afetados. Ademais, não havia padres, nem sequer monjas. Nem Javier nem a mala abandonaram o vagão de primeira.

Nem bem o comboio começou a se mover novamente (agora ia para trás), o compartimento foi invadido por um inspetor que pediu os bilhetes em três idiomas, não precisamente os da Suíça. Javier teria jurado que se tratava de holandês, português e catalão. Mostrou ao poliglota o seu *eurailpass*. O uniformizado o examinou sem o menor interesse e o devolveu com um gesto trêmulo. Em seguida percebeu a presença da valise e perguntou se lhe pertencia. Provavelmente o fez em esperanto, mas o sentido era inconfundível. Javier negou com a sua cabeça e com o seu boné. O inspetor extraiu da sua bolsa um espanadorzinho e o passou na mala, que na verdade estava um pouco empoeirada. Em seguida se foi sem se despedir.

Agora a paisagem não era de chaminés nem de cordeiros. Havia pontes, túneis e uma autoestrada com uma interminável fileira de automóveis parados por culpa de um enorme caminhão meio virado e um ciclista aparentemente morto, rodeado de curiosos e policiais. Não sabia calcular as várias horas transcorridas desde essa imagem e a entrada do trem na enorme estação de Frankfurt. Ele havia acreditado que a próxima seria Paris, mas os cartazes de *Eigang*, *Ausgang*, *Wechsel*, foram se acumulando em sua retina. Tampouco ali abandonou o vagão da primeira. A dura mala cinza havia se convertido em sua família. Desta vez o inspetor de turno falou em alemão com acento bávaro e quando ele lhe mostrou espontaneamente o *eurailpass*, sorriu abertamente e disse: *"Gute Reise"*. Não se fixou na valise companheira, e quando se foi assobiava silenciosamente uma toada que Javier identificou como a manjadíssima *O Tannenbaum*. O trem arrancou, desta vez para adiante, entre os aplausos das pessoas que enchiam a plataforma 5 e Javier reconheceu um só rosto: o do camareiro galego que o havia atendido uma vez no Hotel Cornavin. *Por que não estava em Genebra e sim em Frankfurt?*

Javier se estendeu em seu cômodo assento, disposto a cochilar, mas não pôde. A paisagem, cada vez mais veloz, lhe impedia o sono. Casinhas de dois andares e telhas vermelhas, grandes blocos de apartamento em cidades-

-dormitório, igrejas com ninhos de cegonha, um e outro helicóptero extraviado.

De repente a porta do compartimento se abriu e uma violenta taquicardia sobreveio a Javier. Uma moça mais formosa que qualquer capa da *Playboy* lhe dedicou uma olhada verdadeiramente paralisante. Sentou-se frente à mala, depositou-a com algum esforço no assento em frente, extraiu da sua bolsa um chaveiro, abriu o cadeado e assim a mala, tirou a jaqueta e a depositou em seu interior, em seguida fez o mesmo com um pulôver de lã verde, a blusa, os jeans, as meias, os sapatos. Quando ficou totalmente nua e envolveu de novo Javier com seu olhar paralisante, ele se pôs de pé, já sem taquicardia, tirou o paletó, a camisa, as calças, a roupa interior, as meias, os sapatos e até o relógio de pulso. O rosto da formosa era de aceitação incondicional, de prazer crescente. Só disse três palavras: "Me chamo Rita". Foi só então que Javier percebeu, para seu desencanto, que o trem estava entrando em outra estação, muito mais modesta que as anteriores e em seguida pôde reconhecê-la como a velha e quase em desuso Estação Central de Montevidéu. Olhou pela última vez para a moça e para a mala, e em um gesto desesperado, mas inadiável, decidiu despertar. Custou-lhe um pouco dar-se conta de que o bom Bribón lhe estava lambendo um joelho.

20

Este foi o primeiro artigo que Javier mandou à agência madrilenha: "Montevidéu, capital provinciana".

"Dentro do complexo mostruário das cidades latino-americanas, Montevidéu é simplesmente uma a mais. Apesar disso, se comparada com outras capitais da zona, aparece então uma cidade diferente, quase na contramão dos traços, dos gostos e das cicatrizes urbanas do subcontinente. Entretanto é uma capital desproporcionada. Se nos fixarmos no seu número de habitantes (1.300.000), devemos admitir que é uma cifra mais ou menos corrente nas capitais latino-americanas. Quito (1.420.000) e La Paz (1.400.000) superam a população da capital uruguaia. Quanto a São Domingos, tem a mesma população: 1.300.000. O detalhe está em que enquanto Quito alberga 14% da população total do Equador; La Paz, 19% do total de bolivianos; São Domingos, 19% da população da República Dominicana; em Montevidéu, diferentemente, reside 42% da população total. Se o cotejo é feito com outras capitais o desequilíbrio é ainda mais notório. As únicas que se aproximam da porcentagem de Montevidéu são Buenos Aires, com 31%, e Santiago do Chile, com 33%. Se Ezequiel Martinez Estrada batizou Buenos Aires como a cabeça de Golias, com que metáfora haveria de designar Montevidéu e seu cabeçudo centralismo?

Desde o início da independência, Montevidéu acumula referências que a vinculam com a Europa. Se o legendário Garibaldi se fez aqui presente em 1841 para mandar as tropas nacionais contra Rosas, o então celebérrimo Alexandre Dumas escreveu (ou, segundo dizem as más línguas, fez escrever e apenas assinou) de Paris em 1850 sua *Montevideo ou une nouvelle Troie*, fraca como literatura, mas retumbante como apoio solidário à cidade cercada. Lautréamont nasce em Montevidéu em 1846 e leva sua memória adolescente a Paris. O anglo-argentino Guillermo Hudson (que nasceu em Quilmes, Argentina, mas escreveu em inglês) publica em 1885 a novela *The purple land*, situada no que em seguida se chamaria República Oriental do Uruguai.

Por essas e outras razões, Montevidéu é uma cidade sem maior caráter latino-americano. Nenhum europeu achará inconveniente reconhecer sua corzinha pseudoeuropeia, que começou postiça, minimamente hipócrita, e acabou por se constituir em uma inevitável, vergonhosa sinceridade. De costas para a América, e de fato também de costas para o resto do país, Montevidéu, cidade-porto, só olha para o mar, quer dizer, a isso que chamamos mar e é apenas rio (isso sim, o mais largo do mundo) e depende de imprevistas correntes internacionais para que suas águas políticas ou culturais sejam doces ou salgadas.

Como cidade-porto, Montevidéu foi sucessivamente vista por olhos estrangeiros. Apesar de tudo, como escreveu Borges, 'a cor local é um invento estrangeiro; surge do olhar dos outros, não do que nós sejamos'. Pela cidade passaram (e olharam) em épocas muito diversas: Sarah Bernhardt e Hugo von Hofmannsthal, Erich Kleiber e Louis Armostrong, Enrico Caruso e Albert Camus, Arthur Rubinstein e Garcia Lorca, Roosevelt e De Gaulle, Borges e Fidel Castro, Neruda e Marcel Marceau, Juan Ramón Jimenez e Dizzy Gillespie, Gabriela Mistral e Vittorio Gassman, André Malraux e Che Guevara, Maurice Chevalier e José Bergamín, Jorge Amado e Rafael Alberti, Margarita Xirgú e Carlos Gardel. Nos últimos tempos, o nível dos conspícuos visitantes baixou notoriamente: se chamam Pinochet e Stroessner, Bush e Collor de Mello.

Antes da ditadura e da televisão (que é outra ditadura, mas em cores), Montevidéu era, como assinalou Daniel Vidart, 'o espelho retrovisor de nossa sociedade'. Também era o espelho cultural. Havia um vasto público para os teatros, os cinemas, e os cafés (Tupi Nambá, Sorocabana) congregavam tertúlias cuja ordem do dia incluía política, futebol e cultura, três pilares insubstituíveis da vida comunitária. (Agora, ao contrário, os tertuliantes não cabem nos McDonald's). A solidariedade era muito mais do que uma palavra. Cada classe tinha sua tribuna no Estádio Centenário, sua sala de terapia intensiva e também o seu cemitério. Tudo em ordem.

Cidade de imigrantes (as três principais e sucessivas correntes foram de espanhóis, italianos e judeus), é também um mosaico arquitetônico. Todos os estilos marcam presença na Avenida 18 de Julio, principal artéria da cidade, e essa misturada foi se convertendo em outro estilo e até adquiriu um caráter peculiar e um estranho atrativo. A grande avenida é o termômetro da cidade. A ditadura a deixou sem árvores; a televisão, quase sem cinemas; a crise, sem grandes lojas. Invadida pelos vendedores ambulantes e pelas mutretas do contrabando, em alguns de seus trechos poderia ser tomada por um *marché aux puces* do Terceiro Mundo. Não obstante, ainda que tenha perdido grande parte de seus modestos luxos, a avenida segue sendo uma referência obrigatória para o montevideano. Se não brilha como antes, isso simplesmente se deve a sermos mais pobres. Mas não há na cidade nenhum acontecimento que importe de verdade (de uma vitória futebolística até uma greve sindical, de uma impressionante manifestação política até a apoteose do carnaval) que não se faça presente na 18 de Julio.

Ainda hoje, depois de doze anos de ditadura e enquanto recupera, lentamente e com alguns obstáculos, o bom costume de viver na democracia, Montevidéu mantém (quase diria por sorte) um estilo de vida bastante provinciano. Têm-se a impressão de que aqui todos nos conhecemos. Caminhar pela 18 de Julio é como mover-se pelo pátio da casa da família. Sempre aparece alguém que, da calçada defronte, levanta o braço como uma antena racional, como a comunicação de uma presença.

Essa proximidade, essa constância do semelhante, essa sensação de vizinhança, no entanto, tornou mais dramática a vida comunitária durante a recente ditadura. Não era raro que um guerrilheiro fosse filho de um ex-parlamentar de direita, ou que uma vítima de tortura fosse sobrinha de um torturador. Até as torcidas futebolísticas se inscrevem em um estilo provinciano. Que um torcedor do Peñarol se enamore por uma garota do Nacional, ou vice-versa, pode originar ressentimentos familiares de tal envergadura que os convertam nos Montéquios e Capuletos do subdesenvolvimento.

Como todas as cidades do mundo, provincianas ou não, Montevidéu tem má consciência do seu viver e de seu morrer, e quem sabe por isso não costume mostrar aos turistas os seus cinturões de indigência. Não obstante, Montevidéu agrada aos estrangeiros e especialmente aos espanhóis. A mim também. O certo é que nesta cidade há menos urgências e menos stress que nas outras capitais da faixa atlântica. Sua costa sul, cheia de praias, e seu estilo de vida, que assume sem conflito a proximidade do outro, a fazem, no entanto, apesar do legado de mesquinhez que a ditadura deixou, uma cidade desfrutável e luminosa. Não preciso dizer que, por razões que talvez sejam demasiado subjetivas, não a troco por nenhuma outra."

21

O primeiro a perceber a chegada do carro foi Bribón, que emitiu uma série de latidos de alerta. Era raro que alguém aparecesse às sete da tarde. Quando soou a aldrava (uma velha mão de bronze que havia encontrado há três domingos na Feira de Tristán Narvaja), os latidos de Bribón subiram de tom. "Quem é?", perguntou Javier, antes de abrir. Perguntou confiante, talvez porque calculou, com certa inocência, que os gatunos desta zona não vinham de carro.

Não era um ladrão. Era um tipo alto, cinquenta e poucos, com uma avançada calvície e um olhar nada condescendente. Seu traje era esportivo, mas de marcas conhecidas.

— Desculpe a hora inoportuna — disse o recém-chegado tirando a boina. — Meu nome é Saúl Bejarano, coronel reformado.

Javier só pôde dizer: "Ah". Não lhe agradava aquela invasão, e ainda menos de um militar, ainda que reformado.

— Como poderá imaginar, sei como se chama — agregou o coronel.

— Bem, a que devo a honra?

Bejarano não pediu permissão para sentar-se na cadeira de balanço. Simplesmente se sentou.

— Para economizar detalhes, lhe direi que sabemos quando chegou da Espanha, também que se separou de sua mulher, Raquel, e que sua filha se chama Camila. Que instalou um videoclube em Punta Carretas, especializado em clássicos do cinema. Sem lhe dizer que com todo o gosto integro a sua refinada clientela: ontem mesmo levei *Adeus às armas*. Ainda não o vi, mas imagino que será uma história de militares reformados. Ou não? Também conhecemos as atividades que desempenhou antes de seu exílio e as amizades que foi recuperando. Que encontrou Rocío Garzón, uma tipa com coragem. E que o vizinho lhe deu este cachorro antipático, a quem lhe peço ordenar que deixe de me dedicar os seus grunhidos adolescentes.

Javier engoliu com dificuldade. Disse: "Quieto, Bribón" e se animou a perguntar:

— Quando diz "sabemos", a quem inclui essa primeira pessoa plural do presente do indicativo? Ou se trata de um plural majestático?

Bejarano sorriu pela primeira vez, mas era evidente que o sorriso não era uma das suas especialidades.

— Não tome ao pé da letra. É apenas o costume. Alguns militares, não todos, sobretudo se nos dirigimos a um civil, costumamos falar na primeira pessoa do plural. É um hábito, que ficou de quando era um militar da ativa. Agora não. Falo apenas por mim mesmo.

— E então?

— Nenhum companheiro de armas está inteirado de que pensava visitá-lo. Na realidade, não sei como entenderiam isso.

— E então?

— E então — parodia o coronel reformado. — Você é amigo de Fermín Velasco, não é?

— Aparentemente, você sabe tudo. Sim, sou amigo dele.

— Aqui começa a parte difícil da minha visita.

Bejarano mordeu o lábio inferior e abaixou a vista. Quando levantou os olhos, estava decidido.

— Fui eu quem interrogou (você diria torturou) Fermín.

Javier não pôde evitar um sobressalto.

— Você?
— Sim, eu mesmo. E outros mais, claro. Essas coisas não se fazem sem assistência técnica. Mas eu dirigia.
— E posso saber o que tenho a ver com esse edificante capítulo de sua trajetória profissional?
— Não zombe. Confesso que esse capítulo de minha trajetória profissional não me fez credor de nenhuma condecoração.
— Me ocorre que talvez você aspire a cumprir o papel de um *Scilingo*[46] oriental.
— Em absoluto. Jamais me passou pela cabeça fazer uma confissão pública. Mais ainda: creio que o capitão de corveta Scilingo não procedeu corretamente. Na realidade, empanou a imagem das Forças Armadas argentinas. E, como se isso fosse pouco, com seu testemunho levou outros irresponsáveis a seguir o seu exemplo. Isso é grave, gravíssimo, quase uma traição.
— E então, o que pretende? O que tenho a ver com tudo isso?
— Simplesmente quero que me sirva de ligação (uma atividade na qual você tem boa experiência) com seu amigo Fermín. Você dirá, com razão, "por que não me apresento em sua casa em vez de chamar aqui, na sua". Explico: ele tem mulher e filhos. Sei que não foi fácil a reinserção dele no âmbito familiar. Agora, por fim, recuperou a harmonia e o afeto. Tenho a impressão de que a minha reaparição, minha presença nesse meio, complicaria as coisas, não acha?
— Sim, acho.
— Veja, estamos de acordo. Apenas lhe peço que fale com ele, a sós, o informe de minha visita e lhe transmita minha intenção de que nos encontremos aqui, em sua casa.
— Como pode lhe ocorrer semelhante coisa?
— Pensei que podia ser o procedimento mais adequado e menos chocante para que nos comuniquemos, ele e eu.

---

46   Adolfo Scilingo é um ex-militar argentino, um dos primeiros a admitir publicamente os crimes cometidos durante a ditadura de 1976 a 1983. (N.T.)

— Você acha que, depois da velha história que você e ele compartilham, Fermín teria vontade de encontrar-se com você, nesta casa ou onde seja?
— Não tenho certeza, claro. Mas quero tentar.
— Outra forma de tortura?
— Não, cara. Sei que não vai ser fácil. Simplesmente quero falar com ele. De homem pra homem. Ou digamos, para empregar a linguagem algo esquemática que vocês usam, de verdugo a vítima, e vice-versa.
— Se me tocasse a vice-versa, não me interessaria.
— Compreendo que a você não, mas talvez a ele sim.
— E se me negar a fazer essa gestão?
— Presumo que não vá se negar. Não se esqueça de que sabemos muitas coisas sobre você.
— Outra vez a primeira pessoa do plural?
— Sim, sabemos muitas coisas. Devido a alguma coisa escapou, não? Ou por acaso foi fazer turismo?
— Ou seja, trata-se de uma chantagem vulgar e tosca.
— Vulgar pode ser, mas tosca não. Tenha em conta de que estamos na democracia. Deixemos as chantagens tosca para os períodos de ditadura. Agora as chantagens são econômicas, trabalhistas, ideológicas.
— Etc.
— Sim, etc.
— E então, para que vem mencionar tudo isso que vocês sabem deste humilde servidor? Se atreveriam a me levar em cana, só pelos *peccata minuta* de um passado suficientemente lavado com anistia?
— Tem razão. Tudo mudou. Mas temos meios de ir infiltrando notas e notinhas em certos órgãos de imprensa. Referências que não serviriam para congraçá-lo com seus antigos comparsas. E menos ainda com os que hoje empunham o timão desse barquinho internacional um pouco à deriva.
— E se, apesar disso tudo, me negar?
— Sem ter em conta a opinião de seu antigo camarada? Quem lhe diz que talvez ele sim queira falar comigo, es-

cutar-me e ser escutado, sem aversões nem ideologias que nos separem. Nem sequer se pode descartar que aceite encontrar-se comigo para me meter um tiro na cabeça. É um risco e o aceito. Há rancores de longa duração, rancores *long play*. Olhe, façamos um pacto. Se ele disser que não, acabou a história. Por outro lado, lhe asseguro que não penso em falar, um por um, com todos os detidos que passaram por meu (digamos rigoroso) interrogatório. E muito menos com aqueles de quem consegui arrancar informações, confissões. Diga-se de passagem, houve um que envolveu você, meu amigo, quem sabe porque sabia que você já se havia ido. Não vou lhe revelar o nome, assim lhe deixo a opção de desconfiar de todos. Mas o caso do seu amigo Fermín é muito especial. Primeiro, porque não falou, e a lealdade, ainda que seja a uma causa perdida, é sempre digna. Não digna de admiração, mas sim de respeito. E, portanto, devido precisamente a seu obstinado silêncio, tive de *apertá-lo* mais que aos outros. E isso me pesa, pela simples razão de que não é um mau sujeito. Jogou pelo que acreditava justo, e perdeu. De todo modo, eu o respeito e lhe devo uma explicação, que não vou dar a você, mas sim a ele. Não pretendo que você seja o *Verbitsky*[47] uruguaio que me ponha no pelourinho e em decorrência ponha no pelourinho as Forças Armadas orientais, aos soldados de Artigas que fomos e somos ainda. Faço este esclarecimento porque não me escapa que você é jornalista. Não vim com a intenção de revolver a merda, sabe? Ainda que mereçam. E espero que note a terceira pessoa do plural.

— Não sei se veio com a intenção, mas a revolve.

— Vai falar com seu amigo? Se ele disser que não, não insistirei. Palavra de coronel reformado. Mais ainda. Você me causou boa impressão, de modo que se agora mesmo decidir não lhe falar, retiro a minha ameaça de chantagem

---

47 Horacio Verbitsky é um escritor e jornalista argentino. Foi a ele que Scilingo fez o seu detalhado depoimento. (N.T.)

pós-moderna. Como talvez tenha se dado conta, sou um sentimental.

22

Desde o seu regresso ia todas as segundas-feiras ver a sua mãe. Nieves já havia completado setenta e sete, mas ainda estava forte e lúcida. Na primeira dessas segundas-feiras, quando o viu chegar, antes de beijá-lo e abraçá-lo, o tocou, o apalpou, lhe acariciou a cara como se ainda fosse um menino ou quem sabe para verificar que, enfim, estava ali, que a sua volta era de verdade. Durante os anos de exílio ele lhe havia escrito com frequência cartas compridas, muito detalhadas, contando-lhe suas viagens, suas transferências, suas mudanças de trabalho, em geral as boas notícias (quando as havia), nunca as más.

Vivia sozinha havia sete anos em um apartamento em Agraciada, na parte que agora se chama Avenida Libertador Brigadier General Lavalleja. Sozinha, apesar de haver parido três vezes. Javier havia partido, obrigado por razões óbvias que ela compreendia, mas Gervasio e Fernanda porque assim o haviam querido. Um e outra haviam construído muito longe uma nova vida: Gervasio havia começado como cônsul em Tegucigalpa e terminou como gerente em um supermercado na Califórnia; Fernanda havia obtido, enquanto lhe durou a bolsa, um PhD em Chapel Hill, e agora lecionava espanhol em outra universidade. Ambos costumavam escrever-lhe em seu aniversário e no Natal, mas nos últimos tempos só lhe enviavam cartões postais, com os mais comuns dos lugares-comuns e sem a menor notícia de como se sentiam em seus respectivos trabalhos, como iam seus garotos nos estudos. Gervasio, que havia se casado com uma canadense, tinha dois filhos, ambos varões, e Fernanda, que pouco depois de chegar havia se casado com um ítalo-americano e quase imediatamente se divorciado, depois havia simplesmente se juntado com um mexicano, ex-imigrante ilegal, mas agora um próspero taxista, que havia lhe dado dois filhos: um varão e uma menina. Nos primeiros anos, Nieves lhes escrevia todos os meses, mas depois foi desanimando e apenas respondia aos postais (o Niágara, o Empire State Building) com outros postais autóctones (a Rambla de Pocitos ou o Palacio Salvo).

Da Espanha, Javier tinha tentado comunicar-se com seus irmãos, mas eles sempre o haviam olhado com receio e cuidado para que o esquerdismo do mais novo não prejudicasse os seus próprios projetos migratórios. Nos Estados Unidos sempre haviam tratado de deixar claro que não eram emigrados políticos, uma etiqueta que só era boa quando se tratava de cubanos anticastristas. Em vista desse desinteresse, Javier havia deixado de lhes escrever e nem sequer podia telefonar para eles, porque nunca lhe haviam dado os seus números. Eles que sabem.

A Nieves que havia encontrado Javier em seu *desexílio* era (mais velha, claro) a mesma de sempre. Ele nunca havia entendido o desapego de seus irmãos em relação a sua mãe. Era certo que ela havia se sentido mais ligada a Javier. Por ser o menor, por se parecer mais com o pai, por ser mais simpático. Porém, sempre havia se esforçado para que essa preferência não fosse evidente. Sustentou os três igualmente em seus estudos, os aconselhou (sem maior êxito no caso dos dois maiores) em seus períodos de desorientação, inclusive havia ajudado Gervasio e Fernanda a pagar as suas passagens de avião quando decidiram emigrar. Por vias indiretas havia se inteirado de que Gervasio e Fernanda se davam bem, telefonavam-se frequentemente e até reuniam ambas as famílias uma ou duas vezes por ano. Essa boa relação fraternal a alegrava, mas também lhe doía quando a comparava com a muito distante que mantinham com ela e com Javier. Por isso o regresso do filho menor a havia estimulado, injetado energias, renovado seu interesse pela vida.

Nieves tinha alguma dificuldade para se movimentar (o reumatismo era quase o seu único problema de saúde) e por isso pagava a uma empregada (Nieves se referia a ela como a "senhora Maruja") que vinha diariamente para se ocupar de uma sumária limpeza e da lavagem da roupa. Também se encarregava de cozinhar e em seguida almoçavam juntas. Nieves se dava muito bem com a "senhora Maruja" e esta, uma vez cumpridas as suas tarefas, ficava vendo com ela algum programa de televisão. Nieves afirmava que os dramalhões a aborreciam, mas que os suportava para que a "senhora Maruja" (que não tinha televisão no quarto que alugava) ficasse um pouco mais com ela. Além do reumatismo, a solidão era a sua doença mais notória.

Por isso o regresso de Javier representara para ela a abertura do céu. Nunca havia acreditado em Deus, mas agora estava a ponto de. Não obstante, manteve suas opiniões e preferiu atribuir a afortunada mudança em sua vida ao bom acaso, sem perceber que para ela o acaso era um suplente de Deus.

Em dois fins de semana, Javier a havia trazido a Nueva Beach. Agradou-lhe como havia ajeitado a casa, encantou-a o quadro de Anglada, mas apesar da insistência do filho pródigo, em nenhuma dessas ocasiões quis ficar mais de dois dias "porque a 'senhora Maruja' vai se preocupar e além do mais ficaria sem o seu dramalhão, que é de segunda a sexta-feira".

— Perdoe-me, Nieves, mas acho que essa série brasileira fisgou você também. Lhe dá um pouco de vergonha confessar, mas me parece que vem a calhar a desculpa de Maruja.

— É claro que algo me interessa. Os atores são bons. Sempre são histórias com um pouco de amor e outro pouco de desamor. E nisso se parecem com a vida, não?

— Ocorre o mesmo com os romances, mas tenho a impressão de que já não lê tanto como antes.

— Por causa da vista. Me cansa muito. O doutor Fran Sevilla diz que não tenho catarata nem astigmatismo e nem sequer miopia. Só a vista cansada. E assim deve ser. Depois de uma hora de leitura me dá enxaqueca.

— E com a televisão não?

— Com a televisão não. Bem, nunca lhe dedico mais de quatro ou cinco horas.

Javier a olhou divertido e por fim ela não pôde dissimular mais e se deu por vencida com um sorriso culposo.

— É que estou muito só, Javier. Agora você está aqui e já não me pesa tanto a solidão. Mas até então minhas únicas companhias eram a "senhora Maruja" e a televisão.

Na segunda visita ao apartamento da Aguada, Nieves tinha querido saber de Camila, de Raquel, e as razões da separação. Raquel sempre lhe agradara.

— Vê, agora você também está sozinho. E sem sua filha. Por certo você sente falta das duas.

— Pode ser. É certo que sinto falta da Camila.

Javier percorreu com o olhar a extensão do apartamento. Os ruídos da rua entravam insolentes pela janela que, apesar do frio, estava entreaberta.

— Vamos, Nieves, confesse. Por que não voltou a casar?

A risada da mãe apagou por um instante os ruídos externos.

— Entre outras razões, porque ninguém me propôs.

— Mas nunca apareceu algum tipo que lhe agradasse?

— Só uma vez. Mas não me fazia caso.

— O conheço?

Entre as muitas e consolidadas rugas, Javier detectou um ameaço de rubor adolescente.

— Claro que o conhece. O seu famoso professor dom Ángelo.

Javier ficou mudo. Imediatamente lhe apareceu com toda nitidez uma longínqua festa escolar de fim de ano.

— Depois que você se foi, nos vimos duas vezes, em reuniões casuais. Na primeira até cheguei a lhe sorrir, mas foi evidente que o meu sorriso havia perdido o seu poder de sedução. Na segunda vez lhe brilharam os olhos, mas nada mais.

— Sempre foi muito tímido.

— Poder ser. Depois morreu. Ou seja, me livrei de ficar outra vez viúva. Talvez tenha sido uma pena. Sabe? Tenho a impressão de que se eu tivesse cuidado dele não teria morrido. Creio que morreu de solidão. A solidão, Javier, é um tumor maligno.

23

Esteve brincando um pouco com Bribón, mas o cachorro ganhava dele em juventude e energia, de modo que Fermín acabou exausto, tombado na cadeira de balanço. Só quando recuperou o alento aceitou a grapa com limão que lhe estendia Javier.

— E então, agora que já atendi às homenagens do seu cachorro, posso saber qual é o motivo urgente dessa convocação? Você também chamou os outros?

— Não, só você.

— É grave?

— Você dirá.

Fermín tomou um trago.

— É boa esta grapa.

— Comprei semana passada. Aviso que é grappa, com dois pês. É italiana.

— Ah, com razão.

Desta vez foi Javier quem tomou um trago.

— É o seguinte: veio ver-me um coronel reformado.

— Caramba. Não sabia que tinha esse tipo de relações.

— Tampouco eu sabia. Mas não era este servidor o motivo da visita.

— Queria lhe comprar o Bribón?

— Não. O motivo era você.

Fermín se pôs de pé. A fadiga havia se evaporado.

— Sabe como se chama?

— Sim, claro. Trata-se do coronel reformado Saúl Bejarano.

— Me lembro. Não foi um "notável torturador"?

— Não só notável, como você diz. Foi seu torturador pessoal.
— Não amola!
— Ele mesmo me disse.
— E o que quer esse filho da puta?
— Falar com você.
— Mas o que há com ele? Está com o mal de Alzheimer?
— Não creio.
— E por que veio ver você e não diretamente a mim?
— Para que eu fizesse a ligação. Adianto que sabem tudo sobre nós. O que já imaginávamos e muito mais. Até detalhes pueris, quase insignificantes. Inclusive de mim, que nunca fui um peixe gordo. Sabem, por exemplo, que depois de várias dificuldades, você conseguiu refazer sua vida, sua relação com Rosario e com os seus filhos, e por isso acredita que ir bater à sua porta poderia interferir nessa harmonia arduamente recuperada.
— O que diz um homem fino e considerado. De verdade não acredita que tenha Alzheimer? Olha que até Reagan padece disso. Está na moda.
— Não tire o corpo fora da situação.
— E lhe disse para quê quer se encontrar comigo? Vai me desafiar para uma partida de truco? De bilhar? Vai querer que o apresente em algum bordel da fronteira?
— Quer falar com você para lhe explicar por que fez o que fez. Com você e os demais.
— Pois que poupe o trabalho. Não precisa me explicar. Tenho bem claro. Fez o que fez, comigo e com outros, porque é um sádico, um tipo que sente prazer com o sofrimento alheio. E pensa repetir o *mea culpa* com todos os seus ex-hóspedes? Por que não vai à televisão como fez Scilingo? Podemos lhe conseguir uma entrevista com Omar Gutiérrez, com Jorge Traverso ou com Raquel Daruech[48].

---

48 Apresentadores da TV uruguaia. (N.T.)

— Não creio que aceitasse. Opina que Scilingo é um traidor porque o seu testemunho enlodou as Forças Armadas argentinas.

— Mais nos enlodava ele quando nos metia a cabeça no barro ou na merda.

— Quer falar com você e ninguém mais, precisamente porque você é um bom sujeito e não delatou ninguém; que ele sabe respeitar a lealdade, ainda que se trate de lealdade a uma causa perdida. Por outro lado, não quer se encontrar com aqueles que falaram. A esses não respeita.

— Ah, que interessante. Por acaso ele sabe se teria falado ou se teria calado se lhe tivessem aplicado o mesmo tratamento que ele e seus camaradas nos ministraram? Até onde e até quando teria aguentado esse frouxo?

— Acalme-se, Fermín. Se não quiser vê-lo, o que me parece muito justificável, não o veja e tchau.

— E como ele se inteirará da minha resposta?

— Imagino que aparecerá de novo. Inclusive pretendia que o encontro se realizasse aqui, nesta casa.

— O que pensariam os nossos companheiros caso soubessem que você e eu nos reunimos com ele, nada menos do que em sua casa?

— Suponho que não os agradaria nem compreenderiam.

— A você agradaria?

— Sem condicional. A mim não me agrada.

— Então sabe muitas coisas. Por exemplo, o quê?

— Só se referiu à minha ficha. Que me separei de Raquel. A quem encontrei depois da minha volta. É cliente do videoclube.

— E lhe chantageia com isso?

— A princípio sugeriu. Em seguida retirou a ameaça.

— E se disser a ele que resolveu não intermediar?

— Não se preocupe. A esta altura já deve saber que lhe telefonei e que você veio me ver.

— Pode lhe dizer que nos vimos sim. Somos amigos, não? Mas que falamos de outras coisas. De futebol, por exemplo.

— Não são estúpidos, Fermín. Esse foi um dos nossos erros garrafais: crer que eram estúpidos.

— Terei que pensar com calma. Não estou seguro de que, se nos encontrarmos, possa me conter para não saltar no pescoço dele.

— Ele está consciente desse risco, e de outros similares.

— Consciência um pouco ensebada, não? E esse sebo não se lava com autocrítica.

— Ele não falou de autocrítica, mas sim de explicação. Me parece que ainda não ingressou na etapa do arrependimento. Está claro que você não padece da síndrome de Estocolmo, mas também está claro, ao menos por ora, que ele não padece do complexo de Scilingo.

— Olhe, ainda que ele não reconheça, isso do Scilingo moveu o esqueleto de vários. Não lhe responda ainda.

— E se ele vier buscar a resposta?

— Se vier, diga-lhe que você executou a transmissão de seu amável recado, mas que ainda não respondi; que, quando me disse, simplesmente fiz um gesto, mas que não saberia dizer se foi de surpresa ou de asco.

24

Querido *Viejito*: Na realidade, não deveria lhe escrever, porque você é um ingrato, um pai desnaturado ou algo que o valha. Já faz seis meses que você partiu e só me escreveu duas vezes, ainda que deixando claro, isso sim, que sentia muito a minha falta. Um enrolador, isso é o que você é. Mas gosto de você do mesmo jeito, o que vou fazer? Se hoje decidi lhe escrever, me desprendendo por um momento dos meus mais do que justificados rancores, é porque tenho uma notícia importante: estou apaixonada! O afortunado é um *chaval* (bem, nem tanto, tem 24 anos) que conheci faz dois meses lá na Inma. Localizou? A da Galeria Veneto, na *calle* Zurbano. Foi ela quem nos apresentou. Uma flechada. Ele é como os de antigamente, os que apareciam nas novelas no século passado. A diferença é que passados quinze dias já havíamos ido para a cama. Em seu apartamentinho, claro. Ainda não contei à velha (não me refiro à relação, de que ela já tem conhecimento, mas à cama) porque ela está próxima. A você conto porque existe o Atlântico no meio e, além do mais, coisa rara, sempre tive mais confiança em você. Então não me frustre: não me envie uma bronca por fax. Pois então, transamos. Uma maravilha, *Viejito*. Segundo me contaram, as pessoas da sua geração aprendiam esses detalhes no *Kama sutra*; nós, ao contrário, no "*Katre sutra*". Ainda que pareça mentira e desacreditando todas as estatísticas e pesquisas que, segundo a imprensa séria, sustentam que a maior parte das jovens espanholas, residentes em meios urbanos (*sic*), perdem a virgindade aos 15, eu, que sou jovem espanhola urbana e com muita honra, mas com genes do Cone Sul, a perdi com meus tardios 19. Devo ser um caso de adolescência *attardé*. Por favor, *Viejito*, não me venha com o risco de Aids, porque tanto Esteban (assim se chama e é da ilustre Salamanca) como esta sua filha, antes de dar o mau (ou bom!) passo, fizemos os correspondentes exames e estamos mais saudáveis que São Francisco de Assis, que como é sabido só copulava com ovelhinhas e veadinhos. Por outro lado, usamos indefectivelmente as borrachas que o Santo Padre proíbe, tão anacrônico ele, não para nos preservarmos da Aids mas sim da gravidez. A propósito, chegou ao Rio da Prata, a piada do cacique pele-vermelha e seu filho menor? Este pergunta um dia a seu venerável progenitor: "Por que minha irmã mais velha se chama Clarão da Lua?" "Chama-se assim", responde o veterano, "porque sua mãe e eu a concebemos em uma noite em que brilhava no céu uma lua esplendorosa". "E por que", insiste o curioso e algo cansativo indiozinho, "meu irmão se chama Cavalo Selvagem?"

"Chama-se assim", responde o cacique, "porque, ainda que pareça incrível, sua mãe e eu o concebemos, com certo desconforto mas com espírito aventureiro, enquanto cavalgávamos sobre um cavalo especialmente brioso". "E por que", começou a balbuciar o insistente jovenzinho, mas nesse momento acabou-se a paciência do cacique, que lhe gritou: "Basta, Borracha Furada!". Contaram na televisão. O que você acha da liberdade de que gozamos? É bom que se diga que não era um programa do Opus Dei. Não se preocupe, *Viejito*. Nem Esteban nem eu viemos da Ruta del Bakalao[49]. Só uma vez, para provar, fumamos um baseado. Ele começou a tossir como um condenado e eu fiquei com o estômago revirado, de forma que, já que nosso vício durou cinco minutos, decidimos não passar a outras fases mais comprometedoras e dessa maneira nos poupamos dos *monos*[50] de costume. Na minha classe há uma dupla que, quando têm o *mono*, se tornam insuportáveis. É como na política, não lhe parece? Quando o Chile, a Argentina e o Uruguai tiveram seus *monos*, melhor dizendo seus gorilas, também se tornaram insuportáveis. Ou cansativos, como diz mamãe. Para ela (já está velha a pobre, tem 45!) até o rock é cansativo. Imagino que para você (se bem me lembro, tem 47!) também. Gosto do Sting, talvez porque o rock dele seja impuro, e a pureza (desde a endêmica até a acadêmica) sempre me desagradou. E como vai esse país? Mamãe mantém as suas assinaturas de *Brecha* e *Búsqueda*, e entre uma e outra extraímos uma impressão média, ainda que sempre haja coisas que não entendemos, subentendidos que ficam no ar. *Brecha* nos deixa amiúde a imagem de um país sombrio, levemente tétrico e

---

49 Assim ficou conhecida a mudança dos hábitos de ócio noturno da juventude espanhola nos anos que se sucederam ao fim do franquismo. Discotecas, rock pesado importado de outros países europeus, alto consumo de drogas etc. Tudo isso era uma grande novidade à época. (N.T.)
50 Literalmente, macaco, mas também designa coloquialmente síndrome de abstinência, sentido utilizado aqui. Logo a seguir, a personagem brinca com a palavra e o uso coloquial de gorila para designar militares durante o período ditatorial. (N.E.)

sem saída (poucos anúncios, claro), enquanto que *Búsqueda*, bem protegida pela publicidade invasiva das multinacionais e da grande banca, nos transmite uma doce confiança no neoliberalismo, tratando de nos convencer de que o capitalismo selvagem não é tão temível como dizem os vermelhos e que finalmente será alfabetizado pelos economistas doutorados pela conhecida metrópole. Mamãe diz que nem tanto nem tão pouco. Nem pleno sol nem escuras nuvenzonas. Moderadamente encoberto e ponto. Eu não digo nada, porque nesses temas sou mais neófita que em outros. E agora que nada menos que Milton Friedman opina que o Fundo Monetário Internacional é uma prescindível porcaria, me sinto mais desorientada que um espermatozoide em um casamento *gay*. A você, que está aí, o que lhe parece? Escreva, caralho, como você nos prometeu muito tranquilo quando nos despedimos em Barajas, na noite em que empreendeu o regresso à sua toca preferida. Eu havia pensado, e mamãe estava de acordo, em ir lhe visitar nas próximas férias, mas me dá uma pena enorme (leia-se pânico) deixar Esteban à mercê de tantas salmantinas[51] belíssimas em suas minissaias que andam por estas ruazinhas de Deus. Se se animasse a vir comigo! Mas a viagem custa muita grana. Ele disse que se interessa pelo terceiro mundo e que gostaria de fazer um estudo comparativo entre a corrupção daí e a corrupção daqui. Um trabalho que ninguém empreendeu. Há de ser algo. Há muitos estudos comparativos do PNB, das balanças comerciais mais ou menos desequilibradas, da produtividade, dos surtos terroristas, das conversões industriais, dos índices de analfabetismo, das reformas universitárias etc.! Mas sobre corrupções comparadas (que integram, junto com a Aids e a internet, a grande tríade de temas universais) nada de nada. Talvez você possa ajudá-lo. Não faça cara de sogro iminente. Verá que vai lhe agradar. Então tem ou tens um cachorro? Por que lhe chamou Bribón? Já estou como o filho do caci-

---

51 Naturais ou habitantes de Salamanca. (N.T.)

que, não? Depois de tudo, confesso que boa parte desta carta um pouco louca funciona como uma terna camuflagem para dissimular uma só verdade: sinto a sua falta, *Viejito*. Beijos e abraços de sua única e maravilhosa filha, ou seja (caso tenha se esquecido), Camila.

25

Geralmente ia ao Centro às sextas-feiras, comparecia ao videoclube nos fins de semana para ajudar os moços, que era quando mais clientes apareciam, e aproveitava a ocasião para ficar no apartamento de Rocío. Às segundas-feiras voltava para casa e era recebido com gozo por Bribón, que, embora se desse bem com os vizinhos (entre outras coisas porque lhe davam de comer quando ele não estava) tinha muito claro que seu amo, seu apoio, seu refúgio e seu amigo era Javier.

Depois das primeiras surpresas e descobrimentos, a relação com Rocío havia se normalizado. A verdade é que Javier não servia para ficar sem mulher. Sempre havia sentido, alternadamente, a necessidade de solidão e a necessidade de mulher, duas demandas que quase sempre se haviam cruzado em sua vida, provocando-lhe mais de um desconcerto. Entretanto, agora, a situação não podia ser melhor. De segunda a quinta-feira desfrutava de sua solidão, e na sexta-feira, quando começava a sentir falta de mulher, não de qualquer mulher mas sim de Rocío, encontrava-se com ela, ao passo que na segunda-feira, quando começava a precisar de solidão, regressava a sua casa, para compartilhar seu retiro com Bribón. Um vaivém perfeito.

O certo é que se sentia à vontade com Rocío. Agradava-lhe seu corpo, sua forma cálida, terna de fazer amor, sem alaridos de prazer, mas agradecendo e proporcionando o gozo. Agradava-lhe o caráter de Rocío: como sabia administrar o silêncio de Javier e o seu próprio silêncio. Agradava-lhe que tivessem uma história compartilhada; senti-la próxima e ouvi-la mover-se na cozinha, enquanto preparava alguns dos pratos que adorava. Nos sábados à noite costumavam ir ao cinema ou ao teatro, de modo que sua relação ia aos poucos sendo conhecida e admitida pelos amigos de sempre.

Javier não a havia inteirado da visita de Bejarano, não por falta de confiança, mas sim para lhe evitar uma preocupação. Pensava que ela já tinha bastante com as marcas do seu passado, do que quase nunca falava, nem sequer com Javier; sinal, pensava ele, que era uma dor já não física mas sim do espírito, uma dor da qual nem sequer agora, depois de vários anos de vida livre, se havia refeito.

Um domingo Javier a levou para que conhecesse sua mãe. Nieves, que seguia batalhando para que Javier voltasse com Raquel, ou melhor ainda, para que Raquel voltasse com ele (já que significava que ele não voltaria a emigrar), recebeu Rocío com certa reticência. Não obstante, e apesar dos anos, não havia perdido a sua capacidade intuitiva, de forma que não teve mais remédio que admitir, na visita seguinte do filho, que "seu novo amor parece ser uma boa pessoa", acrescentando: "Veja se não a deixa plantada como a outra". Javier ria, mas ela falava sério. A "senhora Maruja" também gostou de Rocío, e isso foi muito importante para Nieves. Noutro domingo em que foram vê-la, convidou ambos para que vissem com elas uma nova novela que só passava nos fins de semana, mas Javier decidiu que este era o limite do seu amor filial e levou Rocío, pouco menos que à força, ainda que ela não estivesse demasiado de acordo com semelhante debandada.

— Olha, Javier, agora as novelas formam parte indissolúvel da vida montevideana. Como o futebol, o mate ou a loteca. Se você não sabe como anda a telenovela, podem tomá-lo por estrangeiro. Nem sequer por portenho, já que lá existem teledependências parecidas, mas sim por um recém-chegado da Polinésia.

Javier compreendia, mas nada além disso. Em Nueva Beach nem sequer tinha televisor. Arranjava-se com o rádio. Aqui e em qualquer parte, inclusive na Espanha, preferia o rádio, que proporcionava mais e melhor detalhadas notícias; que dava dados e referências que a televisão evitava; que acolhia opiniões, debates, entrevistas, impensáveis em qualquer canal. Javier ainda não havia saído da idade do rádio. A tevê lhe parecia uma invasão, uma ofensa à intimidade, uma proposta que outros ditavam. Em Madri só via o *Informe semanal* dos sábados, os filmes submarinos ou selváticos do velhinho Cousteau e um ou outro documentário, como um estupendo sobre a invasão norte-americana no Panamá, que o Canal Plus passou só uma vez, com acesso restrito, e nunca mais repetiu, como fazia habitualmente com outros documentários.

Rocío preferia que Javier viesse a sua casa em vez de trasladar-se ela a Nueva Beach. "Quando chegar o verão, pode ser". Mas o verão tinha chegado e ela só tinha ido duas vezes. Estiveram na praia, que agora estava repleta. Isso sempre a espantava. Depois de tanta clandestinidade primeiro, e tanta clausura depois, as multidões a deixavam tensa. Mesmo nas manifestações de rua da Frente Ampla a que normalmente compareciam, preferia situar-se em um limite, na borda da concentração, como se quisesse manter aberta uma via de escape.

— Nunca se sabe — dizia. — Você não entende isto porque se foi a tempo e fez bem. Mas eu fiquei aqui e sei o que é o medo.

Javier então tratava de lhe proporcionar um refúgio e a abraçava, ainda que fosse em público, e só se desabraçavam para aplaudir Seregni ou Tabaré ou Astori ou Mariano[52].

— O medo é a condição prévia da coragem — dizia sentenciosamente Javier —, ninguém é valente se não passa antes pelo medo, a coragem vem de se sobrepor ao temor.

---

52 Líderes da reconstrução democrática. Tabaré Vázquez foi eleito presidente do Uruguai para os períodos de 2005-2010 e 2015-2020. (N.E.)

— Olha que interessante — zombava ela —, mas lhe juro que o medo que tive lá pelos anos setenta não era uma antessala da coragem. Era um bruta medo e nada mais.

Javier se sentia então um pouco bobo e/ou presunçoso, e ainda antes que terminasse o ato político, a levava dali, suavemente para a cama, essa cama de solteiro no apartamento de bolso de Rocío ("Isto é apenas um banheiro-sala", zombava ele) e ali, já juntos de verdade, sem os inúteis embaraços da roupa, recuperavam o inestimável diálogo dos corpos, que era o único argumento de que dispunha Javier para convencê-la de que agora sim podia sentir-se a salvo.

26

Um mês depois de sua primeira incursão a Nueva Beach, reapareceu por fim o coronel reformado. Javier o achou algo envelhecido e até descuidado. E lhe pareceu que envelheceu ainda mais quando ele lhe informou que Fermín não queria vê-lo.

— E por quê?
— Não me comunicou os motivos. Só me disse que não.
— Terá medo?
— Medo de quê?

Javier não pôde deixar de recordar as variações de Rocío sobre o mesmo tema.

— Não sei. De algo. Se fosse assim, eu o compreenderia.
— É uma opinião pessoal, mas não creio que Fermín tenha medo. Penso mesmo que não tem vontade. Só isso.
— Também entendo. É uma pena. Eu só queria falar. É tão difícil falar?

Desta vez Javier o viu tão desanimado que lhe serviu uma dose. O outro a aceitou. Em silêncio.

Quando percebeu que desta vez a relação era menos tensa de que na ocasião anterior, Bribón se aproximou do intruso sem latir nem grunhir e lhe lambeu a ponta embaciada de um bota, que era o único detalhe não esportivo (por acaso jogaria polo?) de seu traje.

— Tem pesadelos? — perguntou Javier.

— Já lhe aclarei em outra ocasião que eu não sou Scilingo.

— E por que essa obsessão de falar com Fermín?

— É um personagem que, não sei exatamente por que, instalou-se em minha memória. Não ocorre com os outros que estiveram a meu encargo. Mas não consigo apagar seu amigo. E tenho a impressão de que a única forma, não de apagar mas sim de assumir, é me enfrentar com sua própria memória, onde talvez também eu seja um personagem indelével. Me parece.

— Você tem família? Quero dizer se é casado, se tem filhos. Você sabe quase tudo de mim, mas de você não sei nada.

— Fiz mal no outro dia, quando fiz alarde do que sabíamos. Fiz mal, sinto.

— Fez mal em me dizer ou em saber?

— Em dizê-lo, porque foi uma jactância inútil, antipática. Saber é outra coisa. Algo inevitável. Mas respondo à sua pergunta. Não tenho filhos. Fui casado, mas enviuvei. Minha mulher era dez anos mais nova do que eu. Contraiu uma hepatite B.

— Morreu antes ou depois do "processo"?

— Ninguém mais diz "processo", sabia? Se vê que você esteve fora. Foi um eufemismo sem força. Entre nós, nos referimos ao "governo militar" e em algum descuido até dizemos "ditadura". Depois de tudo, aquilo não foi um problema semântico. Sim, minha mulher morreu depois da ditadura. E isso fez com que me sentisse pior.

— Talvez, se sua esposa ainda vivesse, você não teria querido dar esse passo.

— Pode ser. Ao menos teria sido mais complicado chegar a esta conclusão, a esta necessidade.

— Por quê?

— Bem, ela nunca soube até que ponto eu estava comprometido nesse tipo de interrogatórios. Nunca lhe disse.

— Por quê?

— Lhe advirto que você está demasiadamente inquisidor. Tenha em conta que eu estou habituado a interrogar, mas não a responder. Por que não lhe disse? A teria chocado. A pobre era católica apostólica romana, portanto acreditava em Deus e no inferno e em todas essas sandices.

— Você não crê em Deus?

— Oficialmente sou maçom, como tantos colegas meus. Mas verdadeiramente não creio em Deus. Não me adianta que exista, entende?

— Não de todo.

— Observe que a história da humanidade inclui tremendas barbaridades feitas em nome de Deus. Ficou sabendo que na Argentina havia sacerdotes que consolavam os oficiais que lançavam vivos ao mar os prisioneiros políticos? Nós torturamos para arrancar informação, é certo, mas não jogamos ninguém ao mar, nem vivos nem mortos. E tudo o que realizamos, bem ou mal, não foi em nome de Deus. O fizemos por nós mesmos, sem escusas religiosas, sob nossa única responsabilidade, sem pensar em céus nem em purgatórios nem em infernos, nem na puta mãe.

— Caralho.

— Por que caralho?

— É a primeira vez que ouço uma explicação tão...

— ...abominável?

— Pelo menos tão inesperada.

— Por acaso não se deu conta de que a Igreja uruguaia nunca nos engoliu? A Igreja argentina, ao contrário, ouvia suas confissões e lhes administrava a hóstia. E o general Videla, em pleno julgamento, ficava lendo vidas de santos. Nós nunca fomos tão cínicos. Cruéis e mentirosos talvez, mas não cínicos.

— E você está arrependido?

— Arrependido? Não, decididamente não. Incomodado talvez. Mas não tenha ilusões. Creio que cumprimos uma missão necessária. A subversão foi um fato inegável. Nos vimos obrigados a responder com outros fatos não menos inegáveis.

— E por que incomodado?

— Porque entendo que poderíamos ter logrado o mesmo efeito final sem tantas flagrantes violações dos direitos humanos e outras baboseiras.

— Baboseiras?

— Perdão. Não sou contra os direitos humanos. Só sou contra alguns cretinos que ficam invocando os direitos humanos. Se os norte-americanos não tivessem se metido, com seus licenciados e doutores em repressão, com suas leis de segurança nacional, se tivessem deixado que nós orientais resolvêssemos nossas diferenças, por tremendas que fossem, entre nós, lhe asseguro que teríamos ganhado de todo modo essa guerra, mas sem deixar tantas feridas, muitas delas incuráveis, em uma sociedade tão alfabetizada como a nossa.

— O que a alfabetização tem a ver com isso?

— Uma coisa é matar indiozinhos analfabetos, como na Guatemala, e outra é matar estudantes universitários, como às vezes ocorreu aqui.

— Ou seja, aprova a matança de indiozinhos.

— Tampouco é a solução ideal. A solução ideal é que os débeis e ignorantes se submetam ao forte e mais sábio. Imagino que compreenderá que isso poupa sofrimentos. A todos. E não é pouco. Não é a fórmula perfeita, mas ao menos provoca menos críticas internacionais.

— Ah.

27

Este artigo ("Os países não morrem") foi o segundo que Javier escreveu de Montevidéu, mas a agência (para surpresa do articulista) negou-se a publicá-lo.

"Os países não morrem. Ricos ou pobres, pobres ou miseráveis, seguem vivendo. Um país pode adoecer, enfraquecer até ficar puro osso, inflamar de soberba ou desmoronar de vergonha, contrair a celulite da retórica ou a lepra (Sartre *dixit*) da tortura; um país pode mudar de amo e até temer por sua vida, mas nunca morre. Quem morre são as pessoas. É claro que às vezes as pessoas se cansam de morrer e fazem revoluções. Ou se cansam de morrer e as suspendem. O cansaço da morte é, apesar de tudo, um sinal de vida. Durante um tempo, pleno de soberana agitação, a morte pode ser o preço de outras vidas, a onerosa garantia de uma mudança. Não obstante, quando, em posteriores instâncias da derrota, chega a se converter em uma escura rotina, sem mudança à vista, então a morte é apenas sinal de morte. E se faz necessário buscar outras rotas para a mudança.

A guerra também mantém o inimigo alerta. Embora seja certo que ele possa se sentir venturoso somente na guerra, por outro lado a paz pode chegar a paralisá-lo, a fossilizá-lo, a deixá-lo órfão de motivações. Por isso, quando os impérios enfrentam a paz, mesmo aquela paz que apregoavam entre mísseis, quando encaram uma paz que no fundo nunca desejaram, afundam na frustração e no desassossego. *Verbi gratia*: quando os Estados Unidos ficaram sem a URSS, ou seja, sem rival à vista, estiveram a ponto de submergir no desespero e no desemprego. Por um tempo, Washington vislumbrou um perigo: que, devido a essa ausência de objetivo guerreiro, toda a nação se afundasse no abismo da droga, para a alegria dos cartéis colombianos.

Inventar um novo inimigo não foi fácil. Os departamentos mais engenhosos e sonhadores do Pentágono puseram em funcionamento seu imaginário. Estiveram a ponto de se machucar no esforço, mas finalmente inventaram Saddam Hussein que, além de tudo, era um ex-aliado na luta contra o Irã. Como seu compatriota Melville havia criado a sua famosa Moby Dick, eles inventaram o seu baleote iraquiano e até o programaram em um ambiente tecnológico, a famosa mãe de todas as batalhas. Todavia, essa *fiction war* durou muito pouco, apenas até que uns milhares de soldados iraquianos fossem sepultados vivos pelos tanques democráticos nas arenosas trincheiras do deserto (não nas 'procelosas' águas do Atlântico, como haviam feito na Argentina as hostes de Videla), e o general Powell admitiu, infernal e satisfeito: 'Toda guerra é um inferno'. *Wonderful*. De novo pairou sobre o pobre Império a ameaça sempre latente da paz, e em consequência reapareceu o perigo de que a grande nação, desalentada e murcha, se precipitasse no fosso da droga. A Bósnia compareceu para salvá-la. Bósnia ou Iugoslávia ou a ex-Bósnia ou a ex-Iugoslávia ou a Bósnia muçulmana ou a Bósnia sérvia ou a Croácia duplicada ou a ex-Croácia original, vale dizer a difícil trama que havia tecido habilmente o comunista e sempre dissidente Tito em longos anos de ominosa e infindável paz. A história ultrapassou rapidamente o marechal Tito e o muro de Berlim; a ansiada democracia chegou por fim com suas maiúsculas e ribombâncias, suas ondas de fome e epidemias, suas ruínas justiceiras, seus rancores cruzados e escombros paradigmáticos, seus cadáveres de crianças (que não são negrinhas com as de Ruanda, mas sim loiras ou ruivas e de olhos celestes como as de Estocolmo, Edimburgo ou Corunha).

E todos contentes: a ONU, tão incapacitada como de costume; a OTAN, absorta em suas manobras e ginásticas; Major, Mitterrand, Chirac etc.; também Kohl, confiando por fim em levar a cabo seu velho sonho pós-nazi de invadir alguém, não importa quem. Todos contentes, menos os mortos, claro, mas estes não votam, até agora têm se abstido. Não há que se esquecer, porém, algo que nos revelou Roque Dalton[53]: "Os mortos estão cada dia mais indóceis [...] Hoje se põem irônicos / perguntam. Me parece que se dão conta / de serem cada vez mais a maioria".

---

53 Roque Antonio García (Roque Dalton, 1935-1975) foi um poeta, ensaísta, jornalista e militante político salvadorenho. Aderiu à luta armada nos quadros do Ejército Revolucionario del Pueblo. Chocou-se com a direção do ERP, foi acusado de revisionista e executado. (N.T.)

A cada trimestre, com ou sem Clinton, deram-se as mãos Arafat e o israelita da vez, mas entre um aperto e outro, palestinos e israelitas se complementam em sua indeclinável labuta contra a superpopulação na zona em disputa. Yeltsin, por sua vez, trata a Chechênia pior do que Brejnev tratava o Afeganistão, mas Yeltsin, ainda que discípulo dileto de Pinochet nisso de incendiar a Moneda moscovita, é amigo e é democrata e sobretudo tão anticomunista como só pode sê-lo um ex-comunista quando se contagia com a amnésia ocidental e cristã.

Os países não morrem? Nesse sentido, a Iugoslávia ou ex-Iugoslávia é a prova dos nove; Chechênia, a prova dos noventa e nove. Não passarão, disseram faz sessenta anos os da valorosa Madri, e foi certo: não passaram, simplesmente porque ficaram. Um pessimista incurável, quase um pré-pós-moderno, me disse nos anos 60: 'O passado é dos mártires; o presente é dos aspirantes a verdugos; o futuro será outra vez dos mártires'. Não sou tão cético, ainda que bem saiba que neste emaranhado fim de século os pessimistas são os únicos profetas que dão no cravo. Não obstante, o futuro será o que façamos com ele. Somos os ceramistas deste futuro. O único problema seria, talvez, que a cerâmica se faça em curto prazo pelo computador ou pela internet. Ou por robôs. Que Deus (que não existe) nos proteja."

28

Desde a sua volta ao país, Javier tinha um compromisso pendente: reencontrar-se com o Jardim Botânico. Elegeu um dia útil, para que não lhe estorvassem as invasões domingueiras e assim poder se encontrar a sós com as árvores anosas, as sendas com fungos recém-brotados no mundo e, em todo caso, algum casal isolado, beijando-se na úmida clandestinidade da manhã.

Mas o Jardim Botânico atual não correspondia àquele que havia resguardado com carinho na memória. Ou talvez não fosse o mesmo. Uma névoa de mais de vinte anos os separava. E isso sempre se nota. Custou-lhe encontrar seu carvalho predileto, e quando por fim o achou (ou acreditou achá-lo, porque não estava seguro de que fosse o mesmo) não tinha à sua esquerda nenhum casal dizendo-se quem sabe que silêncios.

Caminhou devagar, sobre as folhas secas sobrevindas de algum outono longínquo, dialogou um pouco com cada árvore, cada arbusto e cada corporação de cogumelos (nunca soube diferenciar os comestíveis dos venenosos), mas continuou sentindo-se estranho, como se houvessem lavado e passado, varrido e espanado seu antigo Jardim, retirando a desordem de sua intimidade e, mais ainda, a intimidade de sua desordem.

Os bancos estavam vazios e a sua disposição, de modo que pôde escolher um que havia sido verde e se sentou, disposto a ver e sobretudo a escutar. Nos ramos altos havia pássaros invisíveis, que dali piavam e espiavam. Não se tratava de um gorjeio coral, ainda que em alguns momentos lhe recordasse a unanimidade dos monges do Tibete, que ele havia escutado fazia muito tempo em um velho *long-play* do Folkways[54]. Mas não, de maneira alguma, essa comparação era uma estupidez, nada a ver com a cantoria soporífera dos lamas, só se pareciam no aborrecimento. Se aproximava mais da recordação de outros pássaros invisíveis, igualmente pertinazes, que piavam e espiavam dos ramos mais altos nas Ramblas de Barcelona. Em circunstâncias como estas, ou aquelas, invejava os surdos profissionais que moviam a linguetinha dos seus audiofones até colocá-la em *off* e se refugiavam assim em um silêncio compacto, sem pássaros nem helicópteros (um destes assomava agora entre as copas) nem buzinas nem campainhas nem gargalhadas obscenas nem sirenes de ambulância ou de bombeiros.

---

[54] Selo fonográfico norte-americano, especializado em levantar e registrar a etnomusicologia. (N.T.)

Bem, por sorte não era surdo e consequentemente devia suportar com estoicismo os beliscões canoros daquelas avezinhas, um pouco cansativas, isso sim, enquanto desfrutava da manhã verde e ensolarada, do balsâmico odor vegetal e dos rasgos de céu.

Dizia a si mesmo e também aos demais: ele sempre havia sido um animal urbano. Em Montevidéu ou Buenos Aires ou Porto Alegre ou Madri ou Barcelona ou em qualquer das cidades europeias que, por motivos extra-turísticos, teve de percorrer, havia se sentido à vontade entre as pencas de gente, junto ao excesso de consumidores nas liquidações das grandes lojas, nos estádios de futebol apesar das torcidas assassinas deste fim de século. O ar contaminado frequentemente lhe provocava tosse e irritações oculares, mas ainda assim era consciente de que esse era o seu meio natural. A vizinhança do mar sim o atraía, mas no campo se sentia como um sapo de outro poço, ou melhor, como se a paisagem fora o poço de outro sapo. A hora do *angelus* não lhe desencadeava a tradicional e admitida tristeza, mas sim uma bronca, encrespada e desmancha-prazeres, talvez porque lhe obrigava a admitir que outro dia estava acabando e isso significava um pouco menos de vida, um centímetro (ou um quilômetro, vá saber) a mais em direção à morte. E se uma vaca mugia ao longe, como sempre ocorria nos crepúsculos fascinantes, ou seja, nos mais afins às novelas bucólicas e tediosas de Jean Giono[55], ele nunca pensava "pobre vaca", mas sim "bicho estúpido".

Não obstante, o Jardim Botânico sempre o havia atraído, nunca soube claramente por quê. No ritual da sua obsessão urbana, o Jardim era a exceção, talvez porque estivesse no meio da cidade, como seu homônimo de Cádiz, que era uma maravilha mas alheia, de outra pátria, de outra gente, de outro mar.

---

55 Escritor francês (1895-1970) que se notabilizou por sua fé na natureza e na tradição rural. (N.T.)

Quando soou uma distante badalada, Javier olhou o seu relógio. Era meio-dia. Como havia passado o tempo no parêntese ecológico. Decidiu que por hoje a sua cota de verde já era suficiente. Então se pôs de pé, mas aos poucos. O ar fresco havia aberto seu apetite, de modo que, já normalizadas as suas juntas, começou a caminhar devagarzinho, em busca de algum táxi, tão urbano como contaminante.

29

Uma coisa era o velho Leandro em uma roda de amigos e outra coisa era o velho Leandro em um mano a mano. Javier estava consciente dessa diferença e por isso aparecia de vez em quando na velha casa da Avenida Buschental, protegida por vários ciprestes e alguma figueira, com um pátio traseiro de grandes lajotas, soltas em sua maioria. Ali vivia com uma irmã seis anos mais nova e que havia sido monja até um dia se enfurecer tanto com um dos mais retrógrados comunicados do cardeal Ratzinger, que decidiu deixar o convento e o hábito, mas não a Deus. Passou a trabalhar com os simpatizantes locais da Teologia da Libertação, e até viajou ao Brasil para conhecer pessoalmente os irmãos Boff e o bispo Casaldáliga, um catalão nascido às margens do Llobregat, que até havia publicado um bom livro sobre Cuba, mas não gozava de simpatias na Sagrada Congregação para a Doutrina da Fé nem no bispado espanhol.

Durante sua fase no convento tinha se chamado sóror Clementina, mas ao voltar a sua casa havia recuperado sua identidade, ou seja, agora se chamava Teresa. Seu irmão sempre a havia chamado assim. "Não me venham com essas sórores rebatizadas. Para mim você é Teresa e não Clementina". Porém discutiam ardorosamente, já não mais sobre a Igreja e o Papa, mas sim sobre Deus. Apesar de seus desencantos, ela seguia aferrada à noção de Sua existência. O mais irrelevante que chegava a admitir era que os padres, os bispos, os cardeais, os papas, as monjas e até a madre superiora, haviam construído um Deus de gesso ou de *papier mâché*, sem vida e sem espiritualidade, que usavam a sua conveniência e exibiam como cartaz, indispensável imã para esmolas e caridades.

Leandro estava de acordo com essa saraivada, mas para além disso negava a Deus. Citava, entre outros, o poeta asturiano Angel González: "A única desculpa que tem Deus é que não existe". Mas nisso Teresa não aliviava.

— Mas, irmãzinha, Deus é uma mera criação do homem. Um invento que se quer prestigioso, mas nada mais. Um invento como a eletricidade, o diabo, a vacina antivariólica, o ar-condicionado, a internet e o pingue-pongue. O admito como invento: não está mal. Mas o posto de Ser Supremo ainda está vago. Hitler, Stalin e Reagan o postularam mais de uma vez, mas não passaram nas provas de seleção. Eram demasiado burros.

— Como vai comparar Deus com esses cretinos? — protestava Teresa, cheia de santa indignação.

— Diga-me, irmãzinha, você acredita que esses bons rapazes irão para o inferno?

Aí Teresa mordia os lábios e apenas murmurava:

— Não há inferno, Leandro. Sartre tinha razão, o inferno são os outros.

— Forma sinuosa de sugerir que o inferno somos nós. Mas como não o expressou Sartre, mas sim diz este pecador, também podemos ser purgatório e paraíso. O acaso tem mais importância do que a concedida por vocês crentes. O acaso é um deus com minúscula. E olhe que o Deus com maiúscula, ou seja, o de vocês, só aparece por acaso.

— Não sei, não sei — duvidava Teresa em um sussurro.

— Além do mais — insistia, obstinado, Leandro —, o conceito de Deus está muito desvalorizado. Já viu esses jogadores de futebol (sobretudo espanhóis ou argentinos) que, quando entram na cancha, se persignam? Na realidade, estão propondo a Deus que apoie a sua equipe. De Ser Supremo a torcedor do Boca ou do Barça, haja queda.

— São formas da fé — diz Teresa, encurralada.

Javier se dava bem com Teresa, quem sabe porque não discutiam sobre velhos dogmas nem sobre dogmas novos. Falavam de cozinha, de pratos refinados que ela havia aprendido em seus tempos de convento (parece que as monjas tinham a sua debilidade sibarita), da importância curativa e estética da salsinha (era fanática por Arguiñano[56]), das características específicas da cozinha francesa, da italiana e da espanhola. Detestava a cozinha inglesa, com o insuportável tratamento adocicado da carne ou do frango.

Javier alegava:

— Observem que nas principais cidades do mundo sempre há restaurantes que oferecem, muito orgulhosos, sua "cozinha francesa", sua "cozinha italiana", sua "cozinha espanhola" etc. Mas você nunca encontrará, fora da Inglaterra, um restaurante que oferte "cozinha inglesa".

Porém Teresa era realista:

— Já a nossa cozinha é toda emprestada: *pastasciuta*, tortilha à espanhola, pizza e *fainá*, *frankfurters*, milanesas. Nas sobremesas somos um pouco mais autóctones: o doce de leite, a abóbora em calda (me refiro à que se faz com cal), o *chajá*[57] de Paysandú.

Quando se encontravam os três, Javier se divertia porque Leandro e Teresa haviam desenvolvido ao longo dos anos um humor mordaz, entremeado de sacadas e ironias de alto nível, e quando algumas delas tinham uma graça especial, ambos estalavam em gargalhadas com todos os dentes e tremores que pareciam coordenados. Javier não concebia que alguém pudesse rir com tanto estrondo e tanta

---

56 Karlos Arguiñano Urkiola é um famoso chef e apresentador da TV espanhola. (N.T.)
57 Doce de merengue com chantilly, típico do Departamento de Paysandú. (N.T.)

vontade. Ele também festejava, mas com discrição, tapando a boca, como que pedindo desculpas por sua alegria.

A presença de Teresa sempre o alegrava, mas Javier preferia os encontros a sós com Leandro. Então repassavam a quatro mãos suas escalas e acordes ideológicos, os rancores e as dúvidas de um passado que já lhes parecia remoto e não obstante estava só há quatro lustros de distância.

— Às vezes — dizia Javier — meu exílio me parece contemporâneo do êxodo de Artigas.

— Com a diferença — observava zombeteiro Leandro — que o pobre José Gervasio foi ao Paraguai do ditador Francia e você ao contrário foi à democracia de Adolfo Suárez e Felipe González.

— A outra diferença é que na época de Artigas não havia espionagem telefônica.

— Que formosura, quando as consultas urgentes chegavam por mensageiro! Muitas vezes, quando o destinatário enviava a resposta, o remetente já havia esticado as canelas e a correspondência ficava truncada.

Javier queria saber o que pensava Leandro do Uruguai de hoje.

— Não importa muito o que pense eu ou o que pense você. Há meio século ainda podíamos alinhavar algumas políticas por nós mesmos. Olha que quando digo nós, não me refiro à esquerda ou às esquerdas (porque vamos nos dividindo como o *fainá*: há esquerdas do "centro" e esquerdas das "bordas") mas sim a todos nós, ao país. Acertávamos, como às vezes sucedia, ou errávamos, como quase sempre. Mas eram acertos ou falhas nossas. Agora não. Têm a todos nós, não apenas às pessoas do progresso, mas sim a todos, agarrados pelo pescoço. Alguns acreditam que o Mercosul e Maastricht sejam a mesma coisa. Que lhes valha a inocência. É certo que em Maastricht sobra um A, mas no Mercosul falta um "i", o da independência, ainda que admita que Merdosul soaria mais a uma inodora privada que a uma latrina comunitária. Não vá acreditar que admiro Maastricht, nada disso, mas reconheçamos que aquilo é uma contenda de leões, ao passo que o Mercosul é apenas uma jaula com dois linces e uns gatinhos (o domador fala inglês, *of course*). E nós, como Gatinho Oriental do Uruguai, não temos nem voz nem voto; no melhor dos casos, só votinho e vozinha. Essas que ninguém escuta quando, por exemplo, passam os helicópteros wagnerianos de *Apocalypse now*. Ou seus equivalentes gaviões.

30

Sempre havia sido assim. Antes do exílio e agora também. As conversas com o velho Leandro provocavam em Javier mais de uma insônia. Todas as nações, todos os povos, tinham a sua identidade e, ainda que nem sempre de modo consciente, a defendiam. Por que este país, tão compassado e alfabetizado, tão preciso em seus limites, os geográficos e os dos costumes, tão contido em sua forma de coração ou de saca ou quem sabe de teta miúda (que não é o mesmo que bonita teta[58]) com seu biquinho montevideano não ia ter também sua identidade? Estado-tampão, como nos recordam em algumas notas de rodapé os textos históricos, e sobretudo os pré-históricos? Não, Estado-tampão não é uma identidade, mas sim um sarcasmo, um convite a que nos perguntem: e, *che*, quando vão destapar? Ademais, somos um país, não uma garrafa de champanhe *brut*.

É certo que, dizia-se Javier no segundo período de sua insônia, nosso herói máximo foi um Artigas derrotado, mas que herói desta América não foi um derrotado? San Martín, Bolívar, Martí, Sandino, Che Guevara, todos derrotados. Não se consolidaram no poder e talvez por isso não se corromperam. Até os corajosos sandinistas, que haviam triun-

---

58 Jogo de palavras. *Menuda* (miúda) é frequentemente usada como um qualificativo, significando "bonita" ou "interessante". (N.T.)

fado tão dignamente sobre Somoza e seu aparato infernal, foram derrotados pelas "mamatas". Resta Fidel Castro, menos mal, mas todo o contorno e até desde zonas do entorno e do *intorno* o tentaram obstinadamente, com a derrota como evasão ou a evasão como derrota. Javier não queria estar na pele desse abnegado não aniquilável, que segue negando-se com generosa tenacidade a engrossar a lista dos heróis vencidos. Ao cabo, a história terminará por absolvê-lo, como proclamou em meio a uma velha derrota transitória, ou chegará a ser verdade um fortuito prognóstico dos anos 60, que rezava em um desses muros ainda precariamente alfabetizados: "A história me absorverá?". De todo modo, ainda que chegue a absorvê-lo, sempre será um trago difícil para essa mesma história. Pelo menos serviu para dar identidade aos cubanos, não só aos de dentro mas também aos de fora, que sem ele não seriam nada, ou, no menos deplorável dos casos, apenas subgerentes de prostíbulos ou *croupiers* de espeluncas. A prolongada vitória do barbudo é ainda uma façanha continental.

Javier não concordava com o ceticismo congênito do velho Leandro, que certamente teria se sentido incomodado no caso de haver compartilhado alguma vitória com o inverossímil. Outra tarde, em sua casa, Leandro havia traçado uma linha, reta ou sinuosa, não importava muito, que começava em Artigas e terminava em Sendic. Da derrota clássica à derrota vanguardista, tinha sintetizado. Mas Javier pensava que por acaso nossa identidade não estava ligada a triunfos impossíveis, mas sim que atravessava como um fio de seda a carne mesma das derrotas que haviam sido possíveis. Artigas autoexilado em uma chacrinha paraguaia, ou Sendic confinado no fundo de uma masmorra, eram articulações dessa identidade e seus fracassos também significavam algo.

Ao contrário, a única indiscutível vitória histórica, internacional e provocadora, esse marco inapagável que foi o Maracanã, havia se transformado com os anos em uma vitória pela metade, ou seja, em quase sinônimo de uma derrota pela metade. Quarenta e cinco anos de *maracanização* do país haviam deixado marcas indeléveis de hipocrisia (o Davi indigente que vence de surpresa o Golias arrogante) nas crônicas esportivas, sociológicas e políticas de anteontem, de ontem e de hoje. A *maracanização* foi tirando, lustro após lustro, um de nossos traços pátrios mais dignos de sobreviver: uma sóbria temperança em que nos sentíamos decentes e equilibrados. Nos convertemos de repente nos novos ricos do esporte. Não soubemos aprender a lição de Obdulio Varela, que nem antes, em meio à euforia, nem agora, instalado com decoro e orgulho em sua pobreza, transigiu em mentir ao país e muito menos em mentir a si mesmo.

O que Javier admirava em Obdulio não era a sua célebre foto com a bola subjugada debaixo do braço, mas sim o seu atual modo, nada heroico, de seguir com lucidez e parcimônia sua consciência de velho cacique que sabe tudo e é capaz de contemplar os falsos caciques, os da política, como olhava faz meio século para o juiz de linha (então era o *linesman*), quando com todo o descaro inventava um "orsai"[59]. Ocorre que agora ganhamos outra Copa América, como sempre arranhando, raspando, quase perdendo, encontrando um pênalti no último estertor. Experiência boa como mostra de confiança, de garra, de entusiasmo, de necessidade comunitária de crer em algo, mas não tão boa se só serve para voltar a nos *maracanizarmos*, a nos fazer crer no que não somos. Do *maracaneio ao macaneio*[60] só há uma sílaba de diferença. Como país de apenas três milhões de habitantes, somos talvez o que produz a maior porcentagem de bons jogadores de futebol. Certo. Mas se vão e com razão. Alguma vez nos poremos a estudar por que o milagre se converte em vergonha? Por que no presente duas de nossas melhores linhas de exportação são o filé de "vaca com juízo"[61] e a perna do futebolista canhoto?

59 Corruptela de *offside*, impedimento. (N.T.)
60 Macanear significa enganar. (N.T.)
61 O Uruguai não foi afetado pela doença da vaca-louca, presente na Grã-Bretanha nos anos 1990. (N.T.)

Apesar de todos os pesares, na terceira etapa da insônia, Javier agradeceu ao acaso haver nascido aqui. Sentia que a dimensão, a pouca história do país, coincidiam aproximadamente com sua própria e modesta dimensão e também com sua pouca história. Não se via integrado, nem sequer por adoção, a uma sociedade como qualquer uma das europeias. Não apenas porque a história pesava ali como uma lápide. Sobre direitas e sobre esquerdas: como uma lápide. Sobre ricos e sobre pobres, mas claro, a lápide que pesava sobre estes últimos era de rocha, enquanto a que pesava sobre aqueles era de alumínio ou de plástico ou de hóstias. Até a vasta gama de *opus* era complexa. Não era o *Opus Índice Köchel 219* (concerto para violino e orquestra em lá maior), de Mozart, o mesmo que o *Opus Dei* e seu sagrado patrimônio.

Aqui, ao contrário, na capital mais austral do planeta, a lápide não era a história, mas sim o presente do indicativo. Não o vice-reino do Rio da Prata, mas sim o Fundo Monetário Internacional, não Dom Bruno Maurício de Zabala[62], mas sim Milton Friedman. Não o fundador, mas sim o fundidor. Quem sabe por isso o Quinto Centenário tenha passado por aqui como um abutre perdido. A quem de nossos acovardados três milhões poderia importar uma figa o insosso *replay* das três caravelas?

31

O sucinto telegrama que anunciava a chegada de Gervasio e Fernanda foi uma autêntica surpresa. Para Nieves e sobretudo para Javier. Passava anos sem vê-los e sem saber muito deles. Quando apareceram no aeroporto de Carrasco, misturados com uma excursão de norte-americanos que seguiam

---

62 Capitão Geral do Rio da Prata, que fundou em 1726 um forte cujo núcleo daria origem à cidade de Montevidéu. (N.T.)

direto em grandes ônibus para Punta del Este, custou a reconhecê-los. Na realidade Gervasio, com seu chapéu de caubói, e Fernanda, metida em uma camiseta com um emblema verde de Dallas, pareciam mais dois texanos. Apenas quando se apartaram do grupo, Javier pôde relacionar dois traços dos recém-chegados com estampas submersas na sua memória: o queixo, algo proeminente de Gervasio, e os grossos lábios de Fernanda, agora pintados com um *rouge* algo agressivo. Aproximou-se e lhes disse: "Sou Javier, como vão?" Eles disseram: "Hello, Javier" e o abraçaram atabalhoadamente. Depois dos inevitáveis beijos nas faces e de ajudá-los com as malas, lhes perguntou com naturalidade se queriam se hospedar com Nieves ou em sua casa no balneário. Ela disse: "*Thanks, brother*". Viemos por pouco tempo, por isso fizemos reservas em um hotel do centro, assim ficamos com tudo ao alcance". Surpreenderam-se por Javier não dispor de um carro próprio e se resignaram a viajar de táxi.

Durante o trajeto, Fernanda elogiou as belezas da Rambla e Gervasio perguntou se Nieves estava muito velha. Javier disse que nem tanto, que seguia muito ativa e muito lúcida, embora, isso sim, um pouco reumática. Por sua vez, perguntou em seguida por seus sobrinhos. "Magníficos. Estão magníficos." "Que pena que não os trouxeram." "Oh, Javier, não valia a pena. Muito gasto por uma semana." "Então só vão ficar uma semana?" "Sim, uma semana. Gervasio deve voltar ao seu trabalho na próxima segunda-feira e eu ao meu na terça."

Javier repetia mentalmente que não devia esquecer que esses eram seus irmãos. Deixaram a bagagem no hotel e foram, em outro táxi, ver Nieves. Ela tinha posto o melhor dos seus vestidos para a ocasião. Abraçou simultânea e longamente os dois viajantes, até que Gervasio disse algo, sufocado:

— Está bem, mamãe, já está bem.

E conseguiu se liberar. Então Fernanda abriu a ampla bolsa de mão e extraiu dois pacotes.

— São nossos presentes — explicou.

Nieves abriu comovida a caixa: um rádio transistor.

— É japonês e tem nove faixas. Você poderá ouvir todas as emissoras do mundo, até da Albânia.

Em seguida um segundo pacote alcançou Javier. Era uma Polaroid.

— Sempre tive vontade de ter uma — mentiu Javier.

— É o último modelo — esclareceu Gervasio. — É um pouco mais cara, mas as fotos são estupendas. Depois a testaremos.

Ante o interesse de Nieves por seus netos, lhe mostraram vários instantâneos. Na escola; comendo em um McDonald's; com bicicletas; na Disneylândia; dançando rock com outros meninos. Sempre haviam obtido boas notas, não haviam perdido um só ano, estavam muito contentes com os quatro.

— Falam espanhol? — perguntou Nieves.

— Na realidade, não muito. De vez em quando fazemos com que pratiquem conosco, mas tenham em conta que mesmo em casa e até entre eles falam em inglês. Todo santo dia falam inglês. Não é evidentemente uma obrigação, mas todos sabemos que é uma lei não escrita, mas vigente, para se integrar em um meio como esse, tão orgulhoso de sua língua. E para eles ao menos não foi difícil, porque saíram ruivos, viram?

— E sua mulher?

— Bem — respondeu Gervasio.

— Estão se divorciando — informou Fernanda, com uma secura que fechava o caminho a qualquer pergunta complementar.

— E seu companheiro?

— Muito bem, trabalhando muito. Temos o projeto de nos casarmos no próximo verão. Sobretudo pelos meninos.

Gervasio falou do seu trabalho: bastante cansativo, mas estável e rentável. Este fato era importante, porque de agora em diante deveria dar uma ajuda a sua mulher. Ainda não sabia quanto, porque a separação era recente. Por sua vez, Fernanda assinalou, com um risinho, que ainda que em sua casa se falasse quase sempre em inglês, na universidade ganhava a vida ensinando espanhol, ela, que era formada em química.

— São as contradições de um meio tão complexo e ao mesmo tempo tão pluralista.

Transcorrida uma hora, fez-se um longo silêncio. Javier teve a impressão de que o informe sobre a sociedade norte-americana havia terminado. Por sorte, ocorreu a Gervasio perguntar:

— E aqui, como vão as coisas?

O informe pátrio de Javier foi muito breve, e as escassas notícias resvalaram na antiga indiferença dos dois. Poderiam ter sido sobre Madagascar ou sobre Liechtenstein. Então sobreveio outro silêncio, dessa vez mais prolongado, ainda que marcado por sorrisos, até que Nieves perguntou:

— Ficam para almoçar, sim? A "senhora Maruja" preparou algo gostoso.

Gervasio e Fernanda não podiam compreender por que sua mãe chamava de "senhora" uma pessoa de serviço. Não obstante aceitaram. O menu consistia de bife apimentado, salada de endívias e maçãs assadas. O vinho tinto era do Departamento de Artigas e a água mineral, de Minas.

— Indústria nacional — disse com certa troça Javier.

No final a "senhora Maruja" apareceu com um *cava* espanhol que Javier tinha trazido na véspera. Foi ele quem conseguiu, após grandes esforços e um bom jogo de munheca, abrir aquele *demi-sec*. A rolha foi parar na saia de Fernanda.

— Dizem que isso traz boa sorte — festejou Nieves.

— Isso dizem — admitiu Fernanda sem demasiada convicção.

Brindaram pelo reencontro, mas a única que tinha os olhos brilhantes era Nieves.

A política tinha estado ausente dos diálogos, mas Gervasio mostrou outras fotos em que as duas famílias exibiam cartazes de apoio a Bush. Esclareceu que tinham comparecido na convenção do Partido Republicano. Talvez tenha sido aí que Fernanda prestou atenção no olhar de Javier.

— E você, que tal? Depois de tudo o que se passou no mundo, segue sendo vermelho?

— Vermelhinho — respondeu Javier, e ninguém seguiu com o tema.

32

Javier se sentia algo desorientado quando se tratava de explicar os motivos reais da repentina aparição de seus irmãos em Montevidéu. A necessidade de afeto familiar estava, por razões óbvias, descartada; igualmente estava descartada uma presumível nostalgia do país. Aceitava o fato de que tampouco ele se comovera com o reencontro de forma inegável, mas de que nenhum modo o alegrava nem lhe deixava conformado. Depois de tudo, o que tinha em comum, salvo o vínculo sanguíneo, com aquele homem esquematicamente sensato e aquela mulher madura, já devidamente assimilados por um país distinto e distante, adequadamente integrados em outras convenções, outros hábitos, outros preconceitos? Não obstante, tudo isso era admissível, podia compreendê-lo e no fundo não lhe doía tanto. Ao contrário, lamentava sim sentir por Fernanda só uma tênue simpatia e virtualmente nenhuma por Gervasio. Ainda assim, o que mais lhe dava pena era o tratamento que dispensavam a Nieves e inclusive o notório desdém com que haviam tratado a "senhora Maruja". Era visível que com Nieves tinham tentado parecer amáveis, mas o esforço se notava claramente.

Quando Gervasio e Fernanda apareceram uma manhã em Nueva Beach (a essa altura já haviam decidido permanecer em Montevidéu uma semana mais), o irmão mais novo começou a entender melhor aquele embrulho. Bribón não os recebeu bem e isso era sempre um sinal importante para seu dono. Foram à praia. Fernanda se considerou obrigada a elogiar a qualidade da areia e, portanto, a elogiou. Gervasio, enquanto isso, se entreteve juntando caracoizinhos e pedrinhas. "Para os rapazes", se justificou. Em seguida foram almoçar na cafeteria de sempre e os temas da conversa não saíram da previsível frivolidade. Gervasio ao menos encontrou uma artéria transitável quando se interessou pelo futebol. "Eu era torcedor do Liverpool", evocou, e foi a única vez que Javier detectou em seu olhar cinzento um sinal de nostalgia. "A camiseta era preta e azul, me parece".

Quando regressaram à casa e Javier deu a Bribón uma contundente ordem de sossego, sentaram-se nas cadeiras de balanço (desde o mês passado eram três) e foi ali que Gervasio soltou a primeira insinuação reveladora:

— Você ouviu falar do doutor Alfredo Iturralde? Ou pelo menos sabe quem era?

— Uma vez — disse Javier —, ouvi Nieves dizer que tinha sido amigo do Velho. Mas nada mais.

— Na realidade, foram muito amigos. Pouco depois da morte do papai, Iturralde, que era médico e estava casado com uma tucumana, foi com ela para a Espanha e lá exerceu a sua profissão até 1965, ano em que morreu. Sua viúva regressou ao Uruguai. Nunca tinha se dado bem com mamãe, e gostou menos ainda quando abriu o testamento do seu marido e se inteirou de que este lhe deixava (além da obrigatória "porção conjugal", que, como não haviam tido filhos, era só uma quarta parte dos bens) o usufruto, só o usufruto, hein, de duas confortáveis casas que tinha em Montevidéu, mais outra em Punta del Este e um estabelecimento agropecuário em Cerro Largo. Só o usufruto, lhe repito, porque se ela morresse antes de mamãe (algo previsível, porque tinha quase vinte anos mais) todas essas propriedades passariam definitivamente à Nieves, como você a chama. Parece que esclarecia no testamento que, com essa solução, pretendia não prejudicar sua mulher e render ao mesmo tempo uma homenagem póstuma a papai, que havia sido seu melhor e mais leal amigo.

— Nunca soube nada disso — disse Javier. — Nieves sabe?

— Cremos que não. É quase certo que Iturralde deixou estabelecido que apenas a informassem se as circunstâncias, ou seja, a morte de sua viúva, a fizessem beneficiária dessa situação.

— Curioso, não? E se pode saber como é que vocês se inteiraram?

— Um amigo nosso, que foi auxiliar do escrivão que redigiu e oficializou aquele testamento (no qual se estabelecia que esse mesmo escrivão atuaria como "executor testamentário com possessão de bens", que é um tipo especial de executor), bem, esse amigo nosso esteve há um par de anos na Califórnia e nos contou toda essa história.

— Se vê que era um rapaz de confiança. E agora?

— E agora? Pois a viúva de Iturralde faleceu, e consequentemente todo esse legado, com o prévio pagamento do correspondente imposto sobre heranças, passará automaticamente a mamãe.

— Que bom! Me alegro por Nieves. Imagino que vocês também.

— Claro, claro.

Então se produziu um desses longos silêncios em que Gervasio e Fernanda se especializavam. Por fim ela disse, quase murmurou, em um tom que pretendia ser lastimoso:

— Mamãe está muito velha.

— Sim, tem 77 anos — admitiu Javier —, mas reconheçamos que os leva bastante bem, e seguramente esta notícia vai rejuvenescê-la. Quando irá se inteirar? Ou já sabe?

— Não, ainda não sabe. Creio que o escrivão telefonará para notificá-la e ler o testamento.

— E quando será isso?

— Depois de amanhã.

— Mas você é mesmo um computador.

— A gente faz o que pode.

Gervasio deixou a cadeira de balanço e se pôs a caminhar pelo *living*. Fez quatro ou cinco vezes o trajeto de ida e volta. Por fim se deteve frente a Javier.

— Nós tínhamos pensado (claro que se você estiver de acordo), já que mamãe está tão velha e vai se encontrar de repente com todo esse inesperado capital em suas mãos, nós tínhamos pensado (lhe repito, se você estiver de acordo) que ela poderia ficar, por exemplo, com uma das casas de Montevidéu, e o resto...

— E o resto? — perguntou Javier, fazendo-se de inocente.

— E o resto legar em vida a seus filhos. A seus três filhos, por certo.

— Obrigado.

— As outras casas poderiam ser vendidas (já averiguamos que a de Punta se valorizou muito) e até se poderia negociar a fazendola, que segundo parece vem dando bons dividendos.

— Também se poderia vender tudo isso — interveio Fernanda —, sem necessidade de efetuar um novo legado, e ela depois repartiria conosco o produto dessas vendas. Creio que com esse procedimento se economizariam impostos.

— Uma previsão muito sensata. Vejo que pensaram em tudo.

— Para nós seria muito bom — disse agora Gervasio. — Nossa situação nos Estados Unidos não é ruim nem nada disso, mas conservar o imprescindível *status* nos exige muitos gastos, mais do que os que podemos enfrentar sem nos endividarmos perigosamente.

— Também para você cairia bem — disse Fernanda. — Não vai nos convencer de que o videoclube é um negócio brilhante.

— Tentei convencê-los?

— Então, o que acha?

— Que surpresa, hein? Ainda que para vocês não tenha sido tanta, já que (graças ao amigo fofoqueiro) viajaram sabendo como era a coisa. Vieram por isso, não é?

— De certo modo, sim. E também para ver vocês. Você e a mamãe, depois de tanto tempo.

— Compreendo. Vai me fazer chorar.

— Não seja bobo — disse Gervasio. — Não é momento para ironias. Você não nos respondeu ainda: que lhe parece? Tínhamos pensado que como você sempre tem estado mais perto de mamãe, e em certo modo, como acontece sempre com o filho mais novo, foi o seu preferido, tínhamos pensado que seria muito importante que fosse você quem lhe expusesse a situação. Se estiver de acordo, claro. Vamos, cara, que lhe parece?

— Que me parece? Se estivéssemos na Espanha, lhes diria que parece uma velhacaria, mas como estamos no Uruguai lhes direi que parece uma sacanagem.

— Javier! Como pode nos dizer uma coisa assim? Somos irmãos, ou esqueceu? Me parece que lhe falamos com toda a franqueza.

— Não esqueço. E porque somos irmãos e por isso falamos com franqueza, rogo que me deixem à margem dessa jogadinha. Ou jogadona, como queiram chamá-la.

— Mas me diga mais um pouco, pedaço de idiota — disse Gervasio, a esta altura bastante crispado —, se mamãe concordar, você não vai querer a sua parte? Ou quer que nós tiremos as castanhas do fogo para que você as receba muito sossegado em sua cadeira de balanço?

— Não se altere, irmãozinho. Fiquem vocês com todas as suas castanhas. As minhas quero que fiquem com Nieves.

Os outros se olharam, como se tivessem previsto esse desenlace. Fernanda tomou a palavra.

— Pensávamos em contar a ela nesta noite mesmo, para que saiba antes que o escrivão a convoque.

— Que interessante. E quando irão informá-la sobre a nova e louvável iniciativa?

— Também esta noite. Para que ele se habitue logo à situação emergente.

— Como assim emergente? Por favor, deixem bem claro que eu não participo dessa emergência. E façam isso, porque do contrário terei que fazê-lo eu. E vocês não vão gostar.

— Mas que explicação lhe daremos? Não vai entender.

— Digam-lhe, por exemplo, que a mim basta o que tenho, que não passo apertos, e que, ao contrário, vocês estão numa aflição. Aflição norte-americana, mas aflição de qualquer modo.

33

Javier: Que sorte, a partir de agora, podermos nos comunicar por fax. Os pobres correios estão se tornando anacrônicos. Camila está encantada com o novo aparato e fica enviando faxes a suas amizades de toda a Península e de ambos os arquipélagos. Ontem tive de lhe pedir um pouco de moderação, porque a última fatura da Telefônica foi pavorosa. Ela, como até agora não suou para ganhar a gaita, não lhe outorga a transcendência que sempre teve para nós, que, sim, suamos. Lembra (como não vai lembrar se ficava histérico), quando chegamos a esta bendita Pátria Avó, e às vezes não tínhamos nem para comer? No estrangeiro, a sensação de insegurança é muito maior do que no próprio país. Claro, não me refiro à insegurança política, mas sim à econômica. E ademais, antes do exílio nós nunca havíamos passado tantos apertos. Jamais esquecerei a festarola que nos oferecemos quando você conseguiu seu primeiro trampo madrilenho. Uma celebração modestinha, sem *cava*, nem sequer *sidra*, porque não havia com o quê. Simplesmente com um tinto bastante guerreiro, que deixava os copos com uma mancha escura. Agora, por sorte (bato na madeira sem pés[63]), essa etapa terminou.

Bem, tenho novidades. Quando você se foi, prometemos ser sinceros como condição para seguir sendo bons amigos. De modo que aqui inauguro meu primeiro rasgo

---

63 No original, "*toco madera sin patas*". A superstição para afastar a má sorte indica que não se deve bater em madeiras que tenham "pés", isto é, que se comuniquem com o solo, como mesas e cadeiras, por exemplo. (N.T.)

de sinceridade. Tenho um quase companheiro ou quase namorado ou nem sei. Digo quase, porque ainda não estou segura. Não dele, mas sim de mim. É um galego (se chama José, como todos os galegos). O conheci faz algumas semanas em Corunha. Você não vai acreditar, mas fisicamente tem um ar seu. Tive de ir a Galícia por assuntos da galeria. De cara simpatizamos um com o outro. Vive em Santiago, mas vem todos os meses a Madri. Essa intermitência não nos atrapalha, ajuda a irmos nos conhecendo. Por favor, não comente nada disso com Camila. Ela sabe que somos amigos e nada mais. Se a coisa prosperar vou lhe dizer, claro, mas por enquanto prefiro esperar. Conto para você, por aquilo da sinceridade, mas também porque está longe.

Camila tem um namoradinho. Às vezes os vejo muito melosos e me dá um pouco de medo. Mas estou consciente de que, com os filhos, a gente pode advertir, aconselhar, prevenir, alertar, resmungar, tudo isso, mas apenas até certo ponto. Foi uma sorte que quando você e eu começamos não existia a Aids. Agora é como uma espada de Dâmocles, ou melhor, como um exorcismo do papa, esse declarado inimigo do prazer. Esse velho nunca gozou?

E você? Continua sozinho? Tem conseguido se defender do assédio das tímidas montevideanas? Tenho a impressão de que a timidez feminina, ao menos nessas plagas, é uma forma de sedução. As portenhas, ao contrário e, sobretudo as chilenas, sempre foram mais empreendedoras, e é bom, mas há senhores que se assustam ante tanta espontaneidade. Conte-me algo de Nieves. Como futura sogra sempre foi uma delícia. Como sogra propriamente dita, por razões óbvias, não cheguei a desfrutá-la, mas as suas cartas sempre estavam cheias de um carinho não fingido. Sabia que segue me escrevendo? Ainda não se acostumou à nossa separação. Eu a tranquilizo dizendo que preservamos nossa amizade, em benefício de Camila e também de nós mesmos. Na penúltima carta insistiu: "Ainda que estejam separados, não se divorciem; Raquel, preste atenção, não se divorciem ainda. Para isso sempre há tempo". E lhe respondi: "Fique tranquila, Nieves, isso de divórcio é do tempo do Onça. Agora, para que uma mulher vai se divorciar? Mais ainda, para que vai se casar?" E voltou a escrever-me, astuta: "Ri muito com suas bobagens sobre casamento, divórcio e outros que tais. Sei bem que você não fala sério". Não voltei a tocar no tema, porque senão teria virado um pingue-pongue interminável.

E de seus afetuosos irmãozinhos, teve notícias? De tão amorosos, me causam enjoos. O que acontece com os meus ex-cunhados? O que lhes aconteceu sempre? Com meus irmãos sempre me comuniquei, e Ricardo e sua mulher têm planos de vir à Europa no próximo ano, se e quando ganharem não sei qual licitação. A verdade é que tenho vontade de vê-los.

Apesar de tudo, me sinto distante desse país que, segundo proclamam meus documentos, é o meu. Às vezes trato de imaginar como estará agora Nueva Beach, e a vejo tão remota como a Austrália. Por que isso acontece comigo e com você não? Nossos respectivos passados não foram essencialmente tão diferentes. É certo que você me formou um pouco, mas talvez eu tenha me deformado sozinha. Sempre fui menos política que você. Aí, os políticos. Políticos de gabinete. Uma espécie que não suporto. Aqui e aí os vejo tão ambiciosos, tão vazios de projetos e tão cheios de soberba, tão vocacionalmente mentirosos. Estou segura de que sou injusta, de que há tipos bem intencionados, que tentam fazer algo pelas pessoas, mas ao final sucumbem às pressões, internas e externas. Falta-lhes a ousadia final, a mais arriscada, e vão se apagando, perdem o entusiasmo, se sentem encurralados, desanimam ou renunciam ou vão para casa, para fazer palavras cruzadas ou escrever suas memórias. Sei que você não pensa assim. Deus lhe conserve o otimismo. Nesta puta vida, creio que o único estimulante é o amor. Mas você e eu sabemos que também isso é difícil, que isso também sobe e baixa, como a Bolsa de Valores.

Creio que por hoje já delirei o suficiente. Mas se não deliro com você, com quem mais? Um pedido: quando puder ou quiser, mande por fax um pacote das últimas notícias.

Beijos nas duas maçãs do rosto, da Raquel.

34

Sensação de mormaço, havia sido o anúncio meteorológico. E dessa vez acertaram. Era noite quando chegou a sua casa. Banhou-se longamente e reviveu. Não tinha fome mas sim sede, uma sede empoeirada, inesgotável. Nem sequer pôs o pijama. Deu água para Bribón, que a consumiu em ritmo enlouquecido. Serviu-se de um uísque com bastante gelo, apagou todas as luzes e, assim, às escuras e de cueca, instalou-se em frente ao janelão e à lua cheia.

Não havia luz na casa dos vizinhos. Javier não descartou que também os veteranos estivessem, quase nus e às escuras, tomando suas limonadas em frente à lua cheia. A nudez era a defesa forçada, a única forma de saber-se vivo. Como se sentiria esse casal antigo, enfrentando-se na penumbra com seus corpos de sempre, mais gastos que nunca, tão aposentados como seus donos, ainda com rescaldos do prazer, ou ao menos com memória do prazer? Talvez em noites como esta, toda lua, brincassem de remendar suas amnésias mútuas, e tudo ficava bem. Pior do que a ausência do prazer pode ser o seu irremediável esquecimento.

De repente Javier reparou em seu próprio corpo, esse velho conhecido, que ainda conhecia e reconhecia o gozo. Por sorte. O prazer foi sempre um tônico, um reconstituinte. Melhor do que as vitaminas, os minerais e os antioxidantes. Na adolescência, assume-se o próprio corpo ostentando-o; na juventude, querendo-o; na maturidade, cuidando dele, fazendo o possível para que o *puzzle* não se desmonte antes do tempo. É certo que já há pouco para ostentar. Mas, de todos os modos, vigia-se essa estrutura pessoal, essa espécie de milagre que aos poucos se *desmilagra*. Vão sendo detectados certos sinais de alerta que se chamam dores, as sardas, manchas, verrugas e outros abatimentos da vaidade. Em outra noite, que aguarda no futuro, sob outra lua ou por acaso a mesma, talvez chegue o momento de sentir piedade por essa maquinaria gasta, para a qual cada vez existem menos peças de reposição. Javier sente um pouco de melancolia ao vislumbrar a possibilidade dessa outra melancolia que ainda não chegou.

Ainda que sempre tenha sido um bom leitor de poetas, nunca escreveu poemas. Bem, nunca não. No liceu dedicava versos a uma moreninha que era um doce, mas ela nunca se deu por achada. É possível que para ela o desdém fosse uma forma pessoal de sedução. Mas no quarto mês de abandono sem pausa, de indiferença sem fissuras, Javier foi invadido pelo tédio e deixou de enviar cartinhas em verso. Incrivelmente, esse silêncio despertou o interesse da esquiva musa (ou musinha), mas já era tarde. Então Javier já havia se ancorado em um enfado inexpugnável. É possível que esse fracasso inaugural o tenha convencido de seu desvalido futuro como vate. Seguiu sendo um bom leitor de poemas alheios, mas não reincidiu.

Não obstante, nesta noite, em que o clarão do luar o fez tomar consciência do seu corpo, embarcou em raras divagações e teve ganas de escrevê-las. Não em prosa. Assustou-se ao admitir que devia recorrer ao verso. Ou não escrever nada. *Por que em verso?* Não podia explicar. *Tentarei amanhã*, decidiu, *para não desmontar a estranha fascinação da noite, o silêncio, a lua, a brisa ainda medrosa, o refúgio de um corpo sem falácias.* Preparou uma nova dose. Saboreou-a sem pressa. Fechou os olhos para acreditar-se feliz. Quando voltou a abri-los, lhe pareceu que só haviam passado dez minutos, mas a luz recém-amanhecida começava a iluminá-lo. Sem o velado fulgor da lua, seu corpo em estado bruto lhe pareceu menos propenso à reflexão, mais rústico e inepto, mais feio e sem brilho, e correu a escondê-lo, agora sim, no pijama.

35

Meu corpo é meu genuíno patrimônio
Nele estão escritos o corpo de Raquel
e o corpo de Rocío.
De outros não tenho rastros
ou ao menos não me importam
os turvos arabescos de sua caligrafia.

Onde este corpo terá deixado marcas?
Que outro corpo lerá
a abandonada letra da minha pele?

Há por exemplo partes do meu ventre,
de minhas pernas falsamente camponesas,
da ramagem roxa das minhas varizes,
de meus dentes sem ouro,
das consolidadas rugas da minha fronte,
de meus testículos díspares,
de minhas unhas mordidas.
Há partes que conheço de memória.

Em troca ignoro tudo
ou quase tudo das minhas costas,
de minha nuca de órfão,
do pedregal das minhas costelas
de meu traseiro, o pobre.

Entretanto meu corpo é o único meu.
A alma é apenas sua inquilina,
com contratos a prazo
até a data sempre renovados.

Já chegará a noite em que meu corpo
intimará o despejo, resignado
a ficar vazio,
imóvel no nada que o enquadre.

Bah, para quê brincar com meus escombros.
Já brincará o futuro, esse pândego.

Por agora meu corpo de Raquel
não é igual ao meu corpo de Rocío.
Indago na memória da minha pele:
Qual deles, sem elas, é o meu?

36

Fernanda e Gervasio se foram. Apesar de seus propósitos iniciais, tiveram de ficar três semanas. Quando o *jet* da United Airlines decolou de Carrasco, Javier murmurou um "Finalmente!" que soou a si mesmo pouco fraterno, mas não sentiu nenhum peso na consciência. Na véspera da partida Fernanda havia aparecido no videoclube.

— Não se preocupe mais, Javier. Mamãe achou a ideia excelente e deu o sinal verde. Assim está tudo arranjado.

Ele não perguntou em que consistia o arranjo nem fez o menor comentário adicional. Limitou-se a perguntar quando viajavam e a que horas queriam que fosse buscá-los no hotel. Fernanda viera preparada para um duro enfrentamento. Por isso havia pedido a Gervasio que ficasse no hotel. "Você se torna violento. E assim piora as coisas." Agora, ante a atitude do irmão mais novo, esboçou um sorriso forçado.

— Alguma dúvida a esclarecer?

— Não, nenhuma — disse Javier. E isso foi tudo. Enquanto os irmãos permaneceram em Montevidéu com idas e vindas entre o cartório e a casa de Nieves, Javier tinha desaparecido. Nem sequer foi ver sua mãe. Achava a si mesmo tosco, retraído, quase intratável. Até Rocío e Bribón, cada um de sua perspectiva, deram-se conta de que algo acontecia. O cachorro limitou-se a se confinar em um rincão da cozinha, onde ao menos as lajotas frescas lhe transmitiam certo bem-estar. Javier ficou vários dias sem ver Rocío, mas esta pensava que ele estivesse cuidando de seus irmãos. Quando por fim ele foi ao apartamento, ela notou de imediato que o "forno não estava para bolos", e a fim de ir balizando o futuro imediato, perguntou se a coisa era com ela, se havia dito ou feito algo errado. Javier a tranquilizou: não era com ela. "Com seus irmãos?" "Sim, claro." Até então não havia falado com ninguém. De modo que Rocío teve de aguentar o desabafo. A cada dois ou três parágrafos, Javier se aferrava a uma palavra, que para ele era definidora: "Mesquinhos. Uns mesquinhos, isso é o que são. É a primeira vez que se lembram de Nieves." "Por que não os tinha enfrentado? Por que não tinha convencido Nieves a não tolerar essa rapina?" "Tudo era demasiado sujo, Rocío. Me dava asco intervir." "Não será que, por defender a sua dignidade, no fim das contas, não prejudicou sua mãe?" Só essa última pergunta de Rocío o sacudiu um pouco. Mas não tinha ânimo para se justificar. "Quem sabe", disse.

Quando por fim foi ver Nieves, ela não recriminou suas últimas ausências. Disse-lhe que compreendia e esperava que ele também compreendesse.

— Eles são assim, já é tarde para que mudem. Uma noite vieram sem avisar, com todo esse pacote de notícias. Não me agradou que, sem a menor delicadeza, dissessem à senhora Maruja que se fosse. A pobre ficou sem a telenovela. E eu também. Confesso que essa atitude com a senhora Maruja me desagradou mais que todo o embrulho do dinheiro. Primeiro, o testamento do bom Iturralde. Toda uma surpresa. Foi muito amigo do seu pai. Um amigo leal, desses de antigamente, nos que você podia confiar às cegas. A mulher não tinha simpatia por mim, nunca soube por quê. Ciúmes? Não fazia sentido. Imagino o pouco que lhe terá agradado a cláusula do testamento que concernia a mim. E a raiva que lhe terá dado, quando viu que sua doença já não tinha remédio, e que por decorrência todas essas coisas e casas ficavam para mim. Quando ela, já viúva, regressou ao Uruguai, lhe telefonei várias vezes e tentei vê-la, mas sempre encontrou alguma desculpa. Então me cansei e lhe disse que quando tivesse um tempo livre me ligasse. Nunca me procurou. Mas voltando a seus irmãos: quase de imediato, antes que me acostumasse à nova situação, me expuseram o seu projeto. Se me tivessem deixado algumas horas, seguramente isso me haveria ocorrido. Acima de tudo, o dinheiro só me importava (como a seu pai) na medida em que dava para cobrir nossas necessidades básicas e algum luxinho adicional, como livros, cinema, teatro. Quando pudemos, compramos a casa de Asencio, a moradia também é uma necessidade básica, não acha? Mas jamais nos passou pela cabeça, por exemplo, ter um carro. Estou segura de que a ideia da divisão me teria ocorrido. No entanto, me deu tristeza que eles a impusessem a mim. Que queria que eu fizesse, Javier? Ainda que às vezes não pareça, são meus filhos. Ao menos tiveram a franqueza de me informar que você não estava de acordo com o plano deles. Não havia necessidade de que me esclarecessem isso. Você saiu mais a mim. Ou a seu pai. Agora, que saíram facilmente com o seu, se foram contentes melhorar o seu famoso *status*. E com toda certeza seguirão me enviando seus postais das Cataratas do Niágara e do Empire State Building. Do Rockefeller Center não, pois creio que agora os japoneses o compraram.

37

Nem bem Javier abriu o *La República* e encontrou aquele título de página inteira: "Coronel reformado se suicida", teve a certeza de que se tratava de Saúl Bejarano. Apesar do tamanho do título, a notícia era bem sucinta. O cadáver havia sido achado pela mulher que vinha todas as manhãs fazer a limpeza. Junto ao corpo havia um revólver e também um envelope fechado e lacrado, dirigido a um militar de alta graduação, de quem não constava o nome.

Dez minutos mais tarde soou o telefone. Era Fermín.

— Você leu sobre o Bejarano?

— Acabo de me inteirar.

— O que você acha?

— Não sei. De imediato, me surpreende que o *La República* noticie de maneira tão sóbria. Não é o seu estilo.

— Isso não importa. Pergunto sobre o fato em si. Por que teria se matado?

— Lembrei-me agora de uns versos de Garcia Hortelano: "Não me importaria morrer de suicídio. / Mas de suicídio em legítima defesa". Se me atenho às duas conversas que tive com Bejarano, meu diagnóstico é que era um tipo muito complicado. Vá saber que enrosco se formou na moleira. Para nós sempre foi difícil entender os esquemas e as intransigências do repertório militar.

— É capaz desse tipo ter se matado apenas para que eu fique com um peso na consciência. Por não ter querido falar com ele.

— Não acredito.

— Mas sempre fica a suspeita.

— Pra quem fica? Ele disse que não havia falado desse projeto com nenhum dos seus camaradas.

— Pra quem vai ficar? Pra mim. Você acha pouco?

— No final, tudo se sabe. Não se esqueça de que deixou um envelope lacrado, dirigido "a um militar de alta graduação".

— Seria interessante saber o nome.

— Não estranhe se, dentro de uns dias, o *La República* publicar uma reportagem com um general anônimo, e que um mês mais tarde o seu nome circule em todas as redações. Olhe, Fermín, fui jornalista durante muitos anos e posso lhe assegurar que no subsolo da notícia sempre existe um fervedouro de rumores. Uns falsos, outros verdadeiros, a maioria não sai em preto e branco. Mas, claro, quanto mais os censuram, mais se expandem. Algum historiador furtivo terá que publicar no ano 2001 um corpulento volume com os *Rumores completos do século XX*. Os que em algum momento foram confirmados poderiam vir em letra de forma e os não confirmados, em cursiva. Teria que incluir, por certo, um "Índice onomástico". Não duvido de que seria um best-seller. Ao menos todos os eméritos o comprariam para ver se estão na lista.

38

A carta do coronel reformado Saúl Bejarano chegou ao videoclube três dias depois do seu suicídio:

"Dom Javier (ia por amigo Javier, mas tive a impressão de que não gostaria): Estou lhe escrevendo essas linhas umas horas antes de ir para o outro mundo. Não ao Primeiro nem ao Segundo nem ao Terceiro. Ao Outro. Depois de colocar a carta no Correio Central (as caixas de coleta não merecem confiança), regressarei a esta casa, onde vivi mais de vinte anos, e recorrerei a minha velha e querida arma de serviço para pôr um ponto final em uma vida, mediana? Medíocre? Você, que é douto em adjetivos, colocará o que convier. Quando ler esta carta, meu óbito já será de conhecimento público. Não sei se como notícia, mas ao menos como anúncio fúnebre. Descansarei seguramente no mesmo panteão que meu avô, dom Segismundo Bejarano y Alarcón, que foi ministro em um dos tantos governos colorados. Se em algum momento (por outra razão, claro) você comparecer ao Cemitério Central, observe essa tumba. Apesar dos cânones da época, foi projetada com bom gosto. Ou seja, não me parece chocante que meus ossos vão parar lá. Ademais, deixo instruções para que não me incinerem. Não saberia dizer-lhe por que, mas esse final do final nunca me seduziu.

Você se perguntará: 'Por que esse desfecho?' Talvez lhe pareça um pouco teatral. Nada de teatral. Antes de tudo, quero que esclareça ao seu amigo, o ex-presidiário Fermín Velasco, que minha decisão não tem nenhuma relação com sua virtual negativa de falar comigo. Teria gostado de me comunicar com ele, é certo, já lhe disse em minha primeira visita, mas não pense que sua reticência significou um fato tão relevante a ponto de me levar a essa determinação. Por favor, diga isso a ele. Por outro lado, na carta que já tenho escrita e que deixarei a um general que foi meu chefe e a quem estimo sinceramente, não mencionarei nada desse episódio, nem sua gestão de intermediário nem a reticência de seu amigo. De forma que fiquem tranquilos. Então por quê?

O pretexto poderia ser que me sinto só: não tenho filhos, nem sequer sobrinhos, minha mulher morreu, como você já sabe. Quase não tenho amigos entre os meus velhos camaradas de armas. Nos vemos aqui e ali, sempre em âmbitos castrenses, mas não falamos de coisas importantes, cada um sabe muito pouco da verdadeira vida dos outros. Será que perdemos a confiança mútua? Não estou seguro. Tampouco tive ânimo para me consultar com um psicólogo, não importava se civil ou militar. Se fosse civil, eu não ia entrar em detalhes que podiam ser sintomas ou causas ou razões. Se fosse militar, não ia me compreender. Talvez me equivoque, mas tenho a impressão de que na cartilha deste último não haveria lugar para o desânimo. Em um militar, por princípio, não há lugar para o desfalecimento. E não obstante, é disso que se trata. Desde um par de anos, mas sobretudo desde um par de meses, me sinto desfalecido, ainda que sempre tenha sabido dissimulá-lo. Desfalecido, é isso, e dentro de muito pouco: falecido. Tudo bem, acredito. Um desenlace tranquilizador. Confesso-lhe que a morte não me inquieta. Tenho curiosidade em saber o que há mais além, se é que há algo. E se não há nada, não estarei, por razões óbvias, em condições de sofrer uma decepção. De maneira que sempre será um bom negócio. Saberei tudo ou ignorarei tudo.

Quando estive em sua casa, você me perguntou se estava arrependido. E lhe disse que não. Agora, que tenho um pé no aquém e outro no além, não teria sentido que o enganasse. E não lhe engano: não estou arrependido. Cumpri com o meu dever, ainda que ele fosse cruel. Não apenas obedeci a ordens, mas também estava de acordo com essas ordens. Não tenho pesadelos. Contudo, não posso me suportar. Mas não porque carregue uma culpa. Não posso me suportar porque estou vazio. Vazio e sozinho. Mais que só, abandonado. Mas abandonado por mim mesmo. Em minhas cada vez mais frequentes depressões, não consigo recorrer ao que alguns chamam de 'reservas morais'. Procuro e não as encontro. Não sei onde as tenho, nem sequer se as tenho. Depois que perdi minha esposa, me relacionei com três ou quatro mulheres, mas com todas me aconteceu o mesmo. Durante o corpo a corpo, ia mais ou menos bem. Nenhuma euforia, mas ao menos o desejo se saciava. Era melhor do que o acoplamento, quase sempre forçado, com alguma detida. Isso que as ONGs dos direitos humanos, essas impertinentes, denominam tecnicamente de 'violações'. Claro, com as mulheres livres era melhor. Mas o problema vinha depois do corpo a corpo. Não sabia o que lhes dizer, nem o que lhes perguntar. A verdade é que todas me abandonaram invocando a mesma causa: se aborreciam. Quando chegou a minha reforma, no que ia ocupar um tempo assim, tão exageradamente livre? Sempre fui um pouco de cavalos, de maneira que em alguns domingos ia a Maroñas. Isso sim: sozinho. Entre um páreo e outro, a espera se tornava insuportável. Dava no mesmo ganhar ou perder. Um domingo ganhei uma boa grana. E, ainda com o dinheiro recém-recebido, comecei a me perguntar o que poderia fazer com tudo aquilo. No fim depositei no banco e pronto.

Comprei um cachorro, por certo maior e mais raçudo que o seu Bribón. O chamei Cadete. Deformação profissional. Esteve três meses comigo. Era simpático. Se estendia em frente a mim e me olhava, me olhava, como me perguntando algo, vai saber o quê. Comecei a entender, ou a imaginar, quem sabe, que seu afeto canino incluía certa dose de desconfiança. Por outro lado, era um pouco maçante ter de levá-lo todos os dias à praça aqui em frente. Em toda saída ele elegia a mesma árvore. Ainda que tivesse lhe comprado uma guia muito elegante, o levava solto, porque era dócil, sempre me obedecia. Assim até que uma manhã, quando já havia cumprido com sua árvore, deteve-se em frente a mim, quase imóvel. Olhou-me longamente, moveu o rabo e de repente largou a correr. Na esquina esperou que o semáforo ficasse verde e em seguida continuou a sua carreira. Não tive ânimo para chamá-lo nem para segui-lo. Nunca regressou. Foi o último abandono, creio que também por aborrecimento.

O que você teria feito com tanta insignificância, com tanto vazio? Para seu desencanto, direi que sigo sem pesadelos, mas em seu lugar tenho um bom sucedâneo: a insônia. Asseguro-lhe que a insônia é muito pior do que os pesadelos. Estes pelo menos são divertidos: neles acontecem coisas, às vezes terríveis, mas acontecem. E quando a gente por fim acorda, desfruta do alívio de que todo esse horror não seja verdadeiro. A insônia, ao contrário, parece interminável. É um tempo em branco, ou em preto: de toda maneira, tempo perdido. A gente se ouve respirar, as tripas emitem algum ruidinho, às vezes surge uma câimbra e os dedos do pé se encolhem, endurecidos. Do apartamento de cima chega o vaivém de uma cama em plena cópula alheia. Quando soa o canto de um galo longínquo é o sinal de que o temido amanhecer se aproxima. É horrível 'despertar' sem haver dormido. A boca seca, os olhos abertos e irritados, as têmporas no limite da enxaqueca. E não há ducha matinal que lave a insônia. Os pesadelos sim, esses vão pelo cano, mas a insônia fica na gente.

Quer que lhe diga uma coisa? Teria gostado de ser seu amigo e até amigo do ex-presidiário Fermín Velasco. É evidente que uma etapa do passado nos impede. Compreendo. Mesmo durante uma longa paz, é difícil esquecer uma breve guerra. Foi um inglês, Stanley Baldwin, que escreveu que 'a guerra terminaria se os mortos pudessem regressar'. Mas todos sabemos que não regressam.

As perspectivas desta noite não são tão ruins, no fim das contas. Desta vez tenho uma solução infalível para acabar com a insônia que, como sempre, está me esperando. Ao alcance de minha mão está minha arma, a melhor e mais fiel companheira. Ao menos ela não me abandonou.

Aperto a sua mão e lhe desejo sorte. Cel. (R) Saúl Bejarano."

39

Eu conheço essa Samsonite, pensou Javier, recém-instalado em seu vagão de primeira, especialmente confortável, com as poltronas que giravam e suas mesinhas com tabuleiros de xadrez. Ainda que fizesse só cinco minutos que o trem abandonara a estação, a mala estava sozinha, sem dono ou dona à vista. Javier a olhou sem preocupação, mas sim com curiosidade. A mala era cinza e tinha aderidas quatro ou cinco etiquetas. Pensou que tinha sorte. Em seus frequentes traslados sempre lhe pagavam uma passagem de primeira. Quem pagava? Não recordava. Era incrível que na sua idade tivesse essas lacunas. Em que idade? Bem, disso sim, tinha uma noção aproximada. Quando enfrentava o espelho, se achava jovem. Na realidade, *ainda* jovem, que não era o mesmo que apenas jovem. Quem lhe pagava os bilhetes de trem e às vezes os de avião? Seguramente, uma empresa. Gestos como esse, só as empresas têm. Para acabar com as dúvidas, abriu a sua pasta e encontrou vários folhetos de propaganda sobre computadores, Windows, mouses, manuais do usuário e até um dicionário de informática. Logo, trabalhava para uma empresa de informática. Podia ser. De informática ou de telefonia móvel ou de sedas búlgaras ou de sapatos maiorquinos ou de jarras magnéticas. O que importava? O importante é que lhe pagavam a passagem. Com essa confortável certeza pôde se espalhar na cômoda poltrona giratória, e aproveitando-se dessa possibilidade que oferecia o simpático móvel da primeira, o fez girar duas vezes para apreciar adequadamente, não a beleza, mas sim a sordidez da paisagem, com sua selva de chaminés e seu salpicado de alambrados. Quanto mais feio lhe parecia o panorama exterior, mais desfrutava do confortável interior do seu vagão de primeira. Girou duas vezes mais e respirou profundamente.

Por certo não era o único ocupante do vagão. No outro extremo, dois senhores realmente maduros aproveitavam a mesinha com tabuleiro para jogar xadrez. Absortos na partida, permaneciam em obstinado silêncio. De vez em quando esfregavam as mãos ou passavam um pente pelos escassos cabelos, mas nada mais. A Javier não dedicaram nem uma só olhada distraída.

Mais próxima estava uma mulher relativamente jovem, muito concentrada em um romance que parecia ser de mistério. Ao seu lado, um menino loiro bocejava, não se sabia se com autêntico tédio ou como uma forma, bastante infrutífera, de chamar a atenção da mulher que seguramente era a sua mãe.

E a mala cinza, com quatro ou cinco etiquetas. Javier estava hipnotizado por ela. Até então o trem não havia se detido. De repente entrou em um longo túnel e as luzes interiores se apagaram. A escuridão era tão compacta que lhe produziu certa angústia. Começou a apalpar-se para ver se ainda tinha pescoço, joelhos, pés. Sim, ainda os tinha. O trem seguia avançando, mas era como se deslizasse pelo nada.

Quando o túnel acabou e voltou a luz, a mala cinza continuava lá, mas não estava sozinha. A seu lado se via uma mulher jovem, formosíssima. Apesar da precedente escuridão, havia aberto a mala. Então tirou a jaqueta e a depositou em seu interior, em seguida fez o mesmo com um pulôver de lã verde, a blusa, a saia, as meias e os sapatos. Quando ficou em seu estado natural, olhou afavelmente para Javier e lhe disse: "Como vai, Javier? Meu nome é

Rita. Lembra?". Ele fez um gesto de se levantar, mas o menino loiro se antecipou e chegou até a moça, sem que sua mãe ou quem fosse fizesse qualquer gesto para impedi-lo. O menino se pôs frente à Rita e com suas mãos branquíssimas começou a acariciá-la. Teve de subir em uma das poltronas para alcançar um dos peitos, o esquerdo, e ali se deleitou brincando com o biquinho, cada vez mais ereto, mas as mãos foram descendo, demoraram-se no soberbo umbigo, sobre o qual o menino pousou uma de suas orelhas, como disposto a ouvir algo. Em seguida desceu mais ainda, até o púbis, e a loira mata da moça se mesclou, formando um só pelame, com o loiro cabelo do garoto, a quem se via cada vez mais radiante.

Apesar de Rita parecer sentir-se muito a gosto com aquele tributo infantil, Javier tomou a decisão de levantar-se e aproximar-se daquele par de bolotas. Pensou: bolotas, mas se deu conta de que pensava isso com um pouco de ciúme e também com carinho, como se estivesse pouco menos que deslumbrado. Porém, além do deslumbre, que era consequência de todo um alarde do espírito, sentiu que seu corpo também se excitava. Por um instante, vacilou. Hesitava entre tomar o menino suavemente em seus braços ou arrancá-lo com decisão daquele nu que não era para infantes, mas sim para adultos, e sobretudo para adultos luxuriosos como ele. De imediato, descartou a opção de jogá-lo pela janelinha. Ademais, não sabia como abri-la. Não teve tempo de tomar essa ou outra decisão. O trem emitiu um apito quase intimidador, reduziu sua marcha e começou a entrar em uma estação ferroviária, a qual, antes ainda de despertar, Javier reconheceu como a velha Estação Central de Montevidéu. Reencontrado por fim com a vigília e com seus lençóis lamentavelmente imundos, esfregou os olhos ainda incrédulos e só disse uma palavra: "Bolotas". Em seguida, quando estava totalmente desperto, teve alento para agregar: "Por Deus, que cafonice".

40

Quando Javier lhe mostrou a carta póstuma do coronel reformado, Fermín respirou com alívio.

— Há que lhe agradecer a delicadeza. Apesar de tudo, não era tão filho da puta.

— Não tão tão, mas um pouco sim.

— Tipo estranho, não? Eu o entenderia melhor se fosse do modelito Scilingo, com uma consciência importuna, implacável. Mas veja que nem sequer se arrepende. E aniquilado e tudo, convertido em um andrajo, à beira do suicídio, segue fazendo continência. Pra mim a conta não fecha.

— Havia de ser psicólogo. Do meu subdesenvolvimento na matéria, chego a imaginar que, em seu caso, a consciência, que é mais ladina do que pensamos e até meio bruxa, tomou a forma da solidão, uma solidão insuportável.

— Disse o velho Cervantes: "Oh memória, inimiga mortal do meu descanso!".

— Você consegue acreditar em toda essa história de vazio? Não há vazio possível com semelhante caudal de gente em brasas, de martirizados que falam ou calam, de mandíbulas que tremem. O vazio era a sua opção, mas ele sabia que não tinha direito a passar a régua. Ao ponto final, como se diz agora. Para ele só havia um ponto simples. Fala do vazio, só porque ele decidiu que o havia, mas a não ser este um vazio natural, espontâneo, como o que sobrevém, por exemplo, quando morre um ente querido de alguém, ao fazer de seu pretenso vazio apenas um recurso artificial, no fundo ele não podia ocultar de si mesmo que essa falta, essa vacância apócrifa, estava cheia de rostos crispados e doloridos. Por isso se tornou insuportável.

— Talvez você tenha razão. Mas ainda assim, eu acreditava que era pior. Ao menos, é o único de todos eles que ao final conspirou contra si mesmo, agrediu a si mesmo em nome de todos nós. Confesso-lhe que me sinto um pouquinho vingado. Como disse não sei quem: "Um torturador não se redime suicidando-se, mas já é alguma coisa".

— Um veterano confrade do jornalismo, que compareceu ao funeral, me disse que havia pouquíssima gente. Sua última solidão, antes de entrar no único e verdadeiro vazio. Todos ficaram muito impressionados com a tumba do avô e ex-ministro, dom Segismundo Bejarano y Alarcón. Segundo parece, havia poucos militares no cemitério. A opinião generalizada é que não era muito querido entre os seus. Por outro lado, e apesar de todos os meus prognósticos, ainda não vazou o nome do alto chefe a quem deixou o envelope lacrado. Terá ido ao cemitério ou terá ficado em casa para que ninguém lhe fizesse perguntas indiscretas? Nós ignoramos quem é, mas no âmbito castrense seu nome deve ser a fofoca.

— Você se deu conta que toda vez que se refere a este servidor diz "o ex-presidiário"? Gênio e figura.

— Até a sepultura[64].

— A de dom Segismundo.

41

Javier: Obrigado pelos dois faxes com notícias. Não lhe respondi antes porque Camila e eu estivemos de viagem. Fomos a Roma por uma semana. Confesso-lhe que depois de um longo período de angustiante atividade em Madri, necessitava urgentemente uma trégua e elegi Roma, cidade que me encanta e ademais costuma me tirar as teias de aranha e outras ansiedades. Custou-me um pouco persuadir Camila: não lhe agradava desprender-se de seu namoradinho, mas finalmente a convenci. Do contrário, teria suspendido o meu safári. Como você sabe, odeio viajar sozinha, não aproveito.

---

64 *"Genio y figura hasta la sepultura"*, ditado espanhol que afirma que tanto mental quanto fisicamente as pessoas nunca mudam. (N.T.)

Das cidades que conheço, creio que Roma e Lisboa são as que têm uma cor própria. Não acha isso? Lisboa, mais que uma cor, tem um tom próprio, suave e pálido, com matizes verdes, ocres, celestes, amarelos, um tom sem estridências, calmante. Mas Roma, com seus palácios senhoriais, ou com seus balcões esquinados, com seus muros, portas e grades que atravessam ou contêm a história, é como uma cenografia em ocre, malva, tijolo e sépia. Na realidade, há duas possíveis imagens de Roma: uma em preto e branco, com um áspero cinza de vetustez (o Coliseu, os Fóruns, os Arcos) e outra em cores renascentistas que parecem harmônica e anacronicamente extraídas da paleta do nosso Torres Garcia[65]. Às vezes coincidem em um amplo espaço (*verbi gratia* a Piazza Venezia: não me agrada!), ainda que normalmente sejam regiões comunicantes, mas definidas. Tem algo a ver a *via* Veneto com o Coliseu? Arquitetonicamente não, mas, decorridos séculos, talvez estejam enlaçados pela embriaguez do poder. Na *via* Veneto, com a óbvia exceção dos turistas japoneses, até os cachorros são aristocratas, avançam com uma atitude de luxo e dispõem de banheiros particulares. Um detalhe muito invejado por prostáticos e cistíticos.

Apesar de tudo, e preconceitos à parte, há que se admitir que Roma (e quem sabe toda a Itália) possui uma aura de elegância e bom gosto, que vai desde o Palazzo Barberini (sempre é saudável reencontrar a Fornarina) até a popularíssima Feria de la Porta Portese (digamos um *mercato delle pulci* à romana), onde em meio à inevitável e estulta imitação dos ianques, aparecem aqui e ali vigorosos artesanatos com o artesão incluído (Camila comprou lá uma blusa excelente). Por outro lado, o romano e a romana, igualmente formosos como sempre, apresentam uma alegria de viver, um bom humor em cada detalhe,

---

65 Joaquín Torres García (1874-1949) foi um destacado pintor, escultor e teórico da arte uruguaio. (N.T.)

uma picardia bondosa, que também constituem um estilo peculiar. É uma cidade que não agride. E está tão acostumada a que os estrangeiros a atravessem e até a façam sua, que por sua módica xenofobia (tem um pouco, claro) não parece europeia.

Neste ponto sobrevém uma pergunta ineludível, que lhe passo como um testemunho. Por que razão ou desrazão esta gente tão afetuosa, tão sensível, de tão bom gosto, com tão agudo senso do ridículo, pode não só tolerar, mas também respaldar e aplaudir, a um insidioso palhaço como Mussolini? Que os alemães (que sempre tiveram seu ladinho autoritário) tenham se deslumbrado com outro lamentável *clown* parece, contudo, menos chocante que o apoio dos italianos ao *Duce*. Mussolini era como uma caricatura da mais risível das personagens da *commedia dell'arte* e, no entanto, teve os seus quinze minutos (que duraram mais de vinte anos) durante os quais foi apoiado pelo mesmo povo que produziu Giotto, Leonardo, Dante, Galileu. Mistério. Não me atrevo a formular nenhuma teoria: apenas deixo registrado meu assombro. Ontem regressamos a Madri. O que mais desejávamos era apoiar as nossas cabeças em travesseiros que não fossem empedrados como os que tivemos no hotel em Roma. Lá nos consolávamos pensando que talvez fossem pedaços da *via* Appia Antica.

Camila voltou entusiasmada com os romanos. No avião me disse confidencialmente que eram muito mais bonitos que Esteban, seu namorado salmantino. "Mas, ai mami, é dele que gosto". Um argumento de peso, se é que os há.

O que você acha da minha crônica de viagem? Parece mais isso do que uma carta, não? Não se ofenda, mas a verdade é que queria deixar anotadas as minhas impressões romanas e você foi o paganini[66]. *Sorry* e abraços, de Camila e Raquel.

---

66 Paganini: quem paga as contas, quem recebe os encargos. (N.T.)

42

*Siempre empezó a llover
en la mitad de la película.*

JULIO CORTÁZAR

A noite entrava pela janela aberta, mas não vinha sozinha. Chegava com buzinas remotas, gargalhadas entrecortadas, um e outro tango mendigo, chicotadas de um rock paralisante, gozações encadeadas, vaias, pandeiros, cantigas de futebol e recordações de murgas[67]. Tudo junto. Também havia relâmpagos que, de vez em quando, açoitavam o dormitório com um clarão instantâneo. E trovões imediatos, claro.

Javier sentiu que a mão acariciante de Rocío lhe cobria os lábios.

— Que sorte que você veio — disse ela. — Depois da sua estranha história sobre o coronel reformado, fiquei umas horas com a mente em branco. A princípio tentei convencer-me de que se tratava de um mero dramalhão cívico-militar, mas pouco a pouco aquilo começou a tomar sua verdadeira dimensão. Foi como se tivesse colocado um vídeo e começassem a aparecer na telinha as imagens mais inalienáveis, mais reveladoras, de meus podres dez anos de clausura. E não creia que sempre apareciam telonas com os episódios mais brutais, tratava-se mais de incidências ou atitudes quase insignificantes, que ao que parece ficaram enganchadas em algum recôndito da memória. Por exemplo, uma presa, creio que se chamava Agueda, de uns 40 anos, que estava sempre pronta a nos contar, com riqueza de detalhes, a vida e os milagres de sua filhinha de 9, que não

---

67 Murga é uma mistura de teatro, dança e música e a denominação dos conjuntos que a praticam. Originalmente um ritmo musical espanhol, difundiu-se pela região do Prata como uma festa popular. Recebeu muitas influências, notadamente as provenientes do candombe (dança com atabaques) e outros ritmos africanos. (N.T.)

via desde a sua captura, porque o ex-marido a havia levado com ele para Bogotá. E como nem sempre nos tinha à mão, acabava contando sua desventura às carcereiras, que, ainda que fossem proibidas de falar com as detentas, abriam uma exceção para ela. E na minha telinha aparecia também Catalina, um alívio, já que colecionava tiradas e contos humorísticos, inclusive alguns meio pornográficos, com os quais nos alegrava a vida. Além do mais, ela os numerava e nós havíamos memorizado o código e, como naquela velha parodia de Franz e Fritz, nos chamávamos de cela a cela: "Lembra do vinte e oito?". E as guardiãs se espantavam de que, ante essa sucinta evocação numérica, estalássemos em gargalhadas. Depois tivemos de suspender o joguinho, porque as guardiãs começaram a suspeitar de que aquela brincadeira pudesse ser um código subversivo. E também aparecia Paulina. Essa não ria, porque a haviam violado em não sei qual repartição policial e havia ficado grávida. Na minha telinha aparecia chorando e gritando: "Não quero esse filho! Não o quero!". Um dia a levaram e eu não soube dela até vários anos depois, quando já estávamos na rua: no fim teve o filho, mas nasceu morto. A partir desse desenlace se tranquilizou, saiu do cárcere com a anistia e pouco depois foi para a Suécia, onde vivia uma irmã exilada. Ali terminou casando-se com um norueguês. E assim compareceram várias: porque também assomou em minha telinha de mentira o rosto sorridente de uma carcereira, que desde o começo tinha desejos lésbicos e me prometia privilégios, e como eu nada de nada, tão logo se convenceu de que não haveria sedução, optou por me fazer a vida impossível. Depois por sorte a transferiram. Todo esse almanaque me veio à cabeça com a história que você contou. Como não entendo as atitudes de Fermín. Por outro lado, entendo menos ainda a do famoso coronel reformado. É como uma consciência pela metade. Com a voz da consciência não adianta abaixar e subir o volume, menos ainda o *zapping*. Ou a assumimos tal qual venha ou a apagamos. Evidentemente, o tipo não soube o que fazer, ficou prisioneiro da sua indecisão e por isso acabou como acabou: no panteão de dom Segismundo.

Depois de um último e retumbante trovão, começou a chover com uma força quase tropical. Os ruídos da rua se converteram de repente nos gritos, cada vez mais agudos, dos que corriam para se proteger. Javier e Rocío se assomaram à janela e se divertiram um momento com o voo dos guarda-chuvas coloridos, um dos quais se elevou tanto que quase chegou ao alcance de suas mãos.

— *Les parapluies de Cherbourg* — disse Rocío, sem pudor.

— *The rain man* — aportou Javier, com menos pudor ainda.

— *Singin' in the rain* — retrucou ela.

— *The rains of Ranchipur* — balbuciou ele, depois de escavar um momento no subsolo da sua memória.

Revolveu-lhe o cabelo e a beijou.

— Que bom é de vez em quando falar bobagens, não? — disse ela. — Contanto que seja de vez em quando.

— O que é bom de verdade — disse ele — é estarmos aqui, abrigados.

— Abrigados e juntos —disse ela.

43

Este artigo, "As máfias legais", foi o terceiro que Javier enviou à agência.

"Máfias. Da droga, do contrabando de armas, do mercado negro, da prostituição, das crianças para transplantes. Máfias de abrangência universal. Conhecidas e reconhecidas. Na aparência, todos os governos as combatem. Infrutiferamente, claro. No final, quase todos falham. Uns por ressentimento e outros por aliciamento. As diferentes máfias atuam frequentemente como uma federação: se protegem, se complementam, intercambiam informações, alarmes, sondagens. Mas outras vezes (digamos na Sicília, em Nova

York, Medellín e ultimamente na Rússia de Yeltsin) as máfias se aniquilam entre si. Costumam designar ministros, mas também os destituem. Seu poder na sombra, sua pujança clandestina, sua infiltração nas cadeias multinacionais, onde são tomadas as decisões financeiras máximas, as convertem em respeitáveis e decorosas.

Essas são, certamente, as máfias ilegais, clandestinas, antirregulamentárias. O paradoxo é que sua tradição e sua antiguidade lhes outorgam uma confiabilidade e uma impunidade invejáveis. Não obstante (e isso também faz parte do enredo) sempre há, aqui ou ali, alguma operação que se detecta e, nesse caso, a correspondente apreensão merece ampla publicidade. Às vezes a informação reflete com objetividade uma repressão verdadeira e compacta, mas outras vezes pode servir para mascarar tráficos muito mais abundantes e de transcendência milionária.

Quem não tem as coisas tão fáceis são as máfias legais, já que não dispõem da proteção multinacional nem do infinito aval das ilegais. Ainda que existam as muito poderosas, as máfias legais costumam ser mais débeis, mais indefesas, mais desprotegidas. A maioria vai sendo criada por geração pouco menos que espontânea, quando a queda dos controles e a cultura da corrupção vão formando uma rede de transações e tentações, capazes de recrutar neófitos e permitir que eles organizem modestas máfias legítimas, graças às quais conseguem fazer suas colheitas em qualquer mês do ano. As trapaças administrativas, o mundo compulsivo do esporte, os meandros bancários, certas campanhas insidiosas da *mass media*, o fastio do *jet set*, os grampos telefônicos, os fornos crematórios da fama, a avalanche da publicidade, não precisam do suborno ou do afano, nem sequer das malandragens puníveis.

As máfias legais não se afastam da lei, nem infringem a Constituição. Sempre dispõem de assessores e peritos judiciais que não as deixam ultrapassar o limite do consentido. No âmbito do esporte, por exemplo, a FIFA é uma organização autoritária que faz fronteira com o abuso e a extorsão, com a exploração ostensiva do esportista, mas por acaso depende de uma autoridade internacional que controle suas finanças e julgue suas possíveis arbitrariedades? Um cacique como o honorável Jean-Marie Faustin Godefroid Havelange jamais deixará uma brecha para o descrédito. Como aponta Eduardo Galeano, 'Havelange exerce o poder absoluto sobre o futebol mundial. Com o corpo agarrado ao trono, rodeado por uma corte de vorazes tecnocratas, Havelange reina em seu palácio de Zurique. Governa mais países do que as Nações Unidas, viaja mais do que o papa e tem mais condecorações do que qualquer herói de guerra'. Essa máfia legal move, segundo a confissão do mesmíssimo Havelange, nada menos do que 225 bilhões de dólares. Como não vai arremeter contra o inerme Maradona, que se atreveu a apoiar uma associação internacional de jogadores para enfrentar esse mandão despótico, egoísta e sem escrúpulos? Enquanto os esportistas arriscam seus meniscos e suas tíbias sobre o gramado, em uma trajetória que é sempre breve, o *grande capomafia* dos campos já está há 21 anos refestelado em seu trono gestatório, repartindo bendições e sobretudo maldições, com total impunidade.

Precisamente a impunidade é o denominador comum de outras máfias legais menos proeminentes do que a FIFA. Os subornos, os aliciamentos das máfias ilegais costumam deixar rastros jurídicos ou administrativos. Mas os favoritismos, os 'encaixes', as acomodações, as mamatas, os privilégios semioficiais não são contabilizados. Só se inscrevem na memória confidencial de favorecidos e favorecedores.

As máfias legais têm enraizamento até em alguns setores da cultura. Em determinados certames literários, com suculentas recompensas, várias semanas antes da respectiva decisão já se conhece o nome do agraciado. Há máfias de críticos, ou melhor, de autores de resenhas, que muito antes de ler um livro já sabem se lhes vai agradar ou não.

Consequentemente, não vão se dar ao trabalho de lê-lo. De sua parte, as orelhas costumam ser ilustrativas, proporcionam boa informação e em consequência economizam bastante tempo.

Há máfias legais em concursos de beleza, em programas de rádio e televisão, em pesquisas sutilmente orientadas que em seguida pesam sobre os resultados eleitorais, nos vaivéns da Bolsa, nas revistas de celebridades, nas associações de *skinheads*. À diferença das ilegais, as máfias legais não participam da corrupção nua e crua nem do suborno indisfarçado. Limitam-se a manejar sutilmente as preferências e as dispensas, os monopólios do elogio e o patrocínio das diatribes, os benefícios e os malefícios, as franquias e as desqualificações, as glorificações e os anátemas, as evasões fiscais e os meandros da hipocrisia.

Com alguma exceção, as máfias legais não manejam grandes capitais, mas sim correntes de opinião. Mas as correntes de opinião servem aos grandes capitais e também às ambições políticas. Por sua vez, os partidos políticos, sem constituir máfias legais propriamente ditas, adotam, aplicam e adaptam muitos dos seus procedimentos mais correntes. Também, como elas, desqualificam, enaltecem, bajulam. Os partidos costumam pedir emprestado às máfias legais o seu repertório de insultos e o deixam cair sobre o rival como vasos de um terraço.

As máfias clandestinas tratam de passar despercebidas, não lhes convêm que suas operações sejam de domínio público, já as máfias legais vão impondo o seu estilo e se comprazem em contagiar o meio social com sua ambiguidade e seu pragmatismo. De maneira paulatina, vão se integrando tanto e tão habilmente no tecido social, que aos poucos vão perdendo a sua condição de máfias para se chamarem corporações, alianças, comunidades, associações, acordos, fundações etc. É assim que as máfias parlamentares, que também existem e que costumam ser mais legais que quaisquer outras, às vezes passam a chamar-se bancadas ou lobbies.

As diferentes sociedades civis podem lutar, com maior ou menor êxito, contra as máfias ilegais, porém vão integrando as legais a sua idiossincrasia. Quase sem perceber, sem ser consciente disso, cada cidadão vai incorporando um pequeno mafioso ao seu foro íntimo, a sua problemática identidade. Ama seu mafioso como a si mesmo, podiam ter recomendado as Sagradas Escrituras, mas ainda não havia nascido Judas Iscariotes, o primeiro mafioso legal da Cristandade."

44

Alguém, não recordava quem, havia dito a Javier que a galeria La Paleta já não existia. Ao que parece havia fechado pouco antes do golpe de Estado e, uns meses depois, seu proprietário, obrigado a exilar-se, havia se estabelecido em Caracas. Daí a surpresa de Javier quando, uma tarde em que caminhava pela *calle* Convención, deparou de novo com La Paleta. Ela tinha mudado de dono: agora era um argentino, ex-crítico de arte, que havia remoçado e ampliado o local. A atual exposição, "Cláudio Merino: 50 anos de pintura (1945-1995)", era a terceira que apresentava desde a reabertura.

Na época anterior a seu exílio, Javier havia comparecido a várias mostras de Cláudio Merino. De sua primeira fase, lhe atraía em especial a chamativa série "Relógios e mulheres", com sua obsessão pelas esferas que marcavam três e dez e o inesquecível detalhe de que o ponteiro dos minutos fosse um homenzinho nu, e o de horas uma mulher também em pelo, sempre a ponto de juntarem-se em uma cópula horária.

Agora Merino estava em um período mais para o abstrato, mas mantinha o seu domínio da cor. Javier dispunha de tempo, portanto começou pelas obras mais antigas. Em cinquenta anos, Merino havia vendido incontáveis relógios com suas famosas três e dez (seus relógios eram em sua obra tão intransferíveis como as luas na de Cúneo[68], os cavalos na de Vicente Martin[69] ou os bandos de pássaros na de Frasconi[70]), mas ainda restavam alguns que revelavam mudanças de estilo e exercícios de traço, cada vez mais denso.

Das "Mulheres" colocara no mercado diversas variações e réplicas, mas sempre havia retido o quadro original. Nessa zona Javier se reencontrou com velhos conhecidos: a "Menina da figueira" e outras homenagens a uma tal de Rita, os inefáveis "Pés em pó rosa" (sua preferida), "Minha Nagasaki", que refletia o caos e a miséria de um lixão montevideano, "O sulco do desejo", com seu tango erótico, um revelador "Retrato de Juliska", "Meu cego Mateo" e tantos mais.

De uma porta situada no fundo da galeria, surgiu de repente, ainda na sombra, um homem de estatura mediana, com uma branca cabeleira de artista e uma bengala mais decorativa que imprescindível. Javier só recordava de fotos de Merino jovem, mas quando a figura entrou em uma zona iluminada, não teve dúvidas de que se tratava do pintor. Como era cedo, havia pouca gente na galeria. Talvez por isso Javier animou-se a se aproximar do personagem.

— Perdão, você é Cláudio Merino, não é?

O outro assentiu.

— Estive muitos anos fora do país, mas conheço muito bem a sua obra, embora um pouco menos a destes últimos anos. Agradou-me bastante me reencontrar agora com seus relógios, suas mulheres, sua Nagasaki, sua obsessão pelas três e dez.

Merino sorriu, envaidecido e ao mesmo tempo surpreso.

---

68 José Cuneo Perinetti (1887-1977) foi um pintor uruguaio de renome internacional. Foi premiado na X Bienal de São Paulo, em 1969. (N.T.)
69 Pintor argentino de nascimento (1911-1998), viveu grande parte de sua vida no Uruguai na condição de "imigrante interno" da América Latina, a sua verdadeira pátria. (N.T.)
70 Antonio Frasconi (1919-2013) foi um pintor argentino nacionalizado uruguaio que teve longa carreira internacional. Ilustrou mais de cem livros, inclusive *Geografías*, de Mario Benedetti. (N.T.)

— São temas velhos, quase pré-históricos.

— Não tão pré-históricos, já que os segue expondo.

— Bom, são uma fase. Não renego essas imagens. Mas agora estou em outra coisa.

— Posso lhe fazer uma confissão? Nestes últimos tempos me lembrei muito do senhor, ainda que por razões mais oníricas que artísticas.

— Oníricas?

— Sim, tive dois ou três sonhos em que me apareceu Rita.

O veterano abriu tremendos olhos. Javier teve a impressão de haver aberto uma porta, ou ao menos uma janela, naquela memória. De repente Merino mudou de aspecto. Pareceu dez ou quinze anos mais jovem a Javier.

— Ah, sim, Rita? — Respirou profundamente antes de acrescentar: — E como anda?

Não parecia que falavam de um sonho, mas sim de uma mulher de carne e osso.

— As duas vezes sonhei que eu estava em um trem, em um vagão de primeira classe. Os únicos ocupantes éramos uma valise Samsonite e eu. Então ela aparecia e começava a despojar-se de sua roupa, que ia guardando cuidadosamente na mala. Assim até ficar totalmente nua. Me dizia o seu nome, me convidava a aproximar-me e quando já ia alcançá-la e tocá-la, eu acordava. Era uma mulher terrivelmente formosa.

— Já vejo que segue igual — disse o pintor.

— O senhor a conhece? Como sabe que é a mesma?

— Não há outra.

Cláudio Merino entrecerrou os olhos e durante um minuto esteve como absorto, olhando o vazio.

— Não me leve a sério. São loucuras de velho.

Javier considerou oportuno mudar de tema.

— Ouviu falar alguma vez de Anglada Camarasa?

— Não só ouvi falar como também conheço bastante bem sua obra. Até tenho dois de seus quadros: um "Nu feminino" e um lindíssimo *"Paisatge amb camí i figura"* (como vê, até recordo o título em catalão). Comprei-os há vinte anos em

Puerto Pollensa, Maiorca, onde viveu e trabalhou boa parte de sua vida. Morreu lá. Tinha quase 90 anos. Foi uma espécie de Blanes Viale do Mediterrâneo. Um pintor estupendo. Na Espanha, especialmente nas ilhas Baleares e na Catalunha, tem ainda muito prestígio, mas na América Latina quase não o conhecem. Me surpreende que você o tenha mencionado.

Sucintamente, Javier lhe contou a estranha história de sua aproximação da obra de Anglada: a princípio a havia descoberto como um filão econômico e depois aquela pintura singular e personalíssima o foi conquistando.

— E tem algum quadro?
— Sim, tenho um.

Merino ia dizer algo, mas Javier o conteve, pelo sim pelo não.

— Mas não o vendo.

Merino sorriu, e era um sorriso aprovador. Em seguida lhe deu a mão, disse: "Muito prazer" e desapareceu pela porta dos fundos. Javier permaneceu um tempo mais olhando os quadros. Regressou às pinturas mais antigas e se enfrentou novamente com a série de Rita. Então disse para si mesmo, mas em voz alta: "Tem razão o velho. Não há outra". Duas ou três pessoas que haviam entrado o olharam, surpreendidas. Ele, por sua vez, se surpreendeu ante esses olhares indiscretos e inquisidores. Não encontrou outro recurso senão simular um espirro, assoar o nariz e desaparecer.

45

Raquel: Nos últimos tempos nos temos comunicado por telefone, mas hoje o tema requer mais espaço, de modo que prefiro o fax. A cada dia me sinto mais imerso nesta realidade e em consequência me afetam mais os problemas cotidianos, os encontros e desencontros com antigos companheiros, as declarações dos políticos e, às vezes, suas alianças inesperadas, suas fidelidades rompidas, suas astúcias e teimosias.

Outro motivo dessa imersão é que se produziu uma mudança no meu *desexílio*. Já que você e eu resolvemos assegurar-nos mútua franqueza, quero que saiba do que se trata. Parece-me que a essa altura você já o imagina.

Faz um par de meses que comecei uma relação (ainda me custa um pouco chamá-la amorosa, mas acredito que disso se trata) com uma boa amiga. Chama-se Rocío. Fazia parte de um grupo de companheiros que trabalhamos politicamente em tempos anteriores ao golpe. Creio recordar que você a conheceu, mas não estou seguro. Esteve presa, foi torturada, sofreu bastante, mas aguentou e não delatou ninguém. Como todos os que estiveram lá dentro, saiu com a saúde debilitada, mas está se recompondo. Agora se dedica a fazer pesquisas sociais. Estou bem com ela e tenho a impressão de que ela está bem comigo. Por ora, ao menos. Veremos o que se passa. Você e eu sabemos que nesse campo é muito arriscado apostar no futuro. Não obstante, me sinto à vontade. E ademais, a solidão total sempre me incomodou, me provoca algo parecido com a ansiedade.

Em um dos seus últimos faxes, você me pedia que lhe contasse como está o ambiente, o que aconteceu com os velhos amigos. Bem, o que ocorreu com eles é um pouco o que ocorreu com a esquerda, e não apenas a deste país. Quando nos reunimos em grupo, parece não haver maiores desacordos, mas quando os vou encontrando a sós, o leque de atitudes é muito mais amplo. E não me refiro somente ao núcleo reduzido daqueles com quem há vinte ou vinte e cinco anos nos sentíamos afins, mas sim a uma acepção mais vasta da antiga militância compartilhada. Há de tudo na vinha do Senhor: uvas, talos e agraz. Tem o que caiu junto com o Muro de Berlim e provavelmente nunca voltará a se levantar nem terá ânimo para levantar os demais. Segue considerando que o mundo é injusto, mas terminou por se convencer de que uma mudança essencial é improvável. "Basta de utopias", resmunga. Seu ceticismo o paralisa. Tem também o que ficou sem ideologia: sente-se com ânimo para refazê-la mas não sabe por onde começar. Tem o que, órfão de líderes, concentra seu esforço em quatro ou cinco ofertas elementares, primárias, e trabalha por elas. Tem o que converte seu ceticismo em ressentimento, e o ressentimento em oportunismo, e hoje o vemos muito pimpão em espaços conservadores. Ficou por último o que estuda as aparentemente proscritas doutrinas do passado e trata de resgatar delas uma síntese válida, em que podem haver equívocos, teimosias e até disparates, mas em que se resgatam as intuições criadoras, os clarões de lucidez, a pontaria dos prognósticos, a vontade solidária. Não há Marx que não venha para o bem. Compreendo que custa refazer-se, desfiliar-se da mesquinhez, lutar com o egoísta que todos escondemos em algum recôndito de nossas pequenas almas enfermiças. Mas capengar não traz sossego. Se a época dos grandes comícios se acabou, então haverá que fazê-lo boca a boca (não me interprete mal, oh, maliciosa), dialogar, intercambiar dúvidas e ansiedades, desmantelar o farisaísmo. Olhe que tampouco eu vejo as coisas claramente. Aqui mesmo vejo a esquerda fracionada, dividida por personalismos um pouco absurdos, que se acreditavam descartados para sempre, e não acabo de entender nem de admitir que se possa subordinar assim, sem pensar duas vezes, o interesse comum aos objetivos pessoais. No fundo não são posições tão díspares (às vezes me parece que estão dizendo o mesmo em diferentes dialetos), e no entanto ninguém cede um milímetro. Estou lhe chateando, não é? Já sei que você está muito cética e compreendo. Há motivos, claro. Mas podemos aceitar assim, sem mais, em uma atitude meramente passiva, que além de nos golpearem, tirem nossa identidade, nos desalentem para sempre? Uma coisa é que o consumismo, a publicidade, a hipocrisia e a frivolidade dos meios de comunicação de massa tratem de converter a todos nós, não só aos jovens, mas sim a todos em *pasotas*[71] (com você, que vive aí, posso aplicar esse termo, tão espanhol), e outra muito diferente é que alegremente nos inscrevamos no *autopasotismo*. É certo que perdemos, mas os ganhadores também perderam. Perdão. Acabou-se a discurseira. Juro (com a mão direita sobre o *Guiness* e a esquerda sobre o Talmude) que no meu próximo fax não haverá política.

Um abraço grande que acolha as duas, Javier.

46

Ainda que pareça inacreditável, Javier nunca havia estado na casa de Fermín. Nos velhos tempos de incerteza política, com suas pelejas e querelas, havia limites até para a amizade simples e direta. A prioridade era sempre a militância; só dois ou três degraus abaixo estava a amizade. E quando se gerava uma relação fraterna, afetuosa, como a que sem dúvida havia se formado ao redor do velho Leandro, aquilo não era célula nem foco organizado, mas sim apenas uma reunião de pessoas afins, sem sinais de *sancta sanctorum*[72] nem rigidez de funcionamento, ainda que tomando as lógicas precauções de quando se atravessa um período de salve-se quem puder. Só devido a essa prudência (que, definitivamente, serviu para pouco ou nada) tinham descartado reunir-se nas suas casas; preferiam se encontrar em cafés de bairro, como se o fato de não ocultar seus maiores ou menores encontros pudesse convencer aos eventuais informantes de que não integravam nenhum *grupúsculo* clandestino. Assim até uma noite em que, sentados ao redor da mesa de sempre e falando de política mais ou menos em código, uma companheirinha deixou cair uma carteira debaixo da mesa

---

71 Assim eram chamadas, na Espanha dos anos 1980/90, as pessoas que ficavam indiferentes a temas políticos e sociais, que não se envolviam: *yo paso*. (N.T.)
72 Em latim, o santo dos santos. Lugar muito reservado e misterioso. (N.T.)

e, ao agachar-se para apanhá-la, encontrou, meio oculto no pé central, um microfone (*made in Japan*, para maiores informações). Não disse nada aos demais, mas antes de sair (porque tinha aulas noturnas) passou ao velho Leandro um papelzinho com a novidade. A partir de então mudaram de café, claro, mas de vez em quando, para não dar sinais de que estavam alertados, voltavam ao bar do microfone, ainda que só para contar piadas sujas ou discutir inocente e acaloradamente sobre futebol.

Quando Javier (foi com Rocío, claro) entrou na casa de Fermín, se surpreendeu de que ela correspondesse exatamente à imagem que dela havia formado, nem tanto por meio de confidências ou relatos de seu amigo, mas sim a partir de seu caráter, seus gostos e desgostos, suas paixões e manias. "Cada desejo exige um contorno, cada idiossincrasia, um arredor." Disse isso muito seriamente a Fermín, e em seguida acrescentou:

— Você não poderia viver em um lugar diferente deste.

— Ah, não? E os anos de gaiola? Lhe asseguro que a cela de Libertad era menos folclórica e/ou vanguardista. Não obstante, veja: ainda que passasse vadiando as vinte e quatro horas do dia, pude viver e sobreviver.

— Vamos, Fermín, essa não era a sua casa, mas sim uma pocilga. Mas com tudo isso estou seguro de que, mesmo dentro das magras possibilidades decorativas, você deve ter dado a esse antro o seu toquezinho pessoal.

Fermín soltou uma gargalhada.

— Isso mesmo me dizia o petiço Ordóñez, que durante dois anos foi meu compadre de habitáculo.

Javier e Rosario se deram um lindo abraço.

— Que sorte ter você outra vez por aqui! Você não sabe como festejamos no dia em que Fermín chegou do centro e já da porta nos anunciou: "Voltou o Anarcoreta!" Até a sua saúde tem melhorado desde que o tem para trocar fofocas, bravatas e profecias. Sempre foi com você que se entendeu melhor.

— Bem, velha, não adule tanto nosso ilustre hóspede. Depois começa a crescer e não há quem lhe aguente a petulância e (já que veio tão espanhol) a jactância.

Rocío e Rosario não se conheciam.

— Isso não importa — disse Rosario —, tenho abundantíssimas referências suas. Para mim acontece com você quase a mesma coisa que se passa com Javier a respeito de nossa casa. Você não podia ter outro rosto senão este que tem, outro olhar senão o que tem, outras mãos senão as que tem. Você é querida. Deu-se conta?

Rocío disse, ou melhor, balbuciou:

— Sim.

Com os anos e os reveses, Rosario havia se convertido em uma mulher madura, mas animada, cheia de vida. Javier observou que, quando ela olhava para Fermín, o olhar, além de amoroso e protetor, era também algo maternal.

De repente ela se dirigiu a Javier e Rocío:

— Confessarei algo que talvez lhes pareça estranho. A mim me parece. Ninguém precisa me convencer de que somos perdedores. Nesse aspecto não me engano. E não obstante... Não obstante desfruto dessa paz dos vencidos. Não da injustiça, mas sim da paz. Creio que há um momento em que a gente se cansa de ser castigada, de roçar a liberdade. Estou feliz por Fermín ter conseguido voltar às suas aulas, porque o contato com os jovens sempre o estimula, o empurra para diante. Me sinto feliz por meus filhos terem outra vez um pai. Durante aqueles doze anos de merda, fiz tudo o que pude para ser as duas coisas: pai e mãe. Mas era demais para as minhas forças. Ademais, me perdoem a franqueza, uma mulher é melhor mãe quando tem o seu homem na cama à noite. Talvez essa seja a pior variante da solidão: dormir sozinha, e sobretudo sonhar que tem seu homem e de repente despertar e achar-se outra vez sozinha.

A voz de Rosario se embargou. Então Fermín se aproximou dela e a abraçou por trás.

— Já não está sozinha — disse-lhe quase ao ouvido, mas todos ouviram.

Ela se recompôs, sorriu apenas.

— Não, por sorte. Agora, ao contrário, sonho que estou sozinha, desperto e estou com você. É uma mudança maravilhosa.

Quando se sentaram frente aos nhoques (uma especialidade de Rosario), já havia se incorporado a nova geração: Diego e Agueda. Era visível como Fermín os exibia com orgulho paterno.

Durante um bom tempo Agueda esteve examinando Javier e Rocío sem nenhuma pressa. Por fim falou:

— Pensei que eram mais velhos.

Todos riram, menos Fermín.

— Mas Agueda, Javier tem a minha idade. Rocío é um pouco mais nova, me parece.

— Já sei. Por isso mesmo: achei que eram mais velhos.

A reiteração desestabilizou o *pater famílias*, que agora já não contemplava seus filhos com tanto orgulho.

— Faz uns sessenta anos que Pavese reconheceu — disse Fermín com um sorriso ferido. — "Lua fraca e geada nos campos, ao alvorecer / põem a perder o trigo".

— Os dois estão muito bem — interveio Rosario para desanuviar o ambiente. — Ainda que seja óbvio que o exílio foi melhor para Javier do que a larga penitência para Rocío. Você está um pouco magra, mocinha. Deveria se alimentar melhor.

— A verdade é que normalmente não tenho muito apetite. Acredito que no cárcere o meu estômago diminuiu. Durante os primeiros meses, tinha uma fome horrível e engolia qualquer lavagem. Depois tanta porcaria começou a me dar náuseas e fui comendo cada vez menos. Ainda agora, depois de vários anos de liberdade, não recuperei minhas velhas fomes. Mas ao menos o doutor Elena me receita umas lindas pastilhinhas coloridas, com vitaminas, minerais, proteínas e tudo mais. E as vou engolindo. Ganhei três quilos em dois meses. Não está mal, não é?

— Depois dessa confissão — disse Javier — não sei se terá notado, Rosario, a homenagem que lhe rendeu Rocío devorando sem dar um pio o seu prato de nhoques.

— O que acontece é que estão saborosíssimos — disse Rocío.

47

Meu corpo, este corpo
é o único meu.
Assim, gasto e tudo,
com seus poços de tempo,
seus testemunhos lunares,
seu arquivo de carícias
e seus arrepios.

Meu corpo abre os olhos
e se intui, se mede,
abre os braços
e se espreguiça,
abre os punhos
e se desespera.
Se submete à ducha,
essa cópia aprendiz
da cândida chuva
e se limpa de nadas
e de espumas.

Meu corpo se transforma
em meu corpo de verdade:
vale dizer meu corpo de Rocío.
Tem memória de suas mãos finas
mais de pianista que de guerrilheira,
de sua cintura trêmula e benigna,
de seu fervor de cicatrizes vestígios,

de suas pernas abertas ao futuro,
de seu umbigo cerrado, misterioso,
como nu de cabala
ou remanso noturno.

Meu corpo de Rocío
às vezes se contagia de Rocío
e se confunde com sua leveza.

Confesso e me confesso
que no silêncio estéril da alba
vazio como sempre em meu desvelo
me coloco uma dúvida sem luzes:
como será para Rocío
seu corpo de Javier,
como será para Rocío
meu corpo de prazer,
moldado por ela,
anúncio destas mãos
que por sua vez a moldam.

48

Pouco a pouco, de caminhada em caminhada, Javier ia recuperando a sua cidade. Nunca, nem agora nem antes do exílio, havia se adaptado à heterodoxa *plaza* Independencia. O estilo bagunçado do Palacio Salvo, a quadrada sobriedade da Casa de Gobierno, o sempre "futuro" Palacio de Justicia, a tediosa verticalidade do edifício Ciudadela, o desmedido Victoria *plaza* dos Moon, todo esse coquetel urbano sempre lhe havia parecido de uma desarmonia quase humilhante, agora agravada pelo maciço e opressivo mausoléu a Artigas, levantado durante a ditadura com um mau gosto só comparável ao dos monumentos funerários soviéticos. *Esta praça*, pensava Javier, *é como um descampado circundado de feias e altíssimas construções. Neste descampado e em tempos anteriores às minissaias, famosas ventanias alçaram sem pudor as folgadas saias rodadas das boas senhoras e também as batinas dos padres.* Javier acreditava que, apesar dos pesares, a praça era pouco menos que representativa da mesclagem e do amontoamento de modos e maneiras, estilos e influências, herança e espontaneidade, de originalidade e mestiçagem, algo que, ao cabo, constituía nossa confusa identidade.

Havia se enredado nessa reflexão quando escutou alguém, às suas costas, lhe chamando: "Senhor, senhor, algo para comer, faz quatro dias que não provo nada". A invocação, dita com voz grave e convincente, partia de um mendigo, com roupa de mendigo e mão estendida de mendigo, sentado em um banco que seguramente, e por razões óbvias, sempre estava livre. Com certa curiosidade, mais que com propósito caritativo, Javier se aproximou.

— Vamos, vamos! — disse o que pedia. — Vejam quem apareceu em sua velha e abandonada pátria. Nada menos que Javier Montes. Já não reconhece os velhos amigos? Apesar de meu aspecto miserável, sigo sendo Servando Azuela, seu companheiro de banco no Miranda.

— Servando! — exclamou, quase gritou, Javier.

— Ele mesmo em carne e osso.

— Mas o que aconteceu? Por que você está aqui e assim? Ou está representando algo? Ensaiando algum papel?

— Não, meu velho. Faz tempo que o teatro se acabou para este servidor. Agora só represento a realidade. E posso lhe assegurar que o meu não é o realismo mágico.

— É verdade que você mendiga para comer?

— Claro, vivo disso.

Javier se sentou naquele banco insalubre, estendeu-lhe a mão, mas o outro não a estreitou.

— Perdoe a descortesia, mas minha mão está profissionalmente suja. E você está tão limpinho.

— Olho, ouço e não posso acreditar. Não vai me explicar nada?

— Claro que explico. Mas lhe adianto que não é divertido. No segundo ano da ditadura fui em cana. Mas não por motivos políticos. Caí porque me pescaram fazendo uma artimanha fraudulenta no cassino de Carrasco. De modo que por mim não se mexeram os rapazes dos Direitos Humanos. Tampouco mexeram tanto comigo os outros rapazes: os verdosos. O aguilhão e o submarino reservavam para os subversivos. Creio recordar que você foi meio subversivo, mas pôde vazar. Parabéns. Eu fui um privilegiado: apenas me deram umas porradas e uma ou outra patadinha nos ovos. Com dois anos me soltaram, mas antes me propuseram um trabalhinho: que me disfarçasse de mendigo e aqui e acolá fosse recolhendo informações e vestígios. Para eles serve tudo. Bem, disso vivi até a volta da bendita democracia. Reconheceram que meu trabalho lhes havia sido útil, mas já não precisavam de mim. Tiveram a gentileza de me dar um "prêmio aposentadoria". Nada de outro mundo, mas qualquer coisa é alguma coisa. Porém o trabalho havia me agradado, então segui como mendigo, ainda que agora trabalhe por conta própria. É um trampo tranquilo e me permite viver sem urgências. Meu passado semi-intelectual, minha experiência de eterno ator coadjuvante, me ajudam a improvisar alguns discursinhos que chamam a atenção das pessoas que passam. Outras vezes, quando se juntam sete ou oito, digo versos de Neruda ou de Lorca. Muitos gostam de poesia, por certo bem mais do que confessam. E me consta que a notícia correu: na praça há um mendigo-poeta. E se aproximam. Até vieram do diário *Clarín*, de Buenos Aires, fazer uma reportagem comigo. Concedi com a condição de que não tirassem nenhuma foto de frente. Cumpriram. Eu trabalho nisso de segunda a sexta, das nove às vinte horas. Um horário bastante extenso, como vê. Aos sábados e domingos há poucos clientes na zona. De forma que me arrumo, com roupa bem esportiva, e saio com meu celular a dar banda por Pocitos. Pelos cassinos nem apareço, com certeza. E faço minhas conquistas. Claro que não conduzo as minas à minha decorosa mas humilde vivenda, mas sim a um excelente apartamentinho que me empresta um colega de mendicância, dono de um papagaio a que ensinou dizer: "Tira a roupa". Olha o detalhe. Meu medo é que as coças que me deram em São José e Yi tenham prejudicado meus bem cotados colhões, de modo que os submeto periodicamente à prova e até aqui têm respondido com honra e altivez.

— Diga aí, Servando, não quer que eu trate de lhe conseguir um trabalho um pouco mais decoroso?

— Está louco? Quer algo mais decoroso que um mendigo? Neste bendito ofício não há corrupção nem concussão. Além do mais, peguei o gostinho, sabe?

— E no inverno?

— Ah, no inverno é um pouco mais fodido. Você deve imaginar que eu não posso aparecer aqui de capa e guarda-chuva, porque os mendigos não usam esses artigos suntuosos. Mas tenho minhas boas malhas e camisetas forradas, que cubro com meus andrajos. E vou lhe dizer uma coisa: os dias de chuva e vento são os melhores para esse trampo, porque quando os pedestres (e em especial as pedestres) que me veem encharcado e indefeso, murmuram "Pobre homem!", me deixam quase sempre uma notinha e às vezes um notão. É claro que este show invernal me custou até agora duas bronquites e uma congestão, mas os médicos sempre me disseram que tenho uma saúde de ferro, assim me restabeleço rapidamente e poucas vezes falto sem motivo a meu posto na praça.

— Nunca lhe disseram que você é um personagem para um conto? Ator, vigarista, informante e panaca: uma *bella combinazione*.

— Chegou tarde. Há três meses veio um escritor do Brasil e por uns podres quinhentos dólares comprou a história da minha puta vida. Ademais prometeu que vai colocar essa dedicatória (impressa, hein, não com a caneta): A Servando Xis, um mendigo de estirpe. Gostei do Xis e da estirpe. Me dá certo mistério, não lhe parece?

— Posso lhe deixar algo? Você perdeu muito tempo comigo, e está em horário de trabalho, não?

— Javier, não cobro dos amigos. Foi lindo reencontrá-lo. Qualquer dia desses venha até meu banco (com minúscula). Hoje falei como um papagaio. Mas isso se deve à surpresa. Na próxima vez você tem de me contar o seu périplo europeu. Tim-tim por tim-tim. Olhe que eu não trabalho mais para eles, hein. Então você pode confiar neste pedinte.

49

— O que você tem? — perguntou Nieves. — Você está com cara de desconcerto. E não é um desconcerto qualquer. É um desconcerto cinza.

— Não sabia — disse Javier — que o desconcerto tinha cor. Quem sabe, se busco no meu passado, encontro algum desconcerto verde ou um desconcerto vermelho.

— Como o muro de Berlim?

— Digamos que sim.

Colocou-a a par de seu encontro com Servando. Ela o achou tão absurdo quanto divertido.

— Não me diga, Nieves, que acha isso divertido. Que um tipo medianamente culto, com um passado digno, tenha se tornado, da noite para o dia, um informante remunerado e em seguida um pedinte, primeiro falso e depois autêntico, antes me parece uma cerimônia de mesquinhez, e em todo caso uma pobre história.

— Tem razão, mas em todo caso é uma mesquinhez com um toque original. Um mendigo com um celular não se encontra em qualquer esquina. Se dentro de um semestre você voltar a vê-lo, com certeza já estará na internet.

— O que mais me assombra é a sua espionagem de segunda e a facilidade com que aceitou esse bico. Quem sabe quanta gente caiu por suas entregas. Não se esqueça de que em outros tempos tinha percorrido todo o campo da esquerda, e portanto conhecia montões de nomes, endereços e telefones.

— Leve em conta que o haviam castigado.

— Porradas, patadas. Não é muito se a gente considerar o nível daquela época. Quantos, nesses anos horríveis, foram arrebentados sem que delatassem ninguém?

— Não sei. É sempre difícil nos colocarmos na pele dos outros. Ninguém sabe com certeza até que limite um indivíduo é capaz de suportar um castigo.

— Está certo. Não posso saber isso nem sequer a respeito de mim mesmo. Por sorte não tive ocasião de me pôr à prova. Mas tenho a impressão de que Servando escolheu a miséria, escolheu a mesquinhez. O que não sei é se seu caso é uma exceção ou um protótipo. Nesse longo período de tensões, repressões e medos, pode ter havido casos que, sem chegarem a ser cópias textuais do ocorrido com ele, em essência não se diferenciaram demais dessa sordidez tão imunda. E se foi assim, não posso deixar de me perguntar: onde e quando acabou nosso velho país e quando e onde poderá algum dia começar o novo?

Nieves passou a mão pelos olhos, como tratando de apagar algo. *Quer mudar de conversa*, pensou Javier.

— E como está Rocío? Gosto dela. Devo reconhecer que você sabe escolher suas mulheres.

— Ao menos as que você conhece.

— Sabe de uma coisa? Não lhe fica bem a figura de macho jactancioso. Você sempre foi fiel, para seu desgosto.

— Se você o diz, senhora.

— E tem notícias de Raquel e Camila?

— Cada uma tem o seu companheirinho. Veja só, chegamos a um "ponto crucial de nossas vidas" (eu também tenho minha cultura de dramalhão) em que vamos, já não nos bifurcando, mas sim nos trifurcando. Ou *pentafurcando*, vai saber.

Javier tirou a jaqueta e se jogou no sofá-cama.

— Está cansado?

— Na melhor das hipóteses estou como no tango: murcho e escangalhado[73].

---

73 Menção ao verso "*sola, fané, descangayada*", do tango *Esta noche me emborracho*, gravado por Carlos Gardel em 1928. (N.T.)

— Tenho a impressão de que você ainda não se habituou ao regresso. Está arrependido de ter voltado?

— Não. O que acontece é que o país mudou e eu mudei. Durante muitos anos o país esteve amputado de muitas coisas e eu estive amputado do país. Tudo é questão de tempo. Pouco a pouco vou entendendo um passado que ainda está aqui, ao alcance da dúvida. Sinto ademais que pouco a pouco vão me aceitando como sou, quero dizer o de agora e não o da lembrança. No entanto há experiências impermutáveis. Nas casas de câmbio ou nos bancos você pode trocar pesetas por pesos e vice-versa, mas não pode trocar frustrações por nostalgias. Não é frequente que quem ficou pergunte a quem chega como foi o exílio. E tampouco é frequente que quem chega pergunte a quem ficou como se arranjou nessa década infame. Cada um dos nossos países criou o seu próprio murinho de Berlim e esse ainda não foi derrubado. A volta da democracia, com tudo de estimulante que acarreta, criou distâncias que não se medem por metros e sim por preconceitos, desconfianças. Os rancores ingressaram no mercado de consumo: uns com imposto e outros sem, uns expostos nas bancadas de liquidações e ofertas, outros bem aparafusados na memória da sociedade. Mas volto a repetir: tudo é questão de tempo. No final nos acostumaremos aos novos modos e maneiras, e até chegará o dia em que proclamaremos o fim da transição e festejaremos com champanhe (ou com vinho de safra). Aí sim, seremos outros, claro, e não sei se nos agradará o que seremos.

50

Este táxi, pensou Javier, *cheira pior do que o que tomava Holden Caufield no começo do capítulo 12 de* The Catcher in the Rye *(traduzido imbecilmente em castelhano como* El guardián entre el centeno*), do velho e misterioso J.D. Salinger.*

— Perdoe, senhor — disse o taxista (não o de Salinger, mas sim o de Javier), falando através da divisória —, faz umas quatro horas que entrou uma senhora, um pouco bêbada, acho, e sem me pedir licença vomitou no carro. A fiz descer no primeiro semáforo e nem me deu gorjeta, vê só? Levei imediatamente o carro ao posto e lá estivemos limpando e limpando, passamos de tudo, desde benzina até detergente com vinagre, mas não houve jeito de tirar o odor. E eu tenho que continuar trabalhando, sabe? A coisa não está para parar o carro por um vômito mais ou menos. Então desculpe, senhor, se quiser desça já na próxima esquina.

E Javier desceu. Compreendeu o drama do taxista, mas aquele odor lhe dava tanto asco que teve medo de acrescentar um vômito pessoal ao impessoal da outra passageira. O homem não queria cobrar, mas ele deu gorjeta e tudo. Uma vez na calçada pôde respirar com vontade e até caçoar de si mesmo. *Não podemos tirar o corpo fora na hora da boa ação de cada dia,* recitou, como sempre desprovido de fé.

Sem se propor, havia descido em frente ao zoológico. Perguntou-se quando havia estado em Villa Dolores pela última vez. Em uma ocasião tinha vindo com a Tia Irene, claro. Mas na última vez (tinha 11 anos) tinha vindo sozinho. Dessa excursão se lembrava como se fosse ontem. Por exemplo, de um elefante autocrítico que se ministrava tremendas chicotadas com a sua própria tromba. De um bebê hipopótamo que havia nascido em cativeiro. De um mandril que se parecia com a professora do quinto ano. De um macaco particularmente ágil que percorria a jaula de cabo a rabo e de rabo a cabo, e sempre dava um jeito de acercar-se por trás de sua fêmea favorita (por certo, não era nada mal a macaquinha) e lhe tocar o cu com uma ternura quase ecológica.

Sobretudo se lembrava do tigre. Não tinha muito público. Os macacos e as girafas retinham a atenção dos visitantes. Estirado no centro da jaula, com as patas dianteiras cruzadas como um burocrata, olhava para o exterior, mas também podia ser que olhasse para o infinito. Em outras ocasiões Javier havia visto o tigre movendo-se com um passo nervoso, quase com raiva, mas agora estava imóvel. Seu olhar não refletia ódio nem angústia, nem sequer fome. Aqueles olhos transmitiam reflexão. Javier nunca os pôde apagar de sua memória e anos depois chegou à conclusão de que era um olhar filosófico. Quando ele havia se aproximado da jaula, sempre a uma prudente distância das barras, o tigre deixou de divisar o infinito para focar nele. E era um olhar de igual para igual. Uma ponte entre a sabedoria e a inocência. De pura ansiedade, Javier havia bocejado e então o tigre abriu também a sua bocarra, em um bocejo inesperado e descomunal. Aquele Javier de 11 anos sentiu que o animal o havia imitado e até lhe pareceu distinguir um viés irônico nos olhos semicerrados e remelentos. Então o tigre se levantou, leve, sem esforço. Seus passos macios percorreram os poucos metros da sua clausura. Tantos anos depois, Javier recita mentalmente o (então ignorado) soneto de Banchs[74]: *"Tornasolando el flanco a su sinuoso/ passo va el tigre suave como un verso/ y la ferocidad pule cual terso/ topacio el ojo seco y vigoroso"*. E recorda que de lá, do outro extremo de sua cela, o olho seco e vigoroso o havia mirado novamente, já não de igual para igual, mas sim de solidão para solidão.

Onde estará agora aquele tigre penetrante e meditabundo? Instalado por fim no infinito que então o hipnotizava? Javier prometeu voltar a Villa Dolores, desta vez com Rocío. Como o país, como ele mesmo, seguramente também o zoológico terá mudado. O bebê hipopótamo será talvez um valetudinário avô, submerso em águas sucessoras daquelas declaradamente suspeitas. O macaco epicurista e *tocacús* estará, se ainda vive, lidando com sua próstata. E um tigre, outro qualquer, atlético e herege, repassará não suas grades, mas sim as do mundo.

---

74 Enrique Banchs (1888-1968), jornalista e escritor argentino, foi poeta em sua juventude. Publicou suas últimas poesias em 1911, inspiradas no Século de Ouro espanhol. Em tradução livre: "Des/colorindo o flanco em seu sinuoso / passo vai o tigre suave como um verso / e a ferocidade lapida qual liso / topázio o olho seco e vigoroso". (N.T.)

Sim, terá que voltar uma tarde qualquer a Villa Dolores. Intuiu que nesse pequeno Gran Zoo poderia encontrar uma aceitável síntese da vaga e problemática identidade nacional. Enquanto isso, optou por fazer sinal ao primeiro táxi, mas antes de entrar farejou conscienciosamente o interior. Chegou-lhe um ar de lavanda. Só então entrou. Como vinha sucedendo desde a obrigatória instalação da divisória, o espaço para as pernas era escassíssimo; sentiu que o joelho rangia. Com a garganta apertada pela inesperada dor, conseguiu gaguejar: "Para Dieciocho com Ejido".

51

— Depois de tudo, creio que assimilei o passado — disse Rocío, recém-desembarcada do sono, ainda em posição fetal.

— E então? — perguntou Javier, enquanto acendia seu terceiro cigarro consecutivo.

— O problema é que não creio no futuro. Menos ainda no *meu* futuro.

— Ou seja, não crê em mim.

— Claro que acredito em você. Acredito em você como presença atual, aqui, a meu lado. Mas o que virá depois?

— Depois também estarei eu. Aviso que não vai poder me colocar tão facilmente à margem.

— Javier, não se trata de algo tão pessoal como nossa relação, que tomara dure muito, tomara dure para sempre. Mas no futuro não estamos somente você e eu. Abro o jornal, olho a tevê, e me parece estar imóvel, letárgica, em um pedaço da catástrofe. Não posso suportar o olhar dos meninos de Ruanda, de Sarajevo, da Guatemala e menos ainda os da Villa 31 em Buenos Aires ou, aqui mesmo, os de qualquer favela, prestes a serem desalojados. Há dias em que me sinto doente de impotência. Você e eu, o que podemos fazer? Nada. E não me refiro a este país de bruzundanga mas sim ao mundo gigantesco. Cheira a podre o mundo gigantesco. Na cana me arrebentaram. Está bem: aguentei. Estou tranquila comigo mesma. Mas não me basta estar tranquila apenas com a minha consciência. Quero estar tranquila com a consciência dos demais. E não estou. Francamente, não estou. Outros também aguentaram e saíram em escombros. E o que aconteceu com essa soma de sacrifícios? O que mudou? É como se fizesse parte de um suicídio geracional. Valia a pena arriscar a vida por essa derrota? Talvez Andrés Rivera[75] tivesse razão quando se perguntava: "Que revolução compensará as dores dos homens?".

— Aí está o risco, me parece. Há seguros de vida, seguros contra incêndios, seguros contra roubos. Mas em política, e muito menos na revolução, não há seguro contra a derrota. Não obstante, há uma dignidade que o vencedor não pode alcançar. Que lhe parece esse axiominha? Tenha em conta que foi escrito nada menos que por Borges, um senhor bastante vitorioso. Por outro lado, não creio que todas as lutas foram em vão. Artigas, Bolívar, San Martín, Martí, Sandino, Che, Allende, Gandhi, até Jesus mesmo, todos foram derrotados. É certo que o mundo de hoje é realmente horrível, mas se eles não tivessem existido, seguramente seria pior. Aprendemos muito pouco com a direita, mas a direita, por sua vez, aprendeu sim algo com a esquerda.

— Por exemplo?

— Por exemplo, que as massas populares existem. Antes simplesmente as apagavam do mapa ideológico. Só valiam como objetos de exploração. Agora, ao contrário, valem, ademais, como objetos de consumo. E como consumidores, o que não é pouco. Pelo menos as massas existem para gerar os dividendos dos poderosos. Mas até as multinacionais aprenderam que os seres humanos não consomem na indigência. E então lhes dão migalhas e os convencem de que com essas migalhas devem adquirir bens prescindíveis como se fossem

---

75 Escritor argentino (1928-2016), ex-operário e jornalista. (N.T.)

imprescindíveis. É uma palhaçada, claro, mas essa palhaçada engendra uma dinâmica muito especial. Entre ricos e pobres segue havendo um abismo, mas a diferença é que agora todos, eles e nós, sabemos que é um abismo.

Rocío se esticou na cama, como se espreguiçando. Javier não teve melhor remédio do que admitir que sua nudez era comovedora.

— E além do mais — disse ele, com uma seriedade fingida —, você leva em si mesma a refutação da sua estranha teoria.

— Que refutação? Está louco?

— Os seus pés.

— Agora o que é que há com os meus pés?

— São formosos. Tão formosos que contagiam todo o seu corpo com sua formosura. E frente a esse milagre, que importa toda a feiura do mundo?

Rocío tapou os olhos, horizontalmente, com as duas mãos. Antes que Javier se acostumasse a seu inesperado desconcerto, viu que debaixo daqueles dedos brancos, indefesos, aprendizes, assomavam duas lágrimas antigas.

52

Este é o texto do quarto artigo, "Eu e a publicidade", que Javier mandou para a Espanha:

"Mais de uma vez estive tentado a telefonar a uma ou várias agências de propaganda, a fim de lhes transmitir uma mensagem muito pessoal e muito sucinta: 'Não gastem comigo. Para mim é como se a propaganda não existisse. Quando pela manhã leio o jornal, os anúncios não contam. Não importa que ocupem um espaço de cinco centímetros por uma coluna, ou uma página inteira. Não existem. Percorro as páginas buscando e lendo textos, notícias, artigos de opinião, análises econômicas, resultados esportivos, mas não me detenho em nenhum anúncio. Não contam. Os evito como a inimigos ou como buracos nas estradas'.

Com a televisão acontece algo semelhante. O *zapping* nervoso, impossível de conter, de meu dedo obstinado, vai me salvando do melhor detergente do mundo, do automóvel mais veloz, do xampu esplendoroso, do cigarro mais elegante. Na verdade não suporto que a telinha estúpida organize ou desordene a minha vida.

Por sorte suspeito que não sou o único. Estamos saturados. Também é certo que a propaganda gera anticorpos. Por exemplo, se alguém tem vontade de barbear-se com qualquer maquininha que não seja a que a tevê nos propõe e impõe. Se de toda maneira vou consumir a refinada porcaria que o mercado exibe, reclamo que não seja a da esterqueira televisiva. Ao menos quero ser dono de minha opção de lixo.

Um sociólogo norte-americano disse há mais de trinta anos que a propaganda era uma formidável vendedora de sonhos, mas acontece que eu não quero que me vendam sonhos alheios mas simplesmente que se realizem os meus. Por outro lado, é óbvio que a publicidade comercial é dirigida a todas as classes sociais: uma empresa que fabrica ou vende, por exemplo, aspiradores, não pergunta se seu cliente potencial é latifundiário ou operário metalúrgico, militar reformado ou pedreiro; tampouco pergunta se é católico, ateu, marxista ou gorila. Sua única exigência é que paguem o preço estabelecido. Porém, ainda que a propaganda seja dirigida a todas as classes, o produto que motiva cada anúncio sempre aparece rodeado por um só contorno: o da classe alta ou que ambiciona sê-lo.

O fabricante ou importador de determinada marca de cigarros sabe perfeitamente que seu produto pode ser adquirido por um burocrata, um torneiro ou uma manicure, mas quando o promove na televisão aparecerá sendo fumado por algum *playboy*, cujo mais sacrificado afazer será em todo caso jogar polo, ou tostar-se ao sol no convés de um iate, junto a uma beldade feminina em uma mínima tanga. Uma motoneta pode ser uma utilidade de trabalho indispensável para um mensageiro ou um eletricista, mas na publicidade aparecerá vinculada a uma alegre turma de rapazes e moças, cuja tarefa prioritária na vida é sair em excursão em meio a paisagens impecáveis, desprovidas, claro, de detalhes incômodos como a miséria ou a fome. Um xampu pode ter como usuária normal uma telefonista ou uma operária têxtil, mas no intervalo comercial da televisão as cabeleiras (que serão loiras, como as norte-americanas e não escuras, como as que ostentam as lindíssimas morenas/trigueiras da América Latina) ondearão ao impulso de uma suave brisa, enquanto a dona desse encanto corre lentamente (é óbvio que na tevê se pode 'correr lentamente') ao encontro do musculoso adônis que a espera com o sorriso posto.

O mundo capitalista tem as suas divindades: *verbigracia* o dinheiro, que representa o Grande Poder. Para o homem que tem dinheiro, e portanto poder, a vida é facilidade, diversão, conforto, estabilidade. Não tem problemas trabalhistas (entre outras coisas, porque normalmente não trabalha) e até apela ao sacrossanto dinheiro para solucionar os seus problemas sexuais e/ou sentimentais. Por certo, a publicidade não nos propõe que ingressemos todos nesse clã de privilégio, já que nesse caso deixaria de sê-lo. Apenas tenta nos convencer de que essa classe é a *superior*, a que indefectivelmente tem ou vai ter o poder, a que em definitivo decide. Mostrar (com o pretexto de um relógio ou de uma loção *after shave*) que seus integrantes são ágeis, criativos, elegantes, sagazes, charmosos é também um modo de mitificar esse espécime, de deixar bem estabelecida a sua primazia e consequentemente assegurar uma admiração e até um culto dessa imagem. É óbvio que a classe alta tem gerentes pançudos, feias matronas, um ou outro rosto depravado, mas não são estes os que aparecem na telinha.

Um dado curioso: as agências de publicidade sempre recrutam os seus protótipos na classe média, mas sempre os apresentam com a vestimenta, a postura, o ar presunçoso, a rotina ociosa da alta burguesia. O dia em que cheguemos a compreender que a propaganda comercial, além de nos incitar a adquirir um produto, também está nos vendendo uma ideologia, esse dia quem sabe passemos da dependência à desconfiança. E essa, como se sabe, é uma antecipadora da independência.

A esta altura, acredito que está claro que eu e a publicidade não nos damos bem."

Dois dias depois chegou esse breve fax da agência madrilenha: "Amigo Javier: Tenho a vaga impressão de que você pretende que todas as agências e produtoras de publicidade se conjurem para nos fazer um boicote. Lamentamos lhe comunicar que seu interessante improviso (que, na essência, partilhamos) foi desterrado para o arquivo de 'impublicáveis'. Por favor, situe-se de uma vez por todas na santificada hipocrisia deste último espasmo secular! Receba enquanto isso um esperançoso abraço de Sostiene Pereira II[76], ou seja, de Manolo III".

53

Uma ou outra vez, quando Javier despertava em plena noite transfigurada e em completa escuridão, sofria uma breve desorientação. Onde estava? Em Madri? Em um hotel de Roma? Em sua casa de Nueva Beach? No apartamento de Rocío? Se tentasse abandonar a cama para se dirigir, por exemplo, ao banheiro, e lançasse suas pernas para a direita acreditando que estava no hotel em que costumava hospedar-se em Roma, golpeava, às vezes fortemente, contra a rugosa parede de Nueva Beach. Outras noites, certo de estar sozinho em sua

---

76 *Sostiene Pereira* é um romance do italiano Antonio Tabucchi, ambientado no Portugal salazarista. Nele, um jornalista cultural, em princípio apolítico, se vê compelido a combater o fascismo. (N.T.)

casa de praia, empreendia com decisão a descida pela esquerda, e se encontrava com o corpo de Rocío.

Desta vez, arrancado bruscamente do sono por um desaforado alarme de automóvel, seu aturdimento foi maior que o de outras noites. Onde estava? Onde? Moveu com cautela um braço e achou outro braço, sem dúvida feminino. Estou em Madri, pensou, ainda em rascunho. Estou em Madri porque esse braço é de Raquel. Sentiu-se satisfeito por aquele braço ser de Raquel. Mas a voz grave e sonolenta ("O que é isso, Javier?") que soou no escuro, não era de Raquel mas sim de Rocío. "Nada", disse ele, "acordei com esse alarme." "Ah", sussurrou Rocío, antes de submergir de novo no sono.

Javier, não obstante, não submergiu no seu. O indício de prazer que experimentou ao imaginar que o braço contíguo fosse de Raquel o introduziu em uma insônia de dúvidas. Para confirmar seu presente, ou talvez para aclarar suas dúvidas, foi aproximando a mão do corpo de Rocío e se deteve em um peito, o esquerdo. Ainda no sono, o corpo contíguo respondeu vivaz à convocação daquela mão, e desse modo pragmático e primário Javier confirmou que, com efeito, tratava-se de Rocío. Ainda com os olhos fechados, ela apenas balbuciou "suavinho" e ele foi organizando a sua invasão. Isso de "suavinho" era um código. Uma dessas palavras, tontas às vezes, ou simplesmente cafonas, que entretanto se instalam com força no vocabulário dos amantes. Em sua primeira noite, lá em Nueva Beach, enquanto ele a beijava, ela havia dito: "Que suavinho é seu bigode, me encanta". E em seguida, ao lhe telefonar, ela começava perguntando: "Como está o suavinho", e ele respondia: "Sentindo a sua falta". Aos poucos a palavrinha foi se convertendo em uma "coisa só deles". Sem combinarem previamente, a eliminaram da saudação telefônica e a reservaram para o diálogo dos corpos. Por isso, quando ela a tirou de sua noite individual e a trouxe para a que compartilhavam, ele sentiu uma repentina palpitação na alma e um inconfundível lume no sexo. A partir daí, tudo foi ritmo e esplendor, modesta glória. Cumprida já a sua missão, o alarme do automóvel deixou finalmente de soar, e os dois corpos se enrolaram no novo silêncio como em um ninho.

54

Querido Javier [a carta é de Fernanda]: Faz várias semanas que tento lhe escrever e ser sincera com você. Mas é difícil. Sempre houve entre nós uma distância praticamente insuperável, um distanciamento que através dos anos fui sentindo como uma crescente frustração. Quando Gervasio e eu estivemos em Montevidéu pelo (digamos) legado de mamãe, nunca houve oportunidade de você e eu falarmos a sós. É certo que no último dia fui ver você no videoclube, mas já não havia tempo nem espaço para falar com calma, para derrubar barreiras tão antigas (e tão oxidadas) como as de agora e as que antes nos separaram.

Gervasio não sabe que estou lhe escrevendo e é certo que não o aprovaria. Não gostou nada da sua atitude de renúncia. Durante o voo de regresso não se cansava de me repetir: "Fez isso para nos depreciar, para agitar a bandeirinha da sua dignidade e fazer com que nos sentíssemos mesquinhos". Eu não estou de acordo, Javier, com esse juízo. Creio que você, desde muito cedo, e talvez devido à influência daquele professor que tanto admirava (chamava-se dom Ángelo, não?), sempre teve outro enfoque sobre a vida, sobre a família, sobre a sociedade, inclusive sobre o dinheiro. Não vejo inconveniente nenhum em admitir que você é o mais coerente de nós três. E compreendo porque sempre foi o preferido da mamãe: na realidade você é o único que lhe transmitiu afeto, tanto quando esteve longe como agora que está perto.

Entre Gervasio e eu nem sempre houve acordo. Ele é forte, obstinado, ambicioso e eu, ao contrário, sou muito mais fraca e no geral me deixo levar por ele. Confesso que eu não compartilhava sua atitude em relação ao legado que mamãe ia receber. Várias vezes lhe disse: "Não nos apressemos, você logo verá que a mamãe, de modo espontâneo e sem que a pressionemos, vai se lembrar de nós". Gervasio, ao contrário, não queria deixar nada ao acaso, talvez porque estivesse ciente de que tínhamos muito poucos méritos para que mamãe "se lembrasse" de nós.

Por isso agiu como agiu. Aqui eu deveria dizer: por isso agimos, porque no fundo, seja por debilidade, seja por covardia, também me sinto responsável por um episódio que não foi muito glorioso, digamos. Sabia que você ia reagir como reagiu, me pareceu condizente com a sua postura de vida. Mas Gervasio acreditou que desta vez a tentação do dinheiro, a possibilidade de passar bem, ia converter você em nosso aliado. Como você vê, ainda lhe resta um pouco de ingenuidade. Enganou-se redondamente. Em meu foro íntimo me alegrei por você não ter cedido. Se o prognóstico de Gervasio se cumprisse, você teria me decepcionado.

Não obstante, há algo que você tem de compreender. Viver neste país, não como um turista eventual ou como beneficiário de uma bolsa, mas sim como residente pra valer; viver neste país nestas condições muda a sua vida. E se você ainda por cima decide ficar para sempre, ou para quase sempre, a vida muda ainda mais. A tessitura social, política, universitária, religiosa, esportiva, científica, jornalística, doméstica etc. é atravessada e descompensada pelo culto ao dinheiro. Por suas riquezas naturais, por sua composição multiétnica e multilinguística, pelo espírito de sua Constituição e sua trama democrática, esta nação poderia ser uma espécie de paraíso, mas o desmedido culto ao dinheiro a converteu em um inferno. E todo aquele que por inata incapacidade, por falta de títulos ou de influências, por apatia ou saciedade, ou simplesmente por má sorte, não é um devoto desse culto, vai se convertendo aos poucos em um ente marginal. Aqui, como em toda parte, o sucesso gera muito inveja, mas o fracasso, em oposição, gera um menosprezo quase patológico. A turbamulta de bêbados, drogados, mendigos profissionais, vigaristas de pouca monta (os de muita estão no topo) é tão representativa deste país como o *american way of life*. Se a Aids e o Alzheimer os golpearam com tanta força, deve-se ao fato de serem pragas multiclassistas, ou seja, que não se limitam a destruir os de baixo. O fato de que, por exemplo, Rock Hudson e Ronald Reagan figurem em suas respectivas relações de vítimas revela à invicta catedral do dinheiro a irreverência total de semelhante apostasia sanitária. E isso, sim, é que é um susto.

Desgraçadamente, já não posso ir embora daqui. Meu marido (faz dez dias que enfim nos casamos), meus filhos, meu trabalho, meu futuro, eu mesma, estamos para sempre incorporados a esta luxuosa miséria. Sei bem que, apesar de tudo, não está fora do meu alcance proferir algum dia um brado de liberdade, mas para isso é preciso muita coragem. E quando penso em arrastar toda a minha família a um destino precário, inseguro, ou (a outra possibilidade, a mais egoísta) abandoná-los e tentar outra vida, assumo que sou covarde por definição e não sei se por vocação. Aqui ficarei, pois, mas sinto que meu currículo íntimo (não o robusto e brilhante que apresento nas universidades) é uma metódica demolição, como uma aborrecida telessérie do fracasso, desenvolvida (até agora) em 51 capítulos. Não sei se a essa altura você já terá se dado conta, mas no fundo lhe invejo. Bem, por fim me saiu toda a história que queria lhe contar, ser ao menos uma vez franca com você. Tomara que você tenha vontade de me responder. Meu sonho é que aos poucos iremos derrubando o nosso murinho de Berlim pessoal. De minha parte dê um beijo em "sua" Nieves. Abraça-o Fernanda.

55

Lorenzo. Aquele que (depois de estudar conscienciosamente *O casamento perfeito*, de Van de Velde) havia se iniciado, às margens do Yi, com a estimável colaboração de uma linda priminha, Lorenzo, esse mesmo. Havia lhe telefonado e ficaram de se encontrar em uma biboca do Cordón. Javier chegou um pouco antes da hora marcada. Escolheu uma mesa junto à janela e pediu uma grapa com limão. Às seis da tarde, as pessoas circulavam com uma premência contagiante. Não era possível que todo mundo estivesse tão apressado. Mais parecia que aquele enxame de homens e mulheres, rapazes e moças, estivessem sendo arrastados por uma histeria coletiva, ou ao menos por uma urgência fictícia.

Lorenzo apareceu e foi se aproximando por entre as mesas. Desta vez, Javier o achou mais jovem. Talvez porque estava de jaqueta e calça jeans, ou porque exibia um sorriso franco. *O sorriso, quando não é falso, sempre rejuvenesce,* pensou Javier.

— Anarcoreta, saúde!

— Saúde, Lorenzaccio!

Javier perguntou se ele também queria uma grapa, mas Lorenzo vinha com outras intenções: uma caneca de cerveja, uma pizza e três porções de *fainá*.

— Bem, e então?

— Nada do outro mundo. Me pareceu que era hora de trocarmos perplexidades.

Ali ninguém falava em voz alta, mas a soma de tantas vozes baixas resultava em uma zoada ensurdecedora.

— E qual é a sua perplexidade número um?

— Você reparou — perguntou Lorenzo — que quando nosso antigo grupo se reúne nunca falamos de política? De cinema sim, ou de futebol, ou de sexo, mas não de política. Que nos acontece, Javier? Temos vergonha do passado? Ou estamos doentes de timidez?

— Não sei. Isso também chamou minha atenção. Será que já não somos uma turma? Será que com os anos nos bifurcamos, perdemos coesão e afinidades? Passaram-se tantas coisas.

— Pode ser. Mas por que não colocamos essas diferenças sobre a mesa? A verdade é que seria pouco menos que milagroso que, depois das cambalhotas que o mundo deu, seguíssemos todos enquadrados como antes, correndo na mesma raia.

— Talvez o que aconteça é que estamos inseguros. E cada insegurança é diferente da outra.

— Sabe por que é diferente? Porque nos puseram medo. Faz tempo que o medo faz parte de nossa rotina. Eu acredito que nunca mais nos desprenderemos dessa inibição. Antes discutíamos tudo. A atitude individual fazia parte de uma atitude coletiva. Agora, ao contrário, cada um mastiga em silêncio os seus rancores, suas amarguras, seus pânicos, suas limitações. Consequentemente, está mais débil e mais frágil. Perdemos a confiança, *che*, a mútua confiança, e isso nos torna mesquinhos.

Com o calor da discussão, não haviam percebido que o garçom tinha acomodado a bandeja debaixo do braço e seguia o diálogo com interesse.

— Tens toda a razão, perdemos a confiança — disse, olhando e tuteando[77] Lorenzo, e se afastou para atender a outras mesas.

— Viu — comentou Lorenzo. — Até o garçom está de acordo.

— Às vezes penso que essas reticências podem se dever à minha presença. Não se esqueça de que sou um ex-exilado, alguém que não esteve aqui enquanto aconteciam coisas muito graves. Não acredita que isso possa causar certa desconfiança?

— De modo algum. Asseguro que quando você ainda não tinha regressado acontecia o mesmo. É um estado de espírito generalizado. Você se deu conta de que os comitês de base da Frente Ampla estão quase desertos?

---

[77] No espanhol, o tratamento na segunda pessoa (tu) é mais íntimo e na terceira mais formal. Tutear significa quebrar a formalidade. Na tradução optou-se pela terceira pessoa, mais usual em português, em todos os diálogos salvo neste. (N.T.)

— Você mencionou o medo. Mas que motivos racionais subsistem hoje para o medo? Não vejo um clima de pré-golpe, nem sequer de repressão organizada.

— Motivos racionais? Tem razão, não existem. Mas irracionais, sim. Olhe, quando rapaz, tive impingem, que agora se chama herpes-zóster. Dolorosa e prolongada, uma porcaria. Fiquei cerca de dois meses caminhando encurvado. Um dia ela se foi e por sorte não reapareceu. Porém, fiquei com uma mancha grande na cintura, como se fosse uma cicatriz de queimadura. E a cada vez que me lembro da impingem, como agora, por exemplo, sinto um ardor na cicatriz. Bem, com o medo acontece o mesmo. É uma impingem psicológica. Como você diz, já não há motivos racionais para senti-la, mas na cicatriz do medo resta um ardor.

— Você ainda sente medo?

— Claro que sinto. Não na vigília, mas no sono, nos pesadelos. Há noites em que Lina me acorda, porque meus dentes batem ou emito um gemido leve. E é porque no sonho me meteram (como nos velhos tempos) a cabeça em um balde de merda ou sinto um choque elétrico nos ovos. E geralmente preciso de um chá de tília (Lina tem sempre à mão uma garrafa térmica de emergência) e meia hora de sossego, melhor ainda se ela me faz uma boa massagem na nuca e nos ombros. Admito que esses pesadelos são cada vez menos frequentes, mas ainda aparecem. É difícil esvaziar a memória de seus medos.

Lorenzo Carrara. Lorenzaccio para os mais próximos. Entre os muitos episódios de que recorda Javier, há um que o define. Em pleno governo de Bordaberry, já nas proximidades da ditadura, Javier e Lorenzo iam em um Volkswagen a certa reunião não santa. Não sabiam muito um do outro; na realidade, haviam se conhecido na véspera. Lorenzo dirigia. Na Avenida Itália, pouco depois do Hospital das Clínicas, apareceram de surpresa os milicos. "Documentos!" Javier e Lorenzo mostraram os seus. O soldado examinou primeiro o de Lorenzo e em seguida o olhou nos olhos. Porém não era ódio, mas sim soberba. "Vão ter de me acompanhar." O tom era áspero, cortante, mas Lorenzo permaneceu impávido. "Ouviu ou tenho que repetir?" Javier viu que Lorenzo transformava seu rosto em uma máscara de raiva. "Claro que ouvi, boboca! Então lhe acompanhar, não? Mas não se deu conta que está falando com o filho do general Carrara? Faça o favor de se afastar e não importunar!" O pobre soldado enrubesceu de algo parecido com vergonha e apenas pôde balbuciar: "Perdoe-me, senhor, não me dei conta". Devolveu-lhes os documentos, disse outra vez "Perdão" e lhes franqueou a passagem. Três quadras adiante Javier se animou a comentar: "Então o seu velho é general". "Está louco? Meu velho é jardineiro e com muita honra. Confesso que o miliquinho me deu pena. Mas, o que ia fazer? Com o montão de folhetos mais ou menos subversivos que levo no porta-malas! Há que tratá-los com prepotência, viu, é a única linguagem que entendem." Lamentavelmente, tempos depois, em outra batida e já sob a ditadura, a famosa prepotência não funcionou, quem sabe porque daquela vez não se tratava de um soldadinho mas sim de um tenente, e esse foi o começo de sua longa cana: sete anos.

Houve um longo silêncio, enquanto Lorenzo terminava a última porção de *fainá*.

— E agora você está rindo de quê?

— Nada importante. Só estava lembrando do general Carrara.

— Ui-ui — festejou Lorenzo. — Melhor que tenha aposentado.

Depois de espreitá-la por vários dias com certa apreensão, Javier por fim se animou a abrir a velha caixa de madeira, algo como um baú anão, que Nieves havia deixado sob sua custódia.

— Na minha idade, tenho preguiça de rever tantos papéis. Aí deve haver de tudo: faturas velhas, certificados já vencidos, fotos amareladas, cartas inacabadas, cartões postais, palavras cruzadas, recortes de jornais, convites de casamento. Leve tudo isso e num dia de inverno, desses com chuva nas vidraças, ou numa noite em que você estiver entediado de verdade e até o Bribón boceje remelento, reveja devagarzinho. Se encontrar algo que valha a pena, separe, e o resto, sem misericórdia, mande para a lixeira, que sempre foi uma sábia antessala do nada.

A fechadura estava um pouco enferrujada, de modo que lhe custou um quarto de hora conseguir que a chave funcionasse. Ali havia de tudo. Introduziu a mão naquele poço de papéis como se buscasse uma referência concreta. Na realidade não buscava nada, mas algo encontrou: um envelope volumoso e lacrado, cujo exterior tinha um garrancho que com boa vontade se podia decifrar como: Cartas de 1957 a 1960.

Apesar da permissão que lhe havia dado Nieves, rompeu o lacre com a estranha sensação de que violava uma intimidade. Havia cartas de sua mãe a seu pai e vice-versa. Com velhas notícias e rotinas de afeto. Mas logo se destacou do montão uma carta, escrita em um papel que tinha sido azulão e agora era sépia, com a letra de Nieves e que começava assim: "Eugenio, meu lindo". (*Caralho*, pensou Javier, *meu pai se chamava Ramón.*) Já com a leitura das dez primeiras linhas, soube que se tratava de uma carta de amor. Melhor, do rascunho de uma carta de amor. E um amor condenado, sem futuro. Ainda com uma sensação de culpa e sentindo-se pouco menos do que um espião retroativo, seguiu lendo: "O que me propõe não pode ser, Eugenio. Você sabe o que significa para mim, mas teria de ser outra mulher para lhe seguir. Me sentiria mal pelo resto dos meus dias. Ramón e eu somos algo mais e algo menos que marido e mulher. Se lhe abraço, sinto que meu corpo responde plenamente, com uma intensidade que poucas vezes cheguei a sentir com Ramón. Mas Ramón e eu somos bem mais do que dois corpos.

Temos uma persistente historinha em comum, com episódios de risco e de uma inexpugnável e mútua solidariedade. Só de nos olharmos já sabemos o que pensa ou sente o outro. E há três filhos, não esqueça. Não duvido que haja outras cotas de felicidade, mais intensas e memoráveis. Mas não me queixo. Estou satisfeita com a minha vida. Oxalá me compreenda. Hesitei entre simplesmente lhe comunicar a minha negativa ou tratar de lhe explicar a razão dela. Escolhi a segunda opção porque o respeito e também (para que negá-lo?) porque lhe quero bem. É muito difícil isso de se obrigar a pôr uma forma de amor em cada prato da balança, em particular quando as duas pesam quase o mesmo. O problema é que não apenas contam duas intensidades, dois fervores; também pesa o caráter, a sensibilidade do responsável pela balança. É duro se conhecer e se reconhecer. É duro. Mas eu me conheço e me reconheço. É certo que o tempo passa e os próprios sentimentos impõem barreiras, voluntariamente ou não, pressionados pelas circunstâncias. Mas essas barreiras, que no começo são suaves, flexíveis, móveis, vão se tornando estáveis, compactas, persistentes. Minha avó dizia de certos desassossegados de nosso clã familiar: são filhos do rigor. Mas às vezes alguém é filho de seu próprio rigor. Alguém cria seus rigores privados e em seguida não tem outra saída além de ser fiel a eles. Não sei se você me entende. Me desespero tratando de lhe dizer a verdade. Sonho com você e sou fraca no sonho. Deliciosamente fraca. Mas quando acordo sei onde estou, sei que o corpo que dorme ao meu lado não é o seu, Eugenio. Agradeço sua devoção, seu generoso apego, sua ternura. Agradeço com meu melhor egoísmo, com minha esmagada liberdade. Ao estar com você aprendi muito, não apenas sobre você, mas também sobre mim. Entre outras coisas, aprendi a bifurcar meus sentimentos, mas também a medi-los, a escolher com dor, a lhe pedir perdão. Aqui vai um beijo menos casto do que eu quisera e um adeus que não pode ser senão definitivo, Nieves".

Javier ficou perplexo. Durante um bom momento não soube o que fazer com aquele papel que lhe queimava as mãos. Revelação de outra Nieves, isso sim. Revelação inesperada, além do mais. Nieves de coração agoniado. Nieves na encruzilhada. Enfim, pobre Nieves. E pensou que seu pai, esse Ramón presente e ausente naquelas linhas, devia ser um homem digno de ser querido, a tal ponto merecedor de amor que, sem sabê-lo, foi capaz de triunfar desde a sombra em um cotejo bastante encardido. À medida que lia a carta, Javier começou a vê-la como um filme. Não em cores, mas sim em preto e branco. Com rostos do cinema, inolvidáveis e misturados, em um impossível amálgama. Como se uma Valentina Cortese escrevesse essa carta a um Gerard Philipe, com o olhar de um Spencer Tracy lá no fundo. Tudo em um desafiante preto e branco.

Mas debaixo daquele rascunho (da carta real, não a do cinema imaginário), e prendido a ele com um ganchinho enferrujado, havia um desgastado recorte de jornal, na realidade um anúncio fúnebre: "Eugenio Chaves Silva — (Q.E.P.D.) — Faleceu na Paz do Senhor, confortado com os Santos Sacramentos, no dia 18 de maio de 1953. Sua esposa: Nélida Rivas; seus filhos Celso e Maria del Rosario, participam com profundo pesar o dito falecimento e convidam para o sepultamento a efetuar-se hoje, às 10 horas, na localidade de Vergara, Departamento de Trinta e Três".

Não era inverno nem a chuva golpeava as vidraças, como havia recomendado Nieves. Bribón não bocejava e a lua se intrometia na janela. *Assim que, para maior tristeza, o tal Eugenio morreu,* pensou Javier. Depois de tudo foi uma solução. Deus (se existe) ou talvez o câncer (que sim existirá) acabou com todos os assombros, frustrações e incertezas. O dilema passou a ser: Ramón ou a morte. E ganhou Ramón. Ao menos esse *round* decisivo, já que o combate final a morte ia ganhar como sempre, e por nocaute. E não em preto e branco, mas sim em tecnicolor, à moda de Natalie Kalmus.

57

O vagão-restaurante estava vazio. Javier pensou que talvez ainda não fosse hora do almoço, mas um corpulento garçom, quase imóvel atrás de um balcão mais para estreito, lhe fez sinais para que se sentasse em qualquer mesa. Havia para escolher.

Depois o tipo se aproximou lentamente e lhe deixou um menu, impresso em três idiomas. Não queria comer carne, mas na lista não havia nem frango nem peixe nem tortilhas nem verduras. Só carne; isso sim, em incontáveis modalidades. Dispôs-se, portanto, a comer um *Wienerschnitzel*, apesar dos médicos terem lhe recomendado sempre que possível evitar carne. E tudo porque anos atrás havia sofrido cólicas renais e ao que parece a carne provoca litíase.

Na janelinha a paisagem não era muito atrativa. Ao longe se via uma cadeia de picos nevados, mas nos lados da via só havia extensos trigais. À passagem do trem as espigas se dobravam e nada mais. Um bando de pássaros, distribuídos como em um enorme triângulo seguia o passo do comboio, mas aos poucos foi ficando para trás.

Alguém lhe tocou o ombro e por um instante ele pensou que fosse o garçom, mas este não lhe parecera tão atrevido. Não era o garçom. Era uma moça, uma formosa moça que lhe sorria como antiga conhecida. Vestia um *tailleur* azul-celeste e usava uma gargantilha que parecia de ouro.

— Javier — exclamou ela. — Lembra de mim? Sou Rita.

Sem lhe dar tempo de reagir, o beijou em ambas as faces.

— Posso me sentar?

— Claro. Quer almoçar comigo?

Do decote, abaixo da gargantilha, o início de uns peitos esplêndidos hipnotizou Javier. Passou-lhe o menu e ela o examinou durante certo tempo. Ele, como já conhecia o menu, dedicou-se ao decote.

— Pena que não tenham peixe.

— Nem frango nem verdura nem tortilha. Só carne.

— Resignemo-nos, pois.

O garçom tomou nota do pedido. Falava um estranho jargão, mescla de francês, italiano e alemão. Embora fossem comer carne, Rita disse preferir vinho branco e Javier, com um gesto de displicente *veteranice* e impecável pronúncia, disse: Liebfraumilch. O tipo o olhou com assombro, mas o sorriso dela foi como um aplauso.

— Então conhece Cláudio?

— Muito pouco. Só falei uma vez com ele.

— Gosta de sua pintura?

— Gosto. Mais da de antes do que a de agora.

— Claro, a de antes. Ou seja, quando me tinha, não digamos como modelo, mas sim como tema.

— Precisamente.

— Você o que faz? Escreve?

— Algo assim.

— Alguma vez me escreveu um poema?

— Não me considero um poeta. Sou mais jornalista.

— No entanto, escreveu poemas para Raquel e Rocío.

— Não exatamente poemas. São meros apontamentos.

— E quando pensa em me dedicar um mero apontamento?

— Talvez algum dia. Sabe o que acontece? Não gosto de escrever "a pedido".

Por cima da toalha, ela lhe tomou uma mão. Ele sentiu uma corrente elétrica.

— E se eu lhe pedir?

Javier ficou imóvel. Excitado e imóvel. Só se permitiu um longo suspiro.

— Está suspirando por mim? — perguntou ela. — Eu também suspiro por você.

Ele não conseguiu pronunciar palavra alguma, mas assentiu com o olhar. Ela lhe tomou a cabeça com ambas as mãos, a aproximou suavemente e beijou-o nos lábios.

Entre o primeiro e o segundo beijo, disse Rita: "Logo saberá de mim". E em seguida: "Logo escreverá de mim".

A essa altura, a ereção que Javier experimentava era quase insuportável. Por um momento teve a sensação de que o vagão-restaurante estava lotado e que todos os comensais eram testemunhas de sua excitação.

Mas sua vergonha durou pouco. Tomou a cabeça de Rita com ambas as mãos e a beijou nos lábios, nos olhos, no cabelo, nas orelhas. *Que orelhinhas, por deus!*

Ela tirou a jaqueta para beijar com mais comodidade e ele tirou o paletó para fazê-lo mais ansiosamente. Nesse trâmite algo caótico, derrubaram um copo e uma faca caiu no chão, de ponta. O ruído metálico soou parecido com o de um triângulo de orquestra e continuou vibrando, como se o beijo interminável tivesse servido para fazer os sinos dobrarem.

Não obstante, aquele toque coral calou-se de repente e Javier percebeu a presença imperturbável do garçom. O *ríctus* irônico daquele tipo enorme apenas dissimulava as gargalhadas secretas que lhe sacudiam o sólido ventre.

Porém não disse nada. Limitou-se a sacar, com a destreza de um profissional, a rolha da garrafa de Liebfraumilch e, depois de apanhar o copo que caíra em desgraça, serviu três centímetros daquele néctar no outro copo, no de Javier.

Ele provou o vinho e lhe pareceu magnífico, mas não chegou a expressar sua previsível aprovação. Os latidos de Bribón tinham penetrado duramente no seu sono e sem compaixão o despertaram. Antes de acordar por completo voltou a escutar, em meio a sua cândida névoa, o aviso implacável de Rita: "Logo saberá de mim".

58

Tinha comprado *O primeiro homem*, a novela póstuma e inconclusa de Albert Camus, e a leu em apenas duas noites. No segundo capítulo, o protagonista Jacques Cormery (*alter ego* do próprio Camus) chega ao cemitério de Saint-Brieuc em busca da tumba de seu pai, ferido de morte na batalha do Marne, aos 29, quando Jacques tinha apenas 1 ano.

Para Javier, ler essa história foi como receber uma bofetada ou uma descarga elétrica. Talvez porque nunca havia encarado a morte de seu pai em termos de mortalha ou de sepulcro. Tampouco Nieves (diferentemente da mãe de Jacques) lhe havia pedido que fosse ver a sepultura. Por outro lado, não era um fanático pelo campo santo. Sempre lhe havia parecido que acorrer ali, levando flores, e ainda rezando em frente a um sepulcro, não significava nenhuma homenagem nem constância de afeto a um ser querido ("*the loved one*", na acepção sarcástica de Evelyn Waugh). Sob uma lousa ou em um nicho, não havia nada, salvo um inerte montinho de ossos. Em todo caso, "é o nada puro, mas forte", como não faz muito escreveu um bom poeta, não Rafael, o Velho, mas sim Rafael, o Jovem[78].

Uma só vez havia acorrido de maneira espontânea a um cemitério, o de Montrouge, em Paris, mas foi com um afã indagador, quase de filatelia literária: quis ver onde estava o túmulo de César Vallejo[79], aquele estranho peruano que almejou morrer em Paris, com aguaceiro. Levou um bom tempo para que o alquebrado zelador dos túmulos localizasse o do poeta em um dos amassados mapas administrativos. "Ninguém vem por ele", resmungou como desculpa. Não obstante ali estava, atrás de um caminho com mato desalinhado, a placa suja e triste, mais velha que seu tempo de pedra, desprovida de flores. A última "morrenda" (não vivenda) do *cholo* que escreveu: "*Todos sudamos, el ombigo a cuestas, / también sudaba de tristeza el muerto*"[80]. Troce.

---

78 Rafael Courtoisie (Montevidéu, 1958), poeta, contista e novelista. (N.T.)
79 Santiago de Chuco (1892-1938, Paris) inovador da poesia do século XX e grande expoente literário peruano. (N.E.)
80 Em tradução livre: "Todos suamos, do umbigo às costas,/ também suava de tristeza o morto". Um combatente morto da Guerra Civil Espanhola é carregado debruçado sobre seus companheiros, no poema de Vallejo "Pequeño responso a un heroe de La Republica", em "España, aparta de mi este cáliz", 1937. (N.T.)

Triste e doce. Doce e triste suava o morto em sua solidão, o morto que lá longe e há tempos havia escrito: "Pai pó, terror do nada". "Ninguém vem por ele", tinha sentenciado o esquálido tutor de ossadas, e quem sabe estivesse certo. Ninguém vem por ele, mas por outro lado vão aos seus livros, por seus poemas. E os poemas não cabem nas covas. Por isso voam. Como podem, quando podem, mas voam.

Javier não disse nada a Nieves, mas foi ao cemitério do Buceo. Na realidade, não era um fato pontual; era tão somente uma metáfora. Buceo não é Montrouge, se disse, como reflexão introdutória que não significava muito. Nem seu pai era Vallejo. Não levou flores nem, muito menos, rezou. Usou aquela peregrinação clandestina tão somente como uma recuperação, como uma emenda da memória, como um farolzinho de alerta, ou em último caso, como uma lista de erratas: Onde se diz ninguém, deve-se dizer pai. Ou algo assim.

Não era uma sepultura, e sim um nicho. Lá em cima, inalcançável. Javier desejou que isso significasse algo: por exemplo, que a imagem de seu pai, desse remoto Ramón Montes, lhe resultava inalcançável. Nieves tinha fotografias, claro, e inclusive uma delas, a do dia das bodas, estava enquadrada e lhe assistia do toucador. Mas estavam em uma postura empertigada, como se estivessem a um quarto de hora esperando o lampejo fotográfico de praxe e de época. Ali o pai parecia loiro e magro, com uma risível gravatinha de lacinho que provavelmente estava desejando tirar, daí seu ar quase compungido e seu olhar implorando socorro. (Seu bigode se parecia com o seu, seria também "suavinho"?) Nieves, ao contrário, com seu porte de impecável brancura e transparência de véus, ou seja, com o que então significava um certificado de virgindade, transmitia serenidade em cômodas cotas. Havia outros retratos do pai, já com as têmporas prematuramente encanecidas e sem gravata de lacinho, vale dizer com olhos muito mais vivos e generosos, que olhavam cheios de sincera naturalidade para um futuro que depois se revelou condenado e exíguo. Como o personagem de Camus, Javier queria saber mais daquele pai imóvel, saber como se movia quando nenhuma câmera o enfocava, se ria ou suspirava ou espirrava ou bocejava. Queria saber se alguma vez havia chorado e por quê. Se havia tido algum indício da existência do tal Eugenio. Se ele por sua vez havia sido incansavelmente fiel ou se esses olhos vivos, essa presumível audácia sem gravata de lacinho, haviam cativado a mais de uma moça e se seu corpo jovem havia se estreitado alguma vez com outro corpo jovem que não fosse o da Nieves de então. Saber de seu pai era também saber de si mesmo. Que genes de Ramón tinham se alojado provisória ou definitivamente em mãos, cérebro, coxas, válvula mitral, tornozelos, sexo de Javier.

Olhou de novo para cima e adivinhou mais do que leu o nome (Montes ainda era legível, mas Ramón estava semicoberto pela fuligem da cidade ou simples graxa), seguido pelas quatro iniciais de rigor: Q.E.P.D. *Na realidade*, pensou Javier, *se o velho descansa em paz (ou em guerra), será em outro âmbito, se esse âmbito existe, e se não existe, pouco importa que descanse ou não. O único certo é que aqui não descansa.*

Com este anômalo balanço deu por acabado seu comparecimento. Não contará nada a Nieves. Nem sequer a Rocío. Não virá mais ao cemitério, disso estava seguro, mas de todo modo resolveu ocultar atrás de um biombo de timidezes esse parêntese de sua vida quotidiana.

Há pouca gente, muitos túmulos, poucas flores, muitos nichos, poucos pássaros. No caminho para a saída passa junto a um sepulcro importante, mas simples. Ali uma mulher jovem, de pé e com os braços cruzados, olha fixamente uma placa que diz: Aníbal Frutos. Não parece desconsolada, mas sim raivosa. De repente ela o olha. Javier considera oportuno inclinar a cabeça, em uma atitude que ele considera respeitosa, mas a mulher descruza os braços e sem dar um só passo o encara e diz:

— Não me achegue sua lástima, por favor. Sou a viúva de Aníbal Frutos, para maiores informações um filho da puta. Sabe como e quando esticou as canelas o muito cretino? Enquanto fodia com minha melhor amiga. Venho aqui três vezes por semana: segundas, quartas e sextas. Nunca lhe trago flores. Ponho meu ramalhete de ódios, nada mais. Três vezes por semana venho insultá-lo. Que lhe parece?

Tomado de surpresa, Javier não soube o que dizer. Mas finalmente soube. Ele mesmo se surpreendeu ao perceber seu tom de galhofa.

— Perdoe. E sua amiga?

A mulher resfolegou, em seguida mordeu o lábio.

— Ah! Minha amiga? Rapidamente se recuperou do infausto acontecimento. Agora está fodendo com outro dos maridos disponíveis.

Então explodiu em uma gargalhada, que ressoou estranha no cemitério, habituado aos prantos e aos queixumes.

— Sabe a novidade? Olha que a notícia é fresquinha. Data de anteontem. Minha melhor amiga tem Aids. A pobre. Como bem dizia minha avozinha: "Deus castiga sem pau nem pedra".

59

Este é o texto do quinto artigo, "A democracia como engano", que Javier enviou à Espanha. A primeira reação foi de rechaço. Em seguida foi admitido, com a condição de que eliminasse certas irritantes referências aos meios de comunicação.

"Creio que esta qualificação — a democracia como engano — a ouvi pela primeira vez de José Saramago, esse notável português que às vezes *imagina* a partir de personagens *imaginados* por outros (digamos, sobre Ricardo Reis, um dos tantos heterônimos de Pessoa). Perguntaram-lhe o que achava da democracia e respondeu (esclareço que é uma citação aproximada, já que nem a gravei nem a vi reproduzida na imprensa) que no geral era um engano. Como a grande plateia sussurrou um estupor coletivo, Saramago foi explicitando seu ponto de vista pessoal. Como as suas opiniões me impressionaram e aos poucos as fui fazendo minhas, aqui as adoto e amplio com minhas próprias palavras e não as de Saramago, que só é responsável pelo pontapé inicial.

Na aparência tudo está bem. Os deputados são eleitos por voto popular; também os senadores e as autoridades municipais, e na maioria dos casos, o presidente. [Os reis, ao contrário, agrego eu, não são democraticamente eleitos, mas em compensação não mandam.] Todavia, quem na verdade decide o rumo econômico, social e até científico de cada país são os donos do grande capital, as multinacionais, as proeminentes figuras da banca. E nenhum deles é eleito pela cidadania. Aqui subo com euforia no vagão de Saramago. De que voto popular surgiram os presidentes do Fundo Monetário Internacional, do Banco Mundial, da Trilateral, do Chase Manhattan, do Bundesbank etc.? No entanto, é essa elite financeira que sobe ou baixa os juros, impulsiona inflações ou deflações, instaura a moda da privatização *urbi et orbi*, exige o barateamento das demissões trabalhistas, impõe sacrifícios à maioria para que a minoria enriqueça, organiza fabulosas corrupções de sutil trama, financia as campanhas políticas dos candidatos mais trogloditas, digita ou controla 80% das notícias que circulam em âmbito mundial, combina as mais fervorosas prédicas de paz com a metódica e milionária venda de armas, incorpora os meios de comunicação a sua *Weltanschauung*[81]. A classe que decide, enfim.

Lyotard inventou a palavra justa: *decididores*. Talvez seja esse o seu maior aporte à semiologia política. Decidem com estratégia, com astúcia, com cálculo, mas também decidem sem solidariedade, sem compaixão, sem justiça, sem amor ao próximo não capitalista. Por outro

---

81 Visão de mundo. (N.E.)

lado, decidem sem dar as caras. Fazem-no através de intermediários aquiescentes, bem remunerados, altos funcionários de feição autoritária; intermediários que em definitivo são, no marco da macroeconomia, os macropalhaços que recebem as bofetadas de ecologistas, sindicatos e daqueles extremamente pobres[82]. Os extremamente ricos, ao contrário, estão acima do bem e do mal, bem instalados em seu inexpugnável *bunker* e/ou Olimpo financeiro. Dos topetudos intermediários se conhecem idílios, cruzeiros no Caribe, infidelidades, Alzheimer, Aids, casamentos espetaculares, tacadas no ar no golfe, bênçãos papais. Pelo contrário, os deuses do inalcançável Olimpo financeiro só aparecem uma ou outra vez mencionados na prosa esotérica e tediosa dos suplementos econômicos que o leitor comum costuma separar do jornal de domingo e jogar diretamente no lixo, sem se dar conta de que nesse esperanto de cifras, estatísticas, cotações da Bolsa e PIB está desenhado o seu pobre futuro mediato e imediato.

Em certas e desventuradas ocasiões, quando algum vice-deus do Olimpo é atingido por notícias de evidente e farto dolo, o impugnado se resigna a cruzar o umbral da penitenciária, sabedor de que ao cabo de poucos meses ou quem sabe semanas, acudirão amigos, familiares ou comparsas, capazes de aportar os milhõezinhos necessários para pagar a fiança que algum miserável juizinho lhe exige se quiser recuperar a liberdade e o gozo de suas mercês e de sua Mercedes. (Como dizem que disse um notório espanhol que chegou a ministro, 'Na matemática não há pecados, e sim erros'.) Mas sem que se confunda. Esse trâmite mais ou menos odioso pode ocorrer com um incauto ou insolente vice-deus, nunca com um deus de fato e de direito."

---

82   No original, *pobres de solemnidad*, portadores de atestado judicial de pobreza. (N.T.)

60

Querida irmã: Faz quase um mês que recebi sua inesperada carta e se demorei a responder deve-se a que você me fez refletir a fundo e até sentir um pouco de culpa quanto ao progressivo enfraquecimento de nossa relação. Por que você pode escrever essa carta difícil e problemática, e eu ao contrário não o fiz nem tive intenção de fazê-lo? Será que meus rancores são mais resistentes do que os seus? Sempre pensei que, por exemplo, quando um casal se separa (e tenho como sabê-lo) nunca acontece que um seja totalmente inocente e o outro totalmente culpável. Talvez aconteça o mesmo com a deterioração progressiva de uma relação fraterna. Por isso a sua carta me sacudiu. Ao menos você soube encontrar vestígios de um afeto ainda sobrevivente e decidiu apoiar-se nele para me lançar uma corda. Corda que recolho e prometo não soltar. Confesso que de Gervasio sempre me senti distante. Não creio que nem ele nem eu possamos resgatar uma proximidade afetiva que por sua vez nunca existiu. Mas seu caso era e é outro, muito diferente. O átrio frívolo do meu coração suplente (também chamado má consciência) tentava igualá-los, mas o átrio sensível do meu coração e/ou consciência titular sempre assumiu a diferença. Que Gervasio e eu nos sentíssemos distantes significou para mim um dado marginal, mas que você e eu não nos déssemos bem foi uma carência básica, uma lacuna em meu modesto itinerário de vida. Ou, para dizê-lo em termos contábeis, um déficit a enxugar. No fim das contas, que Gervasio não me importasse ou que eu não importasse a ele não significava nem significa nenhum trauma, mas desde pequeno olhava com uma inveja involuntária aos meus companheirinhos que tinham uma irmã e se protegiam e ajudavam mutuamente. Ademais, a relação entre irmão e irmã costuma ser mais fecunda e estimulante do que a de irmãos varões e irmãs mulheres entre si. A contiguidade irmão-irmã vem amiúde coberta por uma névoa de pudor que censura a confidência, mas também a faz mais terna ou mais sutil e talvez por isso mais verdadeira. A confidência entre irmãos varões costuma ser mais brutal ou mais tosca; a que acontece entre irmãs, mais mentirosa e competitiva. Já sei, quando você estiver lendo isto é provável que a memória lhe resgate vários exemplos que refutam minha inusitada teoria. Eu mesmo poderia aportar uns quantos mais. Não descarto que meu discurso seja apenas uma forma indireta e talvez inconsciente de prestigiar e valorizar a sua carta, que é das boas coisas que me aconteceram desde que voltei. A outra foi minha atual relação com Rocío. Olha que nem sequer a apresentei a você. Que grosso! Prometo-lhe que a partir de agora tudo será diferente. Não importa que você esteja aí e eu aqui. Simplesmente me reconforta que de um e outro lado vamos empreender com paciência, esperança e boa-fé a reconstrução do afeto mútuo que merecemos. Você pôs o primeiro andaime. Aqui vai o segundo. E também uma pergunta: posso mostrar a sua carta e a minha carta a Nieves? Estou seguro de que a fariam feliz. Consta-me (ainda que ela nunca o mencione) que uma das frustrações de sua complicada vida foi a dispersão (não só geográfica, mas sobretudo afetiva) que ano após ano foi se acentuando entre seus filhos. Creio que na sua idade lhe devemos essa boa notícia. Quero-lhe bem, Javier.

61

Esta segunda-feira, quando foi ver Nieves, Javier se inteirou de que a "senhora Maruja" estava doente (nada grave, mas estava de cama em seu quarto de pensão) e ela tinha de cozinhar, arrumar a cama, encarregar-se de uma limpeza sumária etc. Deu-lhe pena ver sua mãe nesses misteres e decidiu convidá-la para almoçar. Ela aceitou, tão satisfeita como se a tivesse convidado para uma recepção em palácio, qualquer palácio. Pediu-lhe que lhe concedesse uns minutos para pôr um vestido que não fosse inadequado à ocasião. Javier aproveitou para dar uma olhada nos livros que sua mãe lia. Nada mais heterogêneo. Havia de tudo, como em uma botica. Desde Dom Quixote até Lin Yutang, passando por Somerset Maugham, Paco Espínola, Eduardo Mallea e Romain Rolland.

Quando ela reapareceu muito arrumada na salinha, Javier a achou dez anos mais jovem. Ainda que suas recordações de menino não o auxiliassem nesse ponto, pensou que Nieves, quando moça, deve ter sido realmente bonita.

Saíram à rua, ela orgulhosamente pendurada no braço filial. Tomaram um táxi e Javier decidiu levá-la ao Panorâmico, na cúpula do Palacio Municipal. Depois de tudo, era um palácio. O restaurante não estava muito concorrido. O garçom os instalou em uma mesa afastada, junto aos janelões. Nieves deleitou-se contemplando a cidade daquele 24º andar.

— Nunca havia estado aqui.

Javier pediu um vinho branco, seco e da fronteira. Bateram os copos. Duas vezes seguidas, como manda a tradição.

— Saúde e liberdade — disse ele.

— Como a senha de Artigas — completou ela para assombro do filho.

— Isso você não aprendeu em Lin Yutang.

Nieves riu, como nos bons tempos.

— Já esteve xeretando em meus livros.

Quando estavam no prato principal (Javier, frango à portuguesa; Nieves, linguado grelhado), ela lhe perguntou se tinha tido tempo de dar uma olhada no cofrezinho de madeira.

— Sim, o estive revendo, e já tirei muitos papéis que me pareceram inúteis.

Nieves tomou um pouco de vinho e ele então se atreveu.

— A propósito. Em um envelope, com outros papéis, havia o anúncio fúnebre de um tal Eugenio não sei quanto, falecido em Vergara, Departamento Trinta e Três. Quem era?

— Nada de Eugenio não sei quanto. O nome completo é Eugenio Chaves.

— Creio que sim.

Por um instante, Nieves tapou a boca com o guardanapo. Quando abaixou o guardanapo, a boca se curvava em um sorriso pícaro e admoestador.

— Javier, não seja falso. Você leu a carta, não é?

— Sim. Acredito que é mais um rascunho de carta.

— O texto é igual ao que enviei. A culpa é minha. Esqueci de tirá-la do cofrezinho. Mas assim mesmo você podia ter sido mais discreto, não?

— Podia. Mas não pude.

Nieves tomou outro trago e em seguida respirou fundo.

— Fui muito apaixonada por esse homem. Vocês três já haviam nascido, mas eu ainda era jovem, demasiado jovem para que meu corpo não se comovesse.

— Mas você ficou com papai.

— Claro. E ele com sua mulher. Ela não lhe importava muito, não se davam nada bem. Ao menos Eugenio me dizia isso. Mas Ramón, sim, me importava. Pode parecer cafona, mas ainda assim vou lhe dizer. A Eugenio quis com o corpo e só um pouco mais. A Ramón também quis com o corpo, talvez não de modo tão intenso, mas sobretudo o quis com a alma, que é dizer com a memória, com a pobreza e a dignidade compartilhadas, com o trabalho, com a chegada dos filhos. Abandoná-lo teria sido uma vileza e eu mesma não teria podido suportá-lo.

— Ele nunca suspeitou de nada?

— Nunca, mas eu lhe disse. Não como uma confissão de culpa, mas sim como prova de amor, como um atestado de que o havia preferido, de que o havia escolhido pela segunda e definitiva vez.

— E ele aceitou?

— Ele, que nunca havia sido infiel, entendeu e aceitou. Acredito que a partir desse momento ficamos muito mais unidos.

— Alguma vez você se arrependeu daquela decisão, que imagino foi difícil?

— Sofri, mas não me arrependi. Depois de uns anos, os dois se foram. Da vida, claro. E aí veio a prova dos nove. A notícia da morte de Eugenio, já distante, me entristeceu, não vou negar Mas a morte de seu pai me desesperou. Aceitá-la levou vários anos. A dor foi tão intensa que eu, que era católica de confissão, comunhão e missa dominical, deixei automaticamente de crer em Deus. A morte de Ramón foi demasiado injusta.

— Por quê? Porque morreu ainda jovem?

— Não sabe?

— Sempre ouvi dizer que tinha sido um acidente. Parecia que ninguém (você tampouco) queria entrar em pormenores.

— Uma tarde ele voltava do trabalho pela rua Ituzaingó e de repente viu um homem, muito corpulento, que estava dando socos tremendos em uma mulher de aparência frágil. Ninguém se animava a intervir. Ramón não resistiu ao impulso de aproximar-se. Segundo o testemunho de ao menos duas pessoas, pegou o sujeito pelo braço, tratou de apartá-lo da mulher e lhe disse com calma: "Basta, homem, é feio bater em uma mulher". O indivíduo se voltou, furioso, encarou Ramón, e lhe disse aos gritos: "Isto também lhe parece feio?" e lhe meteu uma punhalada no pescoço. Ramón sangrou e morreu ali mesmo, antes que alguém pudesse ajudá-lo.

Javier sentiu que suas mãos tremiam. Talvez fosse um pouco ridículo comover-se assim por um fato sucedido há trinta ou quarenta anos, mas não podia evitar (tratava-se de seu pai) que suas mãos tremessem. Nieves percebeu e cobriu essas mãos trementes com suas mãos serenas.

— Me perdoe, filho. Eu contei porque você me perguntou. Gervasio e Fernanda não sabem, porque nunca me perguntaram. É ruim que agora você se inteire, mas de todo modo há episódios da própria história que não é bom ignorar.

Quando por fim pôde respirar, Javier, já calmo, disse: "Obrigado". E voltou a repetir: "Obrigado, Nieves".

Pediram sobremesa. Javier, um *chajá*. Nieves, uma salada de frutas. Quando por fim puderam se olhar nos olhos, comprovaram que agora havia outra ponte que os unia.

O garçom aproximou-se para perguntar se queriam café.

— Não — disse Nieves. — Melhor dois chás, se possível de tília.

62

Não é filho nem sobrinho de nenhum de seus velhos amigos. É tão somente Bráulio. Apresenta-se e sem mais pede permissão para sentar-se à mesa de Javier.

— Sou amigo de Diego — explica —, o filho de Fermín.

Javier havia se preparado para almoçar sozinho em uma mesa do fundo. Ainda não havia assimilado de todo o relato de Nieves sobre a morte de Ramón. Queria avaliar com serenidade esse fato insólito, medir sua profundidade, administrar para si mesmo a importância de uma imagem que lhe chegava a ser aterradora.

Não obstante, o Bráulio de 18 anos está ali, inoportuno mas inevitável, e não se sente com ânimo de rechaçá-lo. Ademais, sua presença inopinada lhe desperta curiosidade.

— Sente. Quer comer algo?

— Não. Já almocei. Em todo caso, quando você terminar de comer, talvez aceite um sorvete.

Javier fica à espera de uma explicação. A presumível amizade com Diego não era suficiente.

— Você deve estar se perguntando o porquê desta abordagem. Diego me falou bem de você. Disse que você sempre foi um bom amigo do seu pai e que o ajudou. Além do mais você esteve exilado na Espanha, creio. Conhece o mundo. Conhece pessoas. Tem experiência.

Javier fica calado, ainda que se dê conta de que o outro aguarda um comentário.

— Aqui os rapazes da minha idade estamos desconcertados, aturdidos, confusos, que sei eu. Vários de nós (eu, por exemplo) não temos pai. Meu velho, quando caiu, estava bastante abatido e aos poucos se foi acabando na cadeia. O libertaram um mês antes do final. Morreu aos 38. Não é muita vida, não acha? Outros têm histórias parecidas. Minha velha é uma mulher derrotada, sem ânimo para nada. Eu comecei a estudar no noturno, mas só aguentei um ano. Tinha que trampar, claro, e chegava às aulas meio dormindo. Uma noite o *profe* me mandou para o pátio porque o meu bocejo havia soado como um uivo. Depois abandonei. Meu círculo de amigos próximos é muito misturado. Você diria heterogêneo. Bem, isso. Quando nos juntamos, você diria que oscilamos entre a desdita e a angústia. Nem sequer aprendemos a sentir melancolia. Nem raiva. Às vezes outros caras nos arrastam até uma discoteca ou uma balada livre. E é pior. Eu, por exemplo, não suporto o carnaval. Um pouco as *llamadas*[83], mas nada mais. O problema é que não aguento nem a dor nem a alegria planejadas, obrigatórias por decreto, com data fixa. Por outro lado, o fato de que sejamos uns quantos que vivem nesse estado de ânimo quase tribal não serve para nos unir, não faz com que nos sintamos solidários, nem entre nós nem com os outros; não nos converte em uma comunidade, nem em um foco ideológico, nem sequer em uma máfia. Somos como uma federação de solitários. E solitárias. Porque também há mulherzinhas, com as quais nos deitamos, sem pena nem glória. Fodemos quase como autômatos, como em uma comunhão de esvaziamentos (que tal esta figura poética?). Ninguém se apaixona por ninguém. Quando nos roça um projeto rudimentar disso que em Hollywood chamam amor, então alguém menciona o futuro e nossa ficha cai. De que futuro

---

83 Conjunto de grupos afro-uruguaios que desfilam no Carnaval. (N.T.)

falam, dizemos quase em coro e às vezes chorando? Vocês (você, Fermín, Rosario e tantos outros) perderam, de uma forma ou de outra foram liquidados, mas ao menos haviam se proposto a lutar por algo, pensavam em termos sociais, em uma dimensão nada mesquinha. Ferraram vocês, é certo. Que se vai fazer. Puseram vocês em cana, ou os apertaram lindamente, ou terminaram com câncer, ou tiveram que vazar. São preços tremendos, claro, mas vocês sabiam que eram desenlaces possíveis, você diria verossímeis. É certo que agora estão caídos, feridos, equivocaram-se nos prognósticos e na medida de suas próprias forças. Mas estão em paz, ao menos os sobreviventes. Ninguém lhes pode exigir mais. Fizeram o que puderam, ou não? Nós não estamos feridos, temos os músculos ativos, o pau ainda se mantém, mas que merda fizemos? Que merda planejamos fazer? Podemos mandar bala no rock ou ir vociferar no estádio para depois ir ao centro e quebrar vitrines. Mas ao fim da jornada estamos cansados, nos sentimos imprestáveis, inúteis, somos adolescentes decrépitos. Lixo ou morte. Um de nós, um certo Paulino, numa noite em que seus velhos tinham ido a Piriápolis, abriu o gás e empreendeu sua retirada, uma retirada mais louca, você diria hipocondríaca, que a dos Assaltantes com Patente, murga clássica se é que existem. Lhe asseguro que o projeto do suicídio sempre nos ronda. E se não nos matamos é sobretudo por preguiça, por idiotice congênita. Até para isso é preciso coragem. E somos muito cagões.

— Vamos ver. Você disse que é amigo de Diego. Ele também está nessa?

— Não. Diego não. Não integra a tribo. Eu o conheço porque fomos colegas no primário e além do mais somos do mesmo bairro. Quem sabe por influência dos seus velhos, Diego é um cara muito com mais vitalidade. Também está desorientado, bem, moderadamente desorientado, mas é tão inocente que espera algo melhor e trata de trabalhar por esse algo. Parece que Fermín lhe disse que há um espanhol, um tal

Vázquez Montalbán[84], que anuncia que a próxima revolução terá lugar em outubro de 2017, e Diego se anima afirmando que nessa data ainda será jovem. Tenho inveja dele!

— E se pode saber por que você quis falar comigo?

— Não sei. Você vem da Espanha. Viveu vários anos lá. Quem sabe os jovens espanhóis encontraram outro estilo de vida. Faz umas semanas, um amiguinho que viveu dois anos em Madri me afirmou que a diferença é que aqui, os de nossa idade, somos *boludos* e os de lá são *gilipollas*[85]. E quanto às fêmeas, a diferença é que aqui têm *tetas* e lá têm *lolas*. E também que aqui se *coge* e lá se *folla*[86]. Mas talvez seja uma interpretação que você chamaria regionalista, não? Ou quem sabe um desvio semântico.

— Quer falar sério ou apenas incomodar com palavras? Bem, lá há de tudo. Para ser ocioso com todas as letras tem de pertencer a alguma família de bom nível. Não é necessária muita *guita* (eles dizem *pasta*) para se reunir todas as tardes em frente a um bar, na rua, e entornar litrões de cerveja, apoiando-os nos carros estacionados em fila dupla, mas frequentar toda noite as discotecas, sobretudo se são da famosa Ruta del Bakalao, nada disso sai grátis. Alguns papais cedem à pressão dos nenês e lhes compram motos (são geralmente os que se matam nas estradas); outros progenitores mais eminentes lhes compram carros esportivos (costumam se estourar em alguma Curva da Morte e de quebra ainda conseguem eliminar o incauto que vinha em sentido contrário).

— No fim das contas, não está mal terminar assim, ao volante de uma máquina preciosa.

— Não amole. E tem a droga.

— Ah, não. Isso não é para mim. Provei várias e prefiro o chiclete. Ou o videoclipe.

---

84 Manuel Vázquez Montalbán (1939-2003) foi um jornalista, escritor, poeta e ensaísta espanhol, de grande produção literária, internacionalmente reconhecida. (N.T.)
85 Adjetivos com vários significados, mas neste caso, panacas. (N.T.)
86 *Coger* ou *follar*: foder. (N.T.)

— Quero lhe esclarecer algo. Todos esses: os motorizados, os do bacalhau, os drogados são os escandalosos, são os que figuram diariamente na crônica dos acontecimentos, mas de todo modo são uma minoria. Não a tão citada minoria silenciosa pós-Vietnã, mas sim a minoria ruidosa pré--Maastricht. Mas há muitos outros que querem viver e não se destruir, que estudam e trabalham, ou buscam com afinco trabalho (há mais de dois milhões de desempregados, mas não é culpa dos jovens), que têm sua parceira, ou seu parceiro, e até concebem a tremenda ousadia de ter filhos; que gozam do amor animado e simples, não o de Hollywood nem o dos dramalhões venezuelanos, mas sim o possível, o da cama nua e crua. Não creia que o desencanto é uma senha ou emblema de todas as juventudes. Eu diria que, mais que desencanto, é apatia, frouxidão, abandono, preguiça de pensar. Mas também há jovens que vivem e se deixam viver.

— Ufa! Que reprimenda! Confesso que há tópicos da sua lista, das precedentes ou das subsequentes que me deixam um pouco farto. Que o Regulamento Provisório, que o velho Battle, que o Colegiado[87], que o Maracanã, que tiranos tremei[88], que o Marquês das Cabriolas, que o Pepe Schiaffino[89], que Atilio García[90], que o povo unido jamais será vencido, que os apagões, que as favelas, que a Miss Punta del Este, que a Lei de Caducidade da Punição Preventiva do Estado, que a Volta Ciclística, que os panelaços, que a puta mãe. Farto, sabe o que é farto? Contudo, acreditava que você fosse mais compreensivo.

— Mas sim lhe compreendo. Compreendo, mas não me agrada. Nem a você agrada que eu lhe compreenda. Não

---

87   Battle impôs o Colegiado Executivo, uma forma de restringir o poder pessoal de quem exercesse a Presidência. (N.T.)
88   Passagem do Hino Nacional Uruguaio. (N.T.)
89   Juan Alberto *Pepe* Schiaffino (1925-2002), atacante da seleção uruguaia campeão do muno em 1950, autor do primeiro gol da virada sobre o Brasil. (N.T.)
90   Atilio García Pérez (1914-1973) foi um destacado jogador argentino nacionalizado uruguaio. (N.T.)

estou contra você, mas sim a favor. Me parece que nessa roleta russa do tédio, vocês tendem aos poucos à autodestruição.

— Quem sabe. Talvez tenha razão. Reconheço que para mim acabaram-se a infância e sua bobeira no dia (tinha uns 12 anos) em que não chorei vendo pela oitava vez *Branca de Neve e os sete anões*. A partir desse Rubicão pude odiar a Walt Disney pelo resto dos meus dias. Sabe de uma coisa? Às vezes me agradaria virar missionário. Mas um missionário sem Deus nem religião. Também Deus me deixa farto.

— E por que não vira?

— Me dá preguiça, como você diz, mas sobretudo medo. Medo de ver o primeiro menino faminto de Ruanda ou da Guatemala e pôr-me a chorar como um boboca. E não são lágrimas o que eles precisam.

— Claro que não. Mas seria uma boa mudança.

— Imediatamente penso: para isso existe a Madre Teresa. Claro que tem o lastro da religião. E eu, em todo caso, queria ser um missionário sem Deus. Você já fez as contas de quanto se mata hoje em dia em nome de Deus, qualquer deus?

— Que lhe diz, talvez você inaugure uma nova espécie: os missionários sem Deus. Não estaria mal. Desde que também fosse sem Diabo.

— Você acredita que algum dia eu poderei evoluir de *boludo* a *gilipollas*?

— Bem, seria quase como converter o Mercosul em Maastricht.

— Está caçoando de mim, não é?

— Não se preocupe. Eu também caço de mim. É saudável. Uma espécie de terapia intensiva contra a arrogância, esse pecadinho venial. Além do mais, confesso que, apesar de tudo, gosto de você.

— Hurra. Apesar de tudo.

— Olhe, temos que continuar nos falando. Proponho que sigamos pensando sobre todas as besteiras que dissemos aqui. Você e eu.

— Fechado. Toca aqui.

— Agora chegou o momento em que enfim você pode pedir o seu sorvete. Limão? Creme? Chocolate?

— Como lhe ocorrem essas vulgaridades? Doce de leite e não se fala mais nisso. Ou não sabe que isso foi a primeira coisa que pediram os Trinta e Três Orientais quando desembarcaram na Agraciada[91]?

63

Cada dia o vejo com maior nitidez:
meu corpo, este corpo, é o único meu,
minha casa ensolarada, minha propriedade antiga.
Que pobreza, que luxo
de futuras cinzas.
Viajo por ele sem guia e sem resguardo
e como em um safári percorro suas penúrias,
suas clareiras e arquipélagos,
suas redes varicosas,
suas manchas e suturas,
suas rótulas tarpeias[92],
e até as cicatrizes, esse presságio
do amanhã que se espreita.

Não há dúvida que meu corpo é o único meu,
meu testamento holográfico,
meu convincente nada, meu destino,
mas também minha doce
memória de Rocío.

---

91 Playa de La Agraciada: em 1825, sob o comando de Lavalleja e Oribe, os Trinta e Três Orientais desembarcaram ali para lutar contra o Exército Imperial Brasileiro, no que conhecemos como Guerra da Cisplatina. (N.T.)
92 Tarpeia, vestal, traiu a cidade de Roma sitiada pelos sabinos (após o rapto das sabinas pelos romanos) e, em vez de joias, recebeu a execução como prêmio. (N.E.)

Estiro com a ponta
de meu polegar indigno
as costuras do tempo,
mas nem bem o retiro
renascem e se afirmam
todos os seus amuletos.

A cabeça candeia não existe como farol.
É a que atende e julga,
a que assimila e sonha,
a que se subordina
e às vezes se subleva,
a que espera o presente
de outro corpo à espera,
a que organiza tatos
e visões e jugos
e resume em sua pele
o pelame do mundo.

Apesar de tudo meu corpo
é o único meu,
minha propriedade antiga.
Que pobreza, que luxo
de futuras cinzas.

64

Rocío está trabalhando em outra pesquisa. Desta vez em Durazno. Havia sugerido a Javier que a acompanhasse, mas ele não quis.

— Você vai ficar o tempo todo entrevistando as pessoas, e eu só e abandonado no hotel.

— E quando você está em Nueva Beach, por acaso não está sozinho?

— De maneira alguma. Lá tenho o Bribón.

Justamente agora está em Nueva Beach, sem Rocío e com Bribón. O cachorro está feliz, estendido em frente ao amo, com as patas dianteiras muito juntas, como prontas para aplaudir, e se Javier se distrai porque está lendo ou olha para fora, ele se faz notar com um latidinho breve. Chamado de atenção ou reclamo de afeto, vai saber.

Nos últimos tempos Javier via pouco os vizinhos aposentados. Apenas para deixar-lhes Bribón ou trazê-lo de volta.

— Minha mulher está um pouco caída — lhe havia dito o veterano. — Ciática, enxaqueca e nos últimos tempos sinusite. Percebe? São os anos que vêm sem aviso. Eu tampouco ando muito pimpão, digamos. Mas me aguento. Meu filho mais velho, que vive na Califórnia, na última vez que veio me trouxe uma bengala, bem alinhada, com empunhadura de prata e tudo. Por ora resisto a usá-la, ao menos enquanto posso caminhar por mim mesmo, sem ajuda adicional. Também lhe digo, muito confidencialmente, que uma das causas dos meus receios é que usei a bengala uma só vez e nessa vez caí.

Javier está um pouco sonolento, tanto que larga o livro, para grande alvoroço de Bribón, que sacode o rabo com infundado otimismo. Quase sem se propor, o "anarcoreta" se dedica a fazer um balanço de sua primeira etapa de *desexílio*: Nieves, Rocío, Fermín, Rosario, Leandro e Teresa, o extravagante coronel reformado, Gaspar, Sonia, Lorenzo, o Tucán Velasco, Egisto, Alejo, o deputado Vargas, Gervasio e Fernanda, Cláudio, o pintor, Servando, o mendigo, Rita, a dos sonhos, Bráulio, e também os faxes de Raquel e Camila. E algo a levar em conta: os fantasmas de dom Ángelo, Eugenio Chaves e sobretudo de Ramón, seu pai, dessangrando-se em uma rua do remoto passado.

Aos poucos vai chegando à conclusão de que em essência o país não mudou. A casca é outra. Isso pode ser. Mas a polpa e o caroço são os de sempre. Aqueles que tinham estado presos, quando recuperaram a sua liberdade tinham tratado de voltar a seus lugares e a seus hábitos. Os que, por qualquer razão, tinham se livrado desse opróbrio, tentavam, nem sempre com êxito, contemporizar com os ex-ausentes. Os regressados do exílio sentiam-se meio estranhos, introduziam-se no país em como em uma roupa de outro, que ficava larga ou apertada neles, mas aos poucos iam reformando seus prognósticos, corrigindo suas nostalgias. As novidades se reduziam a certa inveja, certa mesquinhez, mas já se sabe que esses atributos não aparecem por geração espontânea. O mais provável é que sempre tenham existido, mas em épocas de menos conflito ou de certa folga econômica certamente havia menos pretextos para recorrer a artimanhas ou calúnias ou golpes baixos ou sarcasmos. A convivência era então mais prazerosa ou talvez mais normal, menos tensa, as pessoas riam com naturalidade, encontravam-se ao entardecer nos cafés, discutiam, trocavam impressões, exercitavam o humor, ainda não haviam substituído o cinema de arte pela frivolidade e a agressão da tela do *living*. Javier estava convencido de que se voltassem a ocorrer circunstâncias parecidas com as de vinte ou trinta anos atrás, a sociedade atual perderia boa parte de suas manias e de suas mesquinharias.

E por último havia Bráulio. O havia encontrado pela segunda vez e tinha ajustado o seu diagnóstico inicial. Aquele desconcerto, aquela aura suicida da primeira rodada agora não lhe pareciam de todo sinceras. O garoto não era nada tonto, inclusive era dono de certa malícia intelectual que não era precisamente analfabeta. Nesse desembaraço pessimista, Javier reconhecia uma zona real e outra fictícia, esta última criada sobretudo para chamar a atenção alheia. Um equivalente dos latidinhos de Bribón. Os rapazes de hoje se sentiam um pouco abandonados e aquilo era talvez um intento para que cuidassem deles. Falsos alarmes quanto a volume e espessura; mas verdadeiros alarmes quanto à necessidade de afeto. Aos 18 anos já se é bastante crescido para aspirar a semelhantes mimos? Sim, claro, mas nunca é tarde se a ternura é boa.

Vamos ver, — se pergunta — como eu era quando adolescente? Se me atenho a minhas borradas recordações, era um submisso, um mentecapto, um quadrado. Minha máxima expressão de independência consistia em fumar um baseado que me fazia tossir durante uma hora, metido em uma asquerosa cerração de fumaça. A única coisa que fazíamos melhor era dançar, já que cumpríamos o rito bem agarradinhos, cintura contra cintura, púbis contra púbis, com o braço masculino na cintura dela e o braço feminino acariciando-nos o cangote. Isso sim tinha um alegre sabor erótico e não essa ridicularia de agora, onde um e outra dançam distanciados, ensurdecidos pelos decibéis, mais atentos à dinâmica do ritmo repetitivo e feroz do que às preciosas pernas das meninas que aqui e ali se erguem e cortam o ar. Por outro lado, hoje os pais dão a seus pequenos tanta autonomia que, ainda que soe paradoxal, os fazem sentirem-se escravos dessa liberdade. Estão obrigados a libertar-se de qualquer coisa, mas não sabem bem de quê. Não há nada a conquistar. Para quê trabalhar se trabalham os mais velhos? Para quê estudar se quando terminam o curso não há quem lhes dê trabalho? Nada justifica a frivolidade, mas deve se reconhecer que nessa trama a frivolidade é uma tentação. Na Espanha, um rapaz de 18 ou 20 anos me confiou que em um amanhecer como qualquer outro, ao final de uma intensa jornada na Ruta del Bakalao, chegou a sua casa, tomou banho, enfrentou-se com o espelho, fitou suas olheiras que já se pareciam com as de seu avozinho materno e não teve mais remédio que se perguntar: "E agora o que faço com a minha puta vida?".

65

Numa tarde inóspita e de ventania, Javier se encontrou com o Tucán Velasco na saída da Cinemateca e foi lerdo em achar um pretexto para se esquivar de seu convite para tomar um trago em um bar da Constituyente.

Após os lugares comuns de praxe (os anos não passam para você, como faz para não ter cabelos brancos, então continua gostando do bom cinema etc.), e tal como Javier temia, o Tucán abordou de imediato sua prioritária preocupação.

— Não sei se caberá a você, Javier, mas alguém do seu grupo terá de me explicar um dia desses por que provoco tanta suspeita em vocês.

— Em todo caso não serei eu. Não esqueça que estive uns quantos anos fora do país. Há muitas minúcias que ignoro.

— Imagino que, apesar de sua ausência, já terá se dado conta de que me tratam como um informante.

— E você não é? Ou ao menos não foi?

— Claro que não. É certo que tenho alguns parentes que estiveram vinculados à repressão. Não militares, hein; simplesmente "vinculados". Juro que jamais lhes passei uma informação ou um fuxico ou um endereço ou um telefone. Ao contrário, mais de uma vez avisei a seus companheirinhos acerca de qual podia ser uma zona de risco. Nunca prestaram atenção a meus alertas, e por isso caiu mais de um. Por isso e não porque eu fosse um informante.

Javier não sabia o que dizer, sentia-se incomodado. O personagem nunca lhe havia agradado. Era antipático, néscio, melindroso, parecia-se com Peter Lorre em um de seus papéis de eterno espião, mas nenhum desses traços lhe parecia suficiente para justificar os receios de seus amigos.

— Agora, por exemplo — disse o Tucán —, estou de posse de uma informação que talvez interesse pessoalmente a você. Entendo que você conheceu o coronel Bejarano.

— O conheci casualmente.

— Bom, não tão casualmente. Ele foi lhe ver em sua casa.

— Como sabe disso tudo?

— Não importa como. O que importa é o que segue. Está inteirado de que se suicidou?

— Li em um jornal.

— Você leu no jornal e, além disso, ele lhe enviou uma carta.

— Não me diga que você a ditou. A esta altura estou pronto para assimilar qualquer surpresa.

— Está louco! Não sei nem quero saber o seu conteúdo.

— Tampouco pensava em lhe dizer.

— Imagino. Mas sabia que deixou outra carta?

— Também me inteirei pela imprensa.

— Dirigida ao general Morente. Sabia?

— Não.

— Bem, eu sim.

— E essa sim você leu.

— Na realidade não a li, mas conheço em termos gerais o seu conteúdo, dado a que o general Morente é unha e carne com um dos meus parentes "vinculados". Quer saber o que dizia o coronel Bejarano em sua missiva póstuma? Quer saber por que se matou?

— Não sei se quero sabê-lo. É como espiar na intimidade de um cara, com o agravante que já está morto. O pobre diabo já tinha o bastante com sua consciência pesada.

— Ainda que você tente me fazer crer que não quer saber, eu sei que quer sim e que neste caso particular, como de alguma maneira lhe concerne, não lhe preocupa demasiado a eficácia de minha fofoca. Acaso lhe interesse saber, por exemplo, (apesar das garantias que lhe deu naquele momento) na carta fala de você e sobretudo de Fermín. Fique tranquilo. Posso lhe assegurar que não fala mal de vocês e fica claro que nada tiveram a ver com sua última decisão. Sabe por que se matou? Está se roendo de curiosidade, hein, Anarcoreta. Pois lhe adianto que, para sua surpresa e a de muitos mais, não o fez por algum motivo político ou militar, nem sequer por consciência pesada, como você diz. Antes e depois de sua viuvez teve uma amante, mulher culta e muito formosa, peruana de origem, divorciada de um engenheiro colombiano, ex-atriz, quinze anos mais jovem que nosso coronel. Bejarano havia montado para ela um confortável apartamento em plena Rambla de Pocitos. Não lhe direi o sobrenome da dama citada, só que seu apelido era Tina. Ainda que pareça estranho, quando Bejarano ficou viúvo, só a partir de então Tina começou a sentir ciúmes da morta. Bejarano, que estava perdidamente apaixonado pela peruana, fez enormes esforços para desarmar ciúmes tão absurdos. Assegurou-lhe que nos últimos anos nem sequer tinha compartilhado o leito matrimonial com sua esposa, que, como costumam dizer os jornais, tinha "falecido depois de sofrer uma longa e cruel doença". Pois bem, uma tarde o coronel chegou ao apartamento da Rambla e o encontrou não só vazio, mas também esvaziado, com uma carta presa com um percevejo na porta do banheiro, uma breve missiva na qual a mina lhe agradecia friamente os bons anos compartilhados e lhe comunicava o seu abandono irreversível. Ele ficou aturdido, mas o pior veio em seguida. Só três dias mais tarde se inteirou de que sua Tina havia ido embora do país com o adido cultural (nem sequer militar!) de uma embaixada europeia, que regressava a seu país. Por razões de elementar reserva, tampouco lhe direi qual. Este último pormenor terminou de derrubá-lo. O confessa a Morente: foi isso o que o levou ao suicídio.

— Diga-me, Tucán, toda essa complicada história estava na carta que Bejarano deixou a Morente?

— De maneira alguma. O homem manteve até o final alguns dos pudores que lhe haviam inculcado na Academia. Ali só lhe dizia que havia decidido se eliminar "devido a um fracasso amoroso".

— E se pode saber onde você averiguou o resto?

— Não, não se pode. Digamos que é o resultado de uma investigação particular. A verdade é que tenho meus meios para me inteirar de muitas coisas.

— Como quer que os amigos não suspeitem de você?

— São uns tontos. Não sabem diferenciar as vocações das profissões. Posso chegar a ser espião, reconheço, mas nunca informante nem delator. São trabalhos muito diferenciados no escalão oficial e também no oficioso. Espio para minha informação, para meu arquivo, não para a informação ou o arquivo dos outros. Sou um tipo honorável, Javier.

— Confesso-lhe que, apesar de suas informações, não posso crer que Bejarano tenha se eliminado por uma história de cama. Pareceu-me um tipo frio, quase congelado.

— Esse é assunto seu. Eu apenas lhe digo o que sei de boa fonte.

— A boa fonte são os seus parentes "vinculados"?

— Ou outros "vinculados" não parentes.

— Sigo acreditando que se matou por um problema de consciência. Ou você esqueceu que foi torturador, que foi ele que arrebentou com Fermín? Ele mesmo me disse.

— Não esqueço. Mas minha impressão pessoal é que era um personagem mais próximo a Otelo do que a Scilingo. Você deve compreender que para um milico a perda de uma boa fêmea (não de uma esposa, hein) é quase pior do que uma derrota militar. Gosta do meu tropo sobre a tropa?

66

Enquanto morou na Espanha, Javier nunca foi à barbearia. Raquel, que de jovenzinha tinha praticado um pouco esse ofício, encarregava-se de mantê-lo apresentável, e ele estava muito confortável com aquela bem-vinda perícia de sua mulher. Mas desde que tinha voltado, e dado que Rocío não se atrevia com seus três redemoinhos, não havia tido outro remédio que procurar seu antigo barbeiro, dom Anselmo, um pitoresco canário (não de Canelones, mas sim de Tenerife), que sempre se havia mostrado muito orgulhoso de seu estilo clássico e recomendava aos clientes (ninguém seguia a indicação, claro) jamais lavar a cabeça com xampu, por prestigioso que fosse, mas sim com sabão de chão ou de cozinha, ou "se você se sentir meio maricas", com sabão de glicerina e coco. Enquanto exercia a sua (nunca melhor chamada) espinhosa tarefa, falava na mesma velocidade com que movia sem pausa suas tesouras, ainda que essas só cortassem o ar e soassem como o ritual acompanhamento de um solista oral. Dom Anselmo estava a par de todas as fofocas, rumores, maledicências, alcaguetagens e ameaças de greve circulantes no meio. Não em vão reclamavam amiúde os seus serviços vários repórteres que cavavam na barbearia aquelas notícias, geralmente as mais valiosas, que a censura interna do jornal lhes impedia de publicar. E a isso chamam liberdade de imprensa, queixava-se o tenerifense, quando é tão somente liberdade para que o dono do jornal publique o que lhe sai dos colhões. Assim, não difere demasiado da liberdade de imprensa que permitia o galego Franco.

Dom Anselmo tinha recebido Javier com os braços abertos e tesouras ao alto. Começou por lhe apresentar os seus novos ajudantes. Agora tinha até manicure ("sempre há algum deputado afetadinho que quer fazer as unhas") e em seguida o instalou em sua cadeira, que agora era muito mais moderna e funcional. A outra novidade era um grande letreiro na porta: "Dom Anselmo, *coiffeur* de cavalheiros".

— Você se mostra bastante bem, Javierzinho, apesar da longa temporada em que sofremos seu abandono. Um pouco mais baleadinho, isso sim, o bigode muito descuidado, os anos não passam em vão, por que iria enganá-lo, ou seja, que os lustros não dão lustre, e se não, observe os grisalhos que com toda razão me apareceram na década infame. Mais baleadinho, mas segue tendo o olhar jovem e isso é o que importa. Não acredite (isto apenas sussurrado no ouvido esquerdo) que não captei a olhadinha luxuriosa que você dedicou à minha manicure. Vade retro, Satanás, que essa mina tem dono e, pelo sim pelo não, lhe advirto que é um bombeiro. Como vai isto? Como sempre, rapaz, ou seja, como um fiasco. Corrupção e honradez seguem coexistindo. Corrupção houve sempre, desde os trinta denários (aqui seriam três vinténs) em diante. Só que, há certo tempo, a corrupção é cosmopolita e a honradez, ao contrário, é apenas regional. Olha que nessa cadeira gestatória costumam pousar suas nádegas esportistas de alto voo e locutores afônicos, sindicalistas e sindicaleiros, jornalistas da imprensa nanica e *capos* da grande, senadores e agentes da Bolsa, militares e vereadores, banqueiros e bancários, homos e héteros, policiais e treinadores, padres de paróquias e cantores de ópera, muambeiros e inspetores de aduana, roqueiros e primeiros violinos, árbitros de futebol e best-sellers, maradonas de campinho e fazendeiros, narcos e anarcos, vice-presidentes de diretorias e cafetões de categoria. Por aqui passam todos, e com eles passam fofocas, calúnias, verdades irrefutáveis, prognósticos pagos, confidências de alto risco, horóscopos de humor, indícios de quebra fraudulenta, e ainda que eu não atenda Paco Casal[93], estou igualmente inteirado de todas as suas gestões futebolísticas, de todas as suas transferências transatlânticas: passadas, presentes e futuras. Se instalasse aqui um gravador, disfarçado de maquininha de cortar ou de secador, garanto-lhe que minhas chantagens possíveis poderiam alcançar um porte e uma cotação internacional, ou também (tudo é possível) conseguir que me alojassem uma bala em minha nobre nuca. Mas todos sabem que eu escuto, porém não transmito. Essa segunda tecla não funciona comigo. Todos sabem que sou uma tumba, mas não "sem sossego", como o daquele inglês, um tal Cirilo Connolly[94] ou algo assim. Se eu fosse um língua solta, como alguns de meus colegas que não quero nomear e que por essa falha perderam toda a sua clientela de categoria; se eu fosse um língua solta, repito, poderia lhe enumerar que projetos

---

93 Famoso empresário de jogadores de futebol. (N.T.)
94 Cyril Connolly (1903-1974), romancista e crítico literário inglês, autor de *The Unquiet Grave*. (N.T.)

de lei vão entrar no parlamento, quais deles vão ser postos de lado e quais vão seguir seu curso, e destes, quais serão aprovados e com que maioria, ou, o que é mais grave, que escândalo de corrupção (agora dizemos suborno) explodirá no próximo mês, e que grande personagem será a princípio clamorosamente condenado e mais tarde absolvido com todo o sigilo. Mas nada, não crie ilusões. Tenho por certo a tentação porque você é de toda confiança, por algum motivo foi torcedor do Huracán Buceo (continua sendo ou agora é do Rayo Vallecano de Ruiz Mateos?[95]), tenho a tentação, mas a domino, tudo fica no *hard disk* do meu bem informado bestunto, lhe repito, sou uma tumba, quase lhe diria (se não temesse a excomunhão do Wojtyla) que sou um santo sepulcro. Como disse o galo Marcel Pagnol[96] (eu também tenho minha culturazinha, acredite): "Sorte que temos a Igreja para nos proteger do Evangelho!".

67

Fernanda respondeu a Javier poucos dias depois de receber a sua carta. Era evidente que se sentia feliz por haver sido selada a reconciliação e certamente autorizava que Javier colocasse Nieves a par do intercâmbio. Como de costume, Fernanda resistia a usar o fax. Tinha a suspeita de que, já que essa comunicação se dava a cabo através de linhas telefônicas, fosse vulnerável aos famosos grampos. Nos Estados Unidos todo mundo teme que alguém, em algum momento, grampeie a sua linha. "Mas filhinha", dizia-lhe sua melhor amiga, uma *rican*[97] que ensinava semiologia na mesma universidade, "também as cartas podem ser violadas". "Sim, claro, mas é mais complicado, deixa mais sinais". De modo

---

95 José Maria Ruiz-Mateos y Jimenez de Tejada (1931), empresário espanhol que comprou o Rayo Vallecano em 1991 e o revendeu em 2011. (N.T.)
96 Escritor, dramaturgo e cineasta francês (1895-1974). (N.T.)
97 Porto-riquenha. (N.T.)

que as cartas de Fernanda chegavam indefectivelmente pelo correio aéreo, urgente e registrado.

Quando Javier mostrou as cartas a Nieves, ela se comoveu. Fazia anos que não a via chorar.

— Não se preocupe, filho, é de alegria. Em meu foro íntimo nunca pude aceitar que Fernanda e você não se sentissem irmãos. Com Gervasio é diferente. Ele é duro, ambicioso. Não sei de quem herdou isso.

— Também eu me sinto melhor a partir desse gesto da Fernanda.

Nieves passou um lenço pelos olhos chorosos e regressou ao sorriso que a rejuvenescia.

— Agora já posso morrer tranquila.

— Por favor, Nieves, não diga besteiras. Nada de morrer. Nem tranquila nem intranquila. Você é feita de boa madeira.

— Pode ser, mas a esta altura tenho a impressão de que está um pouco envelhecida.

Cada vez que visitava sua mãe, Javier se sentia bem acomodado, mais a gosto do que na solidão de sua casa e até mais a gosto do que no apartamento de Rocío. A casa de Nieves era o mais parecido com um lar.

A "senhora Maruja" tinha melhorado do seu resfriado, mas ainda não estava em condições de cumprir a sua jornada completa. Apesar da preocupação de Nieves, vinha todos os dias por duas horas, sempre de manhã, para ajudá-la nas tarefas mais elementares. Não ficava para a hora do dramalhão, mas Nieves sim o via, sobretudo, segundo disse a Javier, "Para depois poder contar à 'senhora Maruja' o capítulo da véspera". Como de costume, Javier caçoava desse vício escondido.

— Diga-me, Nieves, que lhe parece se presenteamos a "senhora Maruja" com um televisor, desses pequenos, assim você não se sente obrigada a ver esse lixo?

Nieves se sentiu encurralada, mas se defendeu como um gato escaldado.

— Não, filho, deixemos assim. Não quero que você se ponha a gastar. Um televisor, ainda que seja pequeno, custa muita grana.

68

As vozes do regresso, ou também: Os rostos do regresso. Poderia ser o título para um dos seus artigos. Mas — pensa Javier — a quem pode interessar na Espanha o panorama que encontra em seu regresso um exilado latino-americano? A verdade é que tampouco demonstraram muito interesse quando alguns de seus próprios e mais conhecidos *exiliados* (nessa época se escrevia *exilados*)[98] foram regressando. Lembram-se de Max Aub?[99] Nem sequer hoje, mais de vinte anos de sua morte, permitiram recuperá-lo. Quantos anos demoraram para outorgar a Alberti[100] o Prêmio Cervantes? O *desexilado* sempre causa receios naquele que ficou. Não, não vou escrever um artigo sobre um tema que provoca tantos ardores em quem o escreve como em quem o lê. No entanto, o regresso tem rostos e tem vozes. Existe, por exemplo, o rosto das ruas, das manifestações, da primeira página dos jornais, das homenagens, dos repúdios. E existe a voz dos mercados, dos estádios, das feiras, dos vendedores ambulantes, dos políticos sob suspeita que se defendem acusando, das vítimas que perdoam e das que seguirão odiando pela vida toda, dos desaparecidos, dos

---

98 Em espanhol, usa-se indistintamente "exilado" e "exiliado". A segunda forma tem se mostrado predominante. (N.T.)
99 Max Aub Mohrenwitz (1903-1972), escritor, teatrólogo e diplomata (Espanha), teve quatro nacionalidades: alemã, francesa, espanhola e mexicana. Articulou a compra do quadro *Guernica* para a Exposição Internacional de Paris. Morreu no México. (N.T.)
100 Rafael Alberti Merello (1902-1999), poeta andaluz, militante político (PCE), membro da Geração de 27, considerada a Idade de Prata da poesia espanhola. (N.T.)

memoriosos, dos amnésicos. E sobretudo existem as vozes do silêncio, que podem chegar a ser ensurdecedoras.

A gente regressa — se diz Javier — com a imagem de uma rua em agfacolor ou kodacolor ou kakacolor, e encontra uma rua em preto e branco. A gente volta com um postal dos cafés tradicionais, onde todos discutíamos de tudo, e topa com McDonald's e outras frivolidades alimentícias. A gente se repatria com nostalgia dos avós e se encontra com as artimanhas dos netos.

As ruas do regresso têm lixo, quase tanto como antes, mas é um lixo pós-moderno. Os desperdícios já não se compõem de sobras tradicionais, mas sim de carências e longas listas do que falta. Antes eram miseráveis amadores, individuais que remexiam nas lixeiras. Agora os catadores são profissionais, donos de carrinhos com um pangaré esquálido e menino cocheiro, e por fim outorgam às ruas a identidade terceiro-mundista que até aqui ocultávamos com pudor patriótico. A desocupação tornou-se muambeira e seus motivos tem.

Os rostos — pensa Javier —, se não foram esticados pelos "plásticos", padecem das honoráveis rugas do tempo. No sábado cruzou com uma antiga vizinha, que doze anos atrás era uma veterana desenvolta e agora é a velhinha do Mazawattee[101]. As vozes, se não foram caladas pelo pânico, padecem de afonias ou atropelam impropérios. Sempre há algum filho de desaparecidos para quem as reaparições não têm graça. Os pais postiços estão na moda. Quando alguém reclama provas de sangue, só falta algum doutor em leis propor provas de linfa. Mas não é o mesmo. Nada é o mesmo.

E, no entanto, quando um espanhol bem intencionado vem para cá por umas semanas, regressa à Península encantado com Montevidéu e sobretudo com Punta del Este, nossa peninsulinha de bolso e camarote. Somos amáveis — segundo eles —, generosos, quase não há engarrafamentos

---

101 Tradicional marca de chá inglês, em cuja embalagem figuram uma velhinha e uma criança. (N.T.)

nas ruas do centro (ah, se a Gran Vía fosse tão moderada em carros como a 18 de Julio!). O churrasco é delicioso; os restaurantes do Mercado do Porto, uma preciosidade com folclore incluído; o doce de leite e o *fainá*, todo um descobrimento, ainda que sem caravelas; os umbiguinhos femininos são quase europeus; não há índios, quase não há negros, e quando os há, criam essa maravilha das Llamadas. Punta del Este, ademais, com milionários portenhos e sem xeques árabes, é uma Marbella sem Jesus Gil y Gil[102], e mais garbosa. Com concursos internacionais de beleza e sem *hooligans* britânicos, é uma Maiorca que não se deixa impressionar. Sim, voltam encantados, e não falta o prestigioso intelectual ibérico, que depois de passar uma noite em Montevidéu e duas em Punta del Este, nos brinda com uma aula de prudência e pragmatismo, fazendo-nos saber que é uma aberração que nos queixemos tanto, quando para todos os efeitos temos um país quase europeu, o que é dizer muito. Muito prazer.

Voltam encantados — pensa Javier — e me agrada que lhes agrademos, e não me preocupa muito que o encanto se baseie em razões cruamente turísticas. Sem dúvida prefeririria que, para terem uma visão mais próxima à realidade, conhecessem outros rostos, com rugas, cicatrizes e sardas, e outras vozes, que fossem com gagueiras, cominações e impaciências.

Eu mesmo — admite Javier —, se me propusesse a esboçar um desenho do país que encontrei, teria minhas dúvidas. É certo que a Avenida está sem árvores; que a *plaza* Cagancha e a *plaza* Fabini transformaram-se deveras e ficaram mais acolhedoras; que os imigrantes coreanos invadiram dois ou três quarteirões do centro, onde abundam discotecas e cabarés; é certo que os jovens Bráulios andam

---

102 Gregorio Jesús Gil y Gil (1933-2004) foi um empresário e político espanhol. Foi prefeito de Marbella por onze anos e por dezesseis presidente do Atlético de Madrid. Preso por corrupção, foi julgado e condenado. (N.T.)

sem rumo, muitos velhos sem pensão e famílias inteiras sem moradia. Mas nada disso confirma uma transformação radical. A mudança que percebo tem pouco a ver com esses matizes. É sobretudo uma alteração de atmosfera, um certo trambique ético, como se a cidade tivesse outro ar, a sociedade, outra inércia, a consciência, outro abandono e a solidariedade, outras ataduras. A voz do silêncio me revela mais chaves do que a voz dos alaridos. Não sei com certeza se eu cresci e o país se tornou anão ou se, pelo contrário, é o país que se expandiu e eu sou o pigmeu. Os rostos do regresso não são tão somente as ruas, as praças, as esquinas, a Via Láctea tão valorizada nos apagões. Existem também os rostos do próximo e da próxima, e é ali que descubro uma lenta angústia, todo um arquivo de esperanças descartadas, uma resignação de pouca envergadura, uns olhos de medo que não esquecem.

Depois de tudo — conclui Javier —, sou ou estou diferente? Em inglês seriam sinônimos: só existe *to be*. Mas em castelhano há diferença. Pode ser que não esteja tão diferente, que no exílio tenha me esquecido de como era. Sinto-me estranho ou estrangeiro? Em francês seria mais fácil: só existe *étranger*. E existem as vozes do regresso. Vozes que mudaram de registro, de tom, de volume; vozes que passaram de falsete a vozeirão, de áspera a aflautada e vice-versa. O problema é que seguem dizendo o mesmo. Vozes que passaram da confissão à condenação, da súplica à exigência. Vozes com mordaça e vozes com megafone. Mas vozes ao fim. Tudo é melhor do que a mudez, não?

69

Querido *Viejito*: nestes dias tive dupla notícia da sua existência, da qual já estava duvidando. A primeira: sua ligação pelo meu niver. Você se surpreenderá se lhe confessar que me emocionou escutar a sua voz, ainda que deva acrescentar que a achei um pouco cavernosa, como se tivesse consumido um litro de caipirinha ou de grapa com limão. Se assim for, me parece que você bebeu os tragos em minha homenagem, mas, por favor, ancião meu, não se entregue a essa dissipação tão comum entre os patriarcas. Não creia que esqueci que, quando você vivia conosco, aqui em Madri, tinha pendurado um cartazinho adquirido em Rastro: "Mais vale bêbado conhecido que alcoólatra anônimo". É provável que os alcoólatras anônimos morrem de aborrecimento, mas os bêbados conhecidos morrem de cirrose. Então cuide-se. Você sabia que existe na França, mais precisamente na região do Loire, um povoado de nome Mamers e que seus habitantes são chamados de *mamertins*, ou seja, mamados? A segunda notícia foi um artigo seu que apareceu em um jornal de Alicante. Um amigo que estuda lá o mandou para mim. Era algo sobre a democracia como engano. Me encantou. A propósito, quem é esse Saramago de que gosta tanto? Também entusiasma à minha bem erudita progenitora. Ou seja, que ambos conseguiram que me sentisse imersa em uma ignorância enciclopédica. Não terei outro remédio além de me pôr em dia com esse bendito português. Uma pergunta indiscreta: não pensa (ou não pensais) em vir nunca mais por esta margem? Não lhe dá vontade de caminhar por Madri? Eu sei que você o conhece bem e que talvez não lhe seduza visitar pela trigésima vez o Museu do Prado, mas também estamos minha mãe e eu que, como você bem sabe, somos duas obras de arte. Pelo menos é a opinião do meu Esteban, que sabe lisonjear com muita delicadeza. Como você pode imaginar, a velha está contente com este genro dedicado. Eu também. Nos damos barbaramente bem. Você vai gostar. Agora uma notícia confidencial (por favor, não se mostre inteirado): a Raquel rompeu com seu galego. Ignoro os motivos. Passando a outro item: como está a avó Nieves? Não lhe parece absurdo que ela e eu não nos conheçamos? Há que se fazer todo o possível para corrigir essa errata do destino. Viu que frase? Temos que nos encontrar, antes que ela morra ou morra eu, que para a Parca não há idade *verboten*[103]. Minha mãe sempre a elogia (a avó Nieves, não a Parca). Para meus normais preconceitos juvenis chega a ser difícil admitir que uma pessoa tão, mas tão mais velha (creio que tem uns 77 anos!) possa ser maravilhosa, mas talvez sim o seja e eu a estou perdendo. Bom, e a você (a vós) como vai a vida? Nunca lhe ocorreu fazer um diário íntimo e nos enviar por fax ou por internet? Às vezes tenho tido a delirante ideia de fazer eu mesma um diário, mas depois cheguei à conclusão de que minha vida não é tão interessante para justificar semelhante tarefa. Já você (ou vós) deve (ou deveis, eta-ferro, a esta altura já não sei qual é o meu idioma) ter uma existência apaixonante, cheia de descobertas, relações explosivas, diálogos estimulantes, rupturas inesperadas e as subsequentes reconciliações, essas que deixam marcas. Ou não? Não seja tão tímido: conte-nos seu dramalhão privado. *Please, daddy.* À espera desse best-seller, lhe abraça e lhe beija a sua filha única e portanto predileta, Camila. P.S.: mamãe diz que lhe manda lembranças. Valeu.

70

Rocío veio com a notícia de que Severo Argencio, um antigo companheiro de liceu, agora arquiteto e casado com uma psicóloga, lhes emprestaria por uns dias o seu apartamento em Punta del Este.

— Punta del Este não me atrai — argumentou timidamente Javier —, é como ir ao estrangeiro.

— A mim — disse Rocío —, me agradam o lugar, a natureza, a península metendo-se no mar, a Brava, o porto, mas por outro lado não me agrada a clientela, isso que Graham Greene chamava de fator humano. Ali nem sequer se podem fazer pesquisas. Todos mentem. É uma classe social

---

103   Proibida. (N.E.)

que gosta de mentir. Fazem *lifting* até nas contas bancárias. A pátria financeira, é o que dizem. Não gostaria de passar um verão lá. Mas isto de agora seria um parêntese e ademais não nos custa nada. São uns poucos dias e o apartamento, no nono andar, tem uma esplêndida vista do porto. Não lhe seduz?

Ao final Javier concordou, só para dar um gosto a Rocío, que nas últimas semanas tinha trabalhado duro e necessitava de uma trégua, ainda que fosse breve.

Foram em um ônibus da COT[104] e, uma vez instalados nesse nono andar, até Javier ficou impressionado pelo panorama que aparecia nos janelões: algo assim como um Albert Marquet[105] em vias de desenvolvimento.

— Alguns ricos — disse Javier — são depravados, frívolos ou desatinados, mas outros, como seu amigo Severo, indubitavelmente têm bom gosto e sabem viver.

— Severo não é rico. Este apartamento foi parte dos honorários que lhe corresponderam por uma urbanização muito importante que projetou e dirigiu em Bahía Blanca. Ele, que no fundo é muito classe média, vive em uma casinha nada suntuosa no Prado e, para financiar os gastos comuns e os impostos deste apartamento, o coloca para alugar todos os verões. Quase sempre consegue algum candidato. Entre inquilino e inquilino vem passar uns dias com a sua família, mas agora iam viajar e por isso o ofereceram a mim.

— Está bem — assentiu ele resignado e com certo sabor de consciência pesada. A sobriedade de Nieves sempre havia pesado em sua conduta. "O que você ganhar com o seu trabalho", dizia ela, "não tenha vergonha nem remorso de aproveitar. Mas só o que ganhar com o seu trabalho, não com o trabalho dos outros".

Foram almoçar em um restaurante de Gorlero. Dissimularam como puderam o seu estupor ante os preços. Estavam

---

104 Compañia Oriental de Transporte. (N.T.)
105 Pintor fauvista francês (1875-1947). (N.T.)

de acordo: em Montevidéu se comia bem melhor e muito mais barato. Em seguida entraram em um dos grandes supermercados, não para comprar, mas sim como quem empreende um safári. Depois, na rua, já não havia que se cuidar dos preços, mas sim das motos, enormes e ruidosas, e dos carros esportivos com chapa argentina, tripulados pelos primogênitos da pátria financeira.

Mais tarde, um pouco fatigados pelo *welfare state* crioulo, retornaram ao nono andar e dormiram profundamente a sua primeira sesta de pseudo-milionários. E depois da sesta, o amor, que desdobrado naquela cama enorme, quase de tripla dimensão, tinha um sabor, nem melhor nem pior, mas diferente.

De novo fatigados, mas agora com um cansaço alegre, tomaram uma ducha a dois, mas não se vestiram. Agradava-lhes ver seus corpos. Pensando que a solitária altura os protegia de qualquer olhar indiscreto (em frente só havia o porto), aproximaram-se do enorme janelão para desfrutar outra vez da paisagem. Assim, primitivos e em pelo, pareciam uma escultura de Rodin. Estavam tão absortos naquele panorama inusual que só perceberam a presença do helicóptero quando este irrompeu em seu campo visual. Voava muito baixo, baixíssimo, e o piloto, ao vê-los abraçados e nus, festejou com mostras de entusiasmo aquela descoberta inesperada e acabou lhes fazendo o V da vitória. Só então lhes sobreveio um pouco da tardia e inexplicável vergonha e fecharam as cortinas, caso o helicóptero lhes fizesse outra visita. A fim de superar a estranha invasão (ao menos esse foi o pretexto invocado), Javier propôs um trago e ela apareceu com uísque, gelo e uns copos bem baixos, mas elegantíssimos.

De repente Rocío se pôs séria.

— Quando você dormia falou duas vezes o nome de Raquel.

Ele a olhou, surpreendido. Não se lembrava de ter sonhado com Raquel, e lhe disse isso.

— Às vezes não é obrigatório sonhar para dizer um nome.

— Foram muitos anos de convivência, Rocío. Você tem de compreender.

— Claro — disse ela, já sorrindo. — Não me incomoda o que você diz dormindo. Prefiro me lembrar do que você diz acordado.

— Rocío — disse ele.

— Suavinho — disse ela.

Rocío começou a revirar os discos de Severo e por fim se decidiu por um CD de boleros. Javier veio por trás e a abraçou. Sabiam que, apesar de suas letras cafonas, meio suaves (*"te fuiste de mi vida sin una despedida / dejándome una herida / dentro del corazón"*, *"dices tú que la juventud / ya se me fue / pero me queda mucho corazón / a mi manera"*) os boleros traziam tristeza, mas também uma paz enfeitada com desejo. E em paz e desejo, bolero após bolero, começaram a dançar, dizendo-se carinhos ao ouvido e beijando-se (improvisaram essa regra) cada vez que o ou a cantante pronunciava a palavra *"corazón"*, que era mais ou menos a cada quinze segundos (*"ya no estás más a mi lado / corazón / em el alma sólo tengo soledad"*). Então permaneciam balançando-se com suavidade, movendo apenas os pés descalços, só meneando as cinturas, e de novo o código (*"porque el corazón de darse / llega un día que se parte / el amor acaba"*), obediência devida, o mandato era boca a boca. A norma seguinte era aguardar que, depois de tanto coração aparecesse a palavra *"felicidad"* para que a empírica, desejada união fosse levada a cabo, por favor basta de coração, para quando essa esquiva felicidade, e já que aquele combalido vocalista seguia sem nomear a palavra esperada, então sem mais resolveram dizer felicidade a duas vozes e tombaram de novo naquela cama, que mais que uma cama era um território livre da América. Enquanto isso, e em meio ao vaivém, Javier recordava que esse esporte do baile afrodisíaco, também o havia jogado antes, muito antes, com Raquel, só que não com boleros, mas sim com tangos. *Altri tempi*.

Quando aumentaram de novo o volume do *portable stereo CD system*, a voz, qualquer voz, havia encontrado por fim a palavra perdida: "*Es inútil que pienses / en la felicidad*".

71

Saíram para jantar e encontraram casualmente o "deputado Vargas" e sua mulher, Gabriela, uma gordinha simpática, faladora impossível de ser silenciada, que ao que parece estava inteirada de todas as fofocas de Punta e seus arredores e lhes propôs excursões ("não me digam que não visitaram a Fundação Ralli, esse estranho *bunker* da pós-modernidade") e festanças várias, incluída uma visita ao Casino, mas eles, com firmeza e amabilidade, disseram que não.

Vargas perguntou até quando pensavam ficar e Javier disse que até a quarta-feira.

— Bárbaro — uivou o deputado. — Então voltem conosco. Tenho que participar de uma reunião de comissão e só voltarei a Punta no fim de semana. Também Gabriela tem não sei que compromisso.

— Como "não sei que compromisso!". O aniversário da sua sogra, desalmado!

Javier disse que lhes agradecia muito, mas que já tinham o bilhete de volta da COT e que lhes agradavam as viagens de ônibus.

— Mas como vai preferir o incômodo do ônibus ao conforto da minha Mercedes!

A insistência foi tão opressiva que, ao fim, já vencida pela obstinação daquele chato, Rocío deu uma piscada em código a Javier e tomou a decisão.

— Está bem, iremos com vocês.

E com eles foram. A princípio iam sair às nove da manhã, mas em seguida Vargas telefonou anunciando que partiriam ao meio-dia, e ao meio-dia avisou que era melhor viajarem na última hora da tarde, por que então "a estrada está mais livre".

Quando por fim os apanharam, Rocío percebeu que o deputado estava algo alterado, mas já era tarde para retroceder. Gabriela se instalou junto a seu marido, e eles dois nos assentos posteriores. Desde que pegaram a estrada, Vargas pisou com decisão no acelerador e só quando era imprescindível afrouxava a pressão. Pela direita, as torres residenciais desfilavam como fantasmas.

Quando Javier viu que o velocímetro andava pelos 160, atreveu-se a comentar que não era necessário que voassem. Gabriela volteou então a cabeça e esclareceu com resignação:

— Não há quem o contenha. Já são muitos anos de paranoia. Meu pai diz que tem a febre do cavalo, ou seja, se vê que outro carro está na frente, tem de passá-lo a todo custo. E se não há ninguém a ultrapassar, então lhe ataca outra febre: a do caminho livre.

— O importante é chegar, não? — ousou balbuciar Rocío, com plena consciência de que havia expressado um lugar-comum e, além do mais, inútil, porque Vargas, sem pronunciar palavra, seguia instalado em seu complexo de Schumacher.

Tinha começado a escurecer e os carros com que cruzavam traziam acesos os faróis. Em uma ocasião, ao sair de uma curva, Vargas se ofuscou com eles e quase foi parar na valeta, mas conseguiu a duras penas corrigir o rumo e recuperar sua condição de bólido.

Pararam em um posto para pôr combustível e Javier conversou à parte com Vargas.

— Não pode ir mais devagar? Rocío está muito nervosa.

O outro respondeu sem olhar para ele:

— Sempre me entusiasma deixar nervosos os tranquilos.

— Olhe, Vargas — disse Javier, cada vez mais aborrecido —, você segue com seus hábitos suicidas, mas lhe aviso que nós ficamos aqui.

Só então o deputado o olhou de frente.

— Não seja bobo, Anarcoreta. Prometo que daqui em diante irei mais devagar.

Não cumpriu a promessa. Apenas 20 quilômetros adiante já ia a 140. Ao sair de outra curva, a Mercedes deparou com uma massa enorme e escura, um caminhão tanque ou algo assim. Tinha quatro faróis acesos no máximo. Javier abriu os olhos desmesuradamente, apertou com força a mão gelada de Rocío e ainda chegou a ver como aquelas luzes poderosas, deslumbrantes, irresistíveis, cegantes, metiam-se impávidas na Mercedes.

72

Tudo branco. Céu liso branco. Parede branca. Tudo branco. Ou quem sabe não. *Me consta que sou Javier*, pensa Javier. Um Javier branco? Lençol branco. Mão enfaixada e branca. Luzes brancas, cegantes, brilhantes, branquíssimas, que se metem na Mercedes. Queria engolir, mas não pôde. Na boca, algo como um tubo. Algo que lhe impede de engolir uma saliva espessa, provavelmente branca. Uma dor vai emergindo do nada. Não saberia dizer de onde. Quem sabe nas pernas. Aumenta aos poucos, branco a branco. *Sou Javier*, pensa Javier. *E que mais sou?* Pequenos traços de cores vão avançando na memória branca. Amarelos, verdes, vermelhos, azuis. O céu liso segue branco, ao menos isso tem sob controle. Não pode chamar, muito menos gritar. Há um alarido silencioso que está à espera. Quem sabe se alguém lhe tirasse o tubo. Quem sabe se mais tarde pudesse engolir. A sede não é branca, mas sim pavorosa. Sede feita de areia, de cal, de terra, de serragem. Sede multicolor e insuportável. O céu liso segue branco. Como fosse se abater sobre a dor, cada vez mais intensa. Impossível queixar-se com esse maldito tubo na garganta. Impossível pedir auxílio. Quem vai lhe auxiliar nesta solidão intolerável e branca? Talvez o poder. Que momento para se lembrar do poder. O poder de outros. Mas quando o poder tira a túnica impoluta aparece seu roupão de trabalho, batina ou clâmide, uniforme ou sobrecasaca, de distintas cores, mas vermelho de sangue e de calvário. A cor branca é apenas uma síntese, um compêndio de vida. Ou será de morte? *Javier estará morto?*, pergunta-se Javier, entre sonho e pesadelo, mas chega à estimulante conclusão de que não. *A dor é um sintoma de vida*. E a dor cresce. Até que no pequeno campo visual surge uma presença também branca, de túnica branca, e um rosto fresco de carne amável, melhor dito um rosto amável de carne fresca, inclina-se sobre a sua boca entubada, sorri mas não lhe tira o tubo, levanta o lençol branco e ele sente uma picada penetrante, talvez na nádega. No meio da névoa subsequente chega a ouvir a palavra "calmante", e a dor intensa começa a diminuir, até que por fim desaparece, junto com sua consciência.

73

Desta vez desperta sem tubo. A enfermeira lhe dá água, que ele agradece infinitamente, só com o olhar. Ainda não pode falar, e sim mover a cabeça, olhar para os lados. Na mão esquerda sente o calor de uma mão: é a de Nieves, que sorri mansamente, entre lágrimas. Na direita, a que está enfaixada, há outra mão: é a de Fermín. Ele forma lentamente com os lábios a palavra r-o-c-í-o. Nieves move a cabeça negando algo, ao que parece não quer que Fermín fale. Mas ele forma outra vez com os lábios mudos a palavra m-o-r-r-e-u, enquanto os olhos e as sobrancelhas põem o sinal de interrogação.

— Sim, morreu na hora — diz Fermín e morde o lábio.

Ele fecha os olhos e perde os sentidos, só por um instante. Então volta a interrogar com os olhos. E Fermín completa a informação.

— Os Vargas também morreram. Você é o único sobrevivente. Teve várias fraturas, nas pernas, na munheca, mas o operaram ontem à noite e vai ficar bem. O cirurgião nos assegurou.

Nieves acaricia-lhe a mão e faz um penoso esforço para sorrir. Ao final consegue e sorri.

— Ontem telefonei para Raquel e Camila — diz Nieves — para lhes avisar do acidente e assegurar que você estava bem.

Ele sentiu que a sonolência o invadia de novo.

Quando abriu outra vez os olhos, o panorama havia mudado. Só estava Fermín. Disse-lhe que Diego e Agueda tinham levado Nieves para sua casa, porque estava esgotada. Desde que o trouxeram na ambulância, ela não havia saído do hospital.

Entrou a enfermeira com o sorriso posto e lhe disse que já podia começar a falar, mas aos poucos, nada de discursos, homílias ou catilinárias. Ele sorriu, apreciou o componente de humor e quis estrear dizendo "obrigado", mas lhe saiu um estranho ronco que não reconheceu como sua voz.

Uma hora depois, quando por fim pôde articular uma frase com sua voz normal, foi para fazer um pedido a Fermín.

— Por favor, quando puder envie um fax a Raquel e Camila, só com este texto: "Estou relativamente bem. Ainda no hospital. Dizem os médicos que sairei dessa. Beijos, abraços e S.O.S. Lhes quer, Javier".

Com os olhos fechados conseguiu rememorar: *Meu corpo é o único meu*, para em seguida acrescentar um complemento, *pot-pourri* de cinismo e auto-ironia: *Está ferrado o pobre.*

74

Bribón recebeu Javier com seus melhores latidos. Tão logo lhe deram alta do hospital, Fermín, Diego e Rosario o haviam trazido de carro. Na véspera Rosario havia conseguido uma confortável cadeira de rodas motorizada. Sonia tinha trazido Nieves. Os vizinhos se aproximaram para saudá-lo e com muito tato se referiram a Rocío. Com um gesto, Javier agradeceu-lhes a discrição. Ainda não estava em condições de receber "sentidos pêsames" e suportar pormenorizadas perguntas sobre o desastre. Pelo hospital tinham desfilado Leandro e Teresa, Sonia, Egisto, Alejo, Gaspar, Bráulio e até o Tucán Velazco. O elenco completo.

— Enquanto estiver engessado, sempre haverá algum de nós lhe acompanhando.

Javier se negava, considerava exagerada tanta proteção.

— Com essa magnífica cadeira que me conseguiu Rosario, posso me movimentar sem problema. Até vou cozinhar, já vão ver.

Nieves, Rosario e Diego foram à cozinha com a intenção de preparar café, algo que todos estavam necessitando.

A sós com Fermín, Javier se soltou.

— Ainda não assimilei a ideia de não ter Rocío. É como um eclipse. Além do mais, a sensação de injustiça é insuportável. Depois de tudo o que a pobrezinha suportou, agora lhe acontece essa catástrofe. Não me sai da cabeça algo que me disse em uma manhã, recém-acordada: "O problema é que não creio no futuro. Menos ainda no *meu* futuro". E tudo pela soberba e a bebedeira de Vargas, esse filho da puta. Quando paramos no posto de gasolina, devia ter deixado que seguisse sozinho. Fui fraco, não consigo me livrar dessa culpa.

— Vamos Javier, Ninguém além de Vargas foi o responsável. E a pagou bem.

Ainda se sentia fraco. De repente sentiu-se tonto, teve um breve desvanecimento. Não tão breve, porém, para não sofrer um relâmpago de pesadelo. Estava na plataforma de uma estação qualquer e um trem passava com lentidão, mas sem se deter. Em uma janelinha assomou a cabeça de Rita e ele chegou a entender o grito: "Tinha lhe avisado que saberia de mim". A resposta de Javier, por sua vez, perdeu-se no bulício da estação: "Bruxa de merda!".

— A quem você gritava bruxa de merda?

— Eu que sei. Não foi nada — disse ele. — Só uma tontura. No hospital me matavam de fome. Por isso estou fraco.

Soou o telefone e de imediato o batuque do fax.

Diego e Rosario apareceram com os cafés. Nieves vinha atrás, lendo a mensagem recém-chegada. Quando chegou junto a Javier, ele notou que seus olhos brilhavam.

O texto era breve: "Faz dias que estamos ligando para todos os números da agenda montevideana. Ninguém responde. É provável que todos os amigos estejam cuidando de você. Estamos tristes e também queremos cuidar de você. Chegaremos na próxima quinta-feira no voo 6843 da Iberia. Beijos e beijos e beijos, Raquel e Camila".

75

Yo sólo quiero decir
lo que debéis escuchar.
Gracias por haber oído
como quien oye nevar.[106]

JUAN GARCÍA HORTELAN

---

[106] "Eu só quero dizer / o que deves escutar. / Obrigado por ter ouvido / como quem ouve nevar." (N.T.)

tipologia Abril
papel Polén Soft 70 g
impresso por Edições Loyola para Mundaréu
São Paulo, outubro de 2017